外国文学研究书系

本书由"英语教学理论与实践研究创新团队"资助

哈罗德·布鲁姆的"新审美"批评

屈 冬 著

知识产权出版社
全国百佳图书出版单位

图书在版编目（CIP）数据

哈罗德·布鲁姆的"新审美"批评/屈冬著.—北京：知识产权出版社，2017.1
（外国文学研究书系）
ISBN 978-7-5130-4662-6

Ⅰ.①哈… Ⅱ.①屈… Ⅲ.①哈罗德·布鲁姆—文学评论—研究 Ⅳ.①I712.065
中国版本图书馆 CIP 数据核字（2016）第 321895 号

责任编辑：李燕芬　　　　　　　　　　责任出版：刘译文
特约编辑：张　萌　　　　　　　　　　封面设计：乔智炜

外国文学研究书系

哈罗德·布鲁姆的"新审美"批评

屈　冬　著

出版发行	知识产权出版社 有限责任公司	网　　址	http://www.ipph.cn
社　　址	北京市海淀区西外太平庄 55 号	邮　　编	100081
责编电话	010-82000860 转 8173	责编邮箱	nancylee688@163.com
发行电话	010-82000860 转 8101/8102	发行传真	010-82000893/82005070/82000270
印　　刷	北京科信印刷有限公司	经　　销	各大网上书店、新华书店及相关专业书店
开　　本	787mm×1092mm　1/16	印　　张	14.75
版　　次	2017 年 1 月第 1 版	印　　次	2017 年 1 月第 1 次印刷
字　　数	220 千字	定　　价	48.00 元

ISBN 978-7-5130-4662-6

出版权专有　侵权必究

如有印装质量问题，本社负责调换。

前　言

哈罗德·布鲁姆是美国当代文学批评家，对当代西方文论中存在的问题有着敏锐的洞察力。其"新审美"批评，是在与其他批评流派就审美、作者主体性以及经典等相关问题的论争中逐渐形成的，有着较强的现实针对性和问题意识。对于布鲁姆文学批评的特质及其意义价值，学界一直有着不同的认识和看法。布鲁姆在当代西方文论的"审美转向"潮流中有着重要的影响。从其文学批评特质的主要方面来看，可以归属于"新审美"批评。笔者从这一基本认识出发，参考国内外学界的相关研究成果，对布鲁姆批评论著进行研读和梳理，对其"新审美"批评的主要理论命题和观点加以系统观照、概括和阐释，以求揭示其"新审美"批评的基本内涵和理论特质，并探讨和评析其理论价值。本书主体部分拟分六章进行探讨研究。

第一章主要探讨布鲁姆"新审美"批评对西方批评传统的吸纳。布氏"新审美"批评的理论来源较为庞杂丰富。其中，既有传统文论，也有非文学性的理论学说，如卡巴拉的文本阐释策略。布鲁姆善于从批评传统中发掘具有当代价值意义的理论资源，以解决当代西方文论中存在的问题和满足自身批评实践的需要为目的，对传统资源进行改革创新。唯美主义诗学、浪漫主义诗学、弗洛伊德的家庭罗曼司和心理防御论、弗莱的神话原型理论以及古犹太神秘哲学卡巴拉，是布鲁姆"新审美"批评主要的理论来源。

第二章主要探讨布鲁姆"新审美"批评的特质问题。布鲁姆在吸纳改造传统理论资源的过程中，形成了具有个人特色的"新审美"批评。审美、对抗以及主体内向，是布鲁姆"新审美"批评的关键词，代表着其文学批评的独特品质。这些品质不仅是区分布鲁姆与西方传统审美批评，以及当代其他批评流派的重要标识，还体现着布鲁姆对文学的独特认识与理解。通过概括、提炼布鲁姆批评理论的观念，系统阐释审美、对抗以及主体内向的理论内涵，可以为进一步阐释其"误读"论和文学经典论，深化对其重要理论命题和批评实践的认识提供依据。

第三章主要从"新审美"批评的视角探讨布鲁姆的"误读"理论。"误读"论是布氏"新审美"批评中具有一定体系性和逻辑性的重要理论学说，包含着一些重要的理论命题，如逆向性影响、超越式焦虑以及"误读"。这些理论命题既体现着布鲁姆对西方批评传统的吸纳，也蕴含着其"新审美"批评的特质。在该理论中，逆向性影响与超越式焦虑是后辈诗人"误读"的内驱力，而"误读"则是其获得诗人身份以及审美的重要途径。"误读"论中的"误读图示"，是布鲁姆绘制的一幅集修正主义辩证法、修正比、心理防御、诗歌想象以及修辞手法为一体的，以揭示诗歌创作隐秘为目的的复杂图示。

第四章主要从"新审美"批评的视角探讨布鲁姆的文学经典理论。经典论是布鲁姆"新审美"批评中另一重要组成部分，是其中后期批评实践的理论成果。在"新审美"批评的整体框架中对其审视，可以发现布鲁姆文学经典理论的历时性演变过程。它延续了布鲁姆浪漫主义诗歌批评时期坚持的审美立场，在"误读"论的建构过程中获得的关于审美的新启示，即审美具有陌生和对抗特性，与崇高具有可通性。此外，布鲁姆还以陌生性审美为评判标准，以对抗性经典生成为基础，建构了以莎士比亚为核心的西方经典谱系。

第五章主要探讨布鲁姆的"新审美"批评实践。批评实践，是布鲁姆理论主张得以形成和阐发的主要途径。布氏的批评实践，由浪漫主义诗歌批评、经典批评及宗教批评组成。他继承唯美主义的鉴赏式批评传统，对诗歌、戏剧、散文、小说以及宗教文本，进行了以审美、对抗和主体内向为主要特色的审美批评。布鲁姆认为，文学批评是一种个体行为，是批评家张扬个性和表现自我的活动。因此，他的批评实践，与其说是文学批评，不如说是其对文本的再创造，也就是他推崇的"误读"。

第六章主要对布鲁姆的"新审美"批评进行评析。布鲁姆在与其他批评流派论争,以及对传统理论资源的吸纳改造中,逐渐形成了其独具特色的"新审美"批评,在当代西方文论的"去审美化"和"去作者化"趋势中,具有敏锐的问题意识和较强的现实针对性。本章通过对布氏"新审美"批评的整体性研究,在比较中探讨其对审美的坚守与开拓、对作者主体性捍卫方面的价值,及其对我国当代文论的建设策略以及经典标准、经典生成和经典普及策略的启示。由于"新审美"批评是布鲁姆在论争中形成的,并非是其自觉的理论建构成果,其中不免有其自身的局限。对作者主体性的过度强调,使布鲁姆"新审美"批评带有明显的主观主义色彩。对文本间"误读"关系的过度重视,使其文本分析陷入了语义游离的困境。

综观布鲁姆的"新审美"批评可以发现,在当代西方文论多元化、多样化的发展格局中,布鲁姆坚持发掘批评传统的当代价值与意义,在对传统资源的吸纳中捍卫着文学研究的纯粹性,坚持着审美以及作者的主体性地位。因此,对其"新审美"批评进行整体性研究,既可以丰富对其文学批评的认识理解,也可以从中获得有助于我国当代文学理论批评建设的有益借鉴。

目录 Contents

前言 / 001

引言 / 001
    一、研究现状述评 / 002
        （一）国外研究现状述评 / 002
        （二）国内研究现状述评 / 004
    二、选题依据与价值意义 / 010
        （一）选题依据 / 010
        （二）选题价值与意义 / 021
    三、研究定位与基本思路 / 022

第一章　布鲁姆"新审美"批评与理论传统 / 026
    一、对唯美主义诗学的继承与重构 / 026
        （一）自律与自为审美观 / 027
        （二）现世人生拯救主题 / 033
        （三）鉴赏式批评实践 / 038
    二、对浪漫主义诗学的吸纳 / 041
        （一）对浪漫主义诗学观念的继承 / 041
        （二）宣泄说与焦虑说 / 044
        （三）对莎士比亚的认知 / 046

三、对其他批评传统的借鉴 / 049
    （一）神话原型与逆向性影响 / 049
    （二）卡巴拉文本阐释策略与修正策略 / 052
    （三）家庭罗曼司与焦虑和对抗 / 056
本章小结 / 059

第二章　布鲁姆"新审美"批评的特质 / 060
一、审美 / 060
    （一）对抗性：审美特性之一 / 061
    （二）陌生性：审美特性之二 / 064
二、对抗 / 067
    （一）对抗：创作主体的精神姿态 / 067
    （二）"影响—焦虑"与审美：对抗产生的原因与目的 / 070
三、主体内向 / 074
    （一）主体内化的基础："追寻罗曼司的内在化" / 074
    （二）主体内化的形成：从修正比到经典内化原则 / 078
本章小结 / 082

第三章　布鲁姆"新审美"批评的"误读"理论 / 084
一、影响与焦虑：对抗主体"误读"的内驱力 / 084
    （一）逆向性影响 / 085
    （二）超越式焦虑 / 088
二、"误读"：创作主体"影响—焦虑"的宣泄 / 092
    （一）"误读"作为一种艺术 / 092
    （二）"误读"策略：修正比 / 095
三、"误读图示" / 099
    （一）以修辞为载体的"误读图示" / 099
    （二）揭露文学创作隐秘的"误读图示" / 103
本章小结 / 106

目 录

第四章 布鲁姆"新审美"批评的文学经典论 / 108

一、以审美和崇高为核心的经典特性 / 109
（一）经典特性之一：陌生性审美 / 110
（二）经典特性之二：对抗性崇高 / 114

二、对抗性经典生成 / 117
（一）对抗性经典生成的初始阶段 / 117
（二）对抗性经典生成的途径 / 120

三、"新审美"批评的经典谱系 / 123
（一）莎士比亚：影响与对抗的中心 / 123
（二）"幸存者"名单：西方经典谱系 / 126

四、经典阅读：对经典的内向性吸纳 / 133
（一）经典内化原则 / 133
（二）经典内化的目的与功用 / 138

本章小结 / 140

第五章 布鲁姆的"新审美"批评实践 / 143

一、浪漫主义诗歌批评 / 143
（一）威廉·布莱克批评 / 144
（二）珀西·雪莱批评 / 149
（三）威廉·华兹华斯批评 / 152

二、经典批评 / 156
（一）莎士比亚批评 / 156
（二）但丁批评 / 163
（三）奥斯卡·王尔德批评 / 167

三、宗教批评 / 170
（一）《圣经》批评 / 170
（二）摩门教批评 / 177

本章小结 / 181

第六章　布鲁姆"新审美"批评的评析 / 183

一、"新审美"批评的价值 / 183

（一）对审美的坚守与开拓 / 184

（二）对作者主体性的捍卫 / 189

二、"新审美"批评的启示 / 195

（一）对我国当代文论建设的启示 / 195

（二）对我国当代文学经典研究的启示 / 200

三、"新审美"批评的局限 / 207

（一）主观主义色彩 / 207

（二）语义游离困境 / 210

本章小结 / 213

结语 / 214

参考文献 / 217

一、外文参考文献 / 217

二、中文参考文献 / 220

（一）著作类 / 220

（二）论文类 / 222

（三）学位论文类 / 224

引 言

20世纪五六十年代，布鲁姆以浪漫主义经典诗歌捍卫者的姿态，相继出版了《雪莱的神话创造》(1959)、《幻想的伴侣》(1961)以及《布莱克的启示》(1963)等诗歌研究专著。这些专著一经面世便引起了西方学界的普遍关注。随后，布鲁姆又出版了《影响的焦虑》(1973)、《误读图示》(1975)、《卡巴拉与批评》(1975)和《竞争——走向一种修正理论》(1982)。这"影响四部曲"在学界引起了更大的反响，也奠定了布鲁姆在当代西方文学批评领域的地位。90年代伊始，《西方正典》(1994)、《莎士比亚：人类的创造者》(1998)、《如何读，为什么读》(2000)等经典普及著作的相继出版，更是在西方学界掀起了轩然大波。即便是在95岁高龄，布鲁姆仍有新作面世。由于布氏在西方学界的广泛影响，他被弗兰克·柯默德称为美国最著名的批评家。随着《影响的焦虑》《误读图示》《西方正典》和《如何读，为什么读》等中译本的出版，布鲁姆的"误读"理论和文学经典论也引起了我国学者的注意。布氏批评著作的出版发行在为其引起广泛关注的同时，也为其获得了众多荣誉，如1955年获福尔布莱特奖，1956年获约翰·艾迪逊·波特奖，1962-1963年获古根海姆学者奖，1967年获牛顿·阿尔文奖，1970年获麦尔维尔·凯恩奖，1973年获美国国家青年图书奖，1981年获美国文学艺术学院的莫顿·多温·赞布尔奖，1985年获麦克阿瑟基金会奖，1988年获克里斯蒂安·古阿斯奖，2003年获墨西哥阿尔方索·雷耶斯奖，等等。

总的来说，布鲁姆针对文学研究的对象和方法以及文学经典的价值与众多当代西方批评流派展开过激烈的论战，反对他们从非文学和非审美角度进行文学研究，这对当代西方文论来说有其独特的价值与意义。就其对文论观念的贡献而言，布鲁姆提出了有关诗歌创作的"误读"理论以及捍卫经典的文学经典论。"误读"论对诗歌创作心理活动的研究来说有一些启发，经典论则对经典的价值标准、经典生成以及经典普及策略来说，有一定的借鉴价值。在批评实践方面，布鲁姆的文学批评涉及范围较广，不仅涉足浪漫主义诗歌批评和经典批评，还在宗教批评中通过文学文本与宗教文本互证互鉴的方式拓展其文学批评的辐射范围。自20世纪80年代以来，国内外学界就上述文论观念和批评实践，对布鲁姆的文学批评进行了研究，这对笔者的选题与写作有一定的启发。

一、研究现状述评

（一）国外研究现状述评

西方学界对布鲁姆文学批评的研究，主要集中在以下几个方面：

（1）关于布鲁姆浪漫主义诗歌批评和宗教批评的研究。大卫·费特的《哈罗德·布鲁姆：浪漫主义想象的修辞》分析了布鲁姆20世纪80年代以前的著作，认为布鲁姆整个文学理论和批评实践与其对英国浪漫主义诗歌的批评是分不开的，是英国浪漫主义诗学在新理论环境中的延伸与演变。米勒在《文学的修正主义和现代性的重负》中指出，布鲁姆观念中的诺斯替主义，是试图以迷信的批评观来取代当代西方学界的理性、客观的批评。罗伯特·奥特在《布鲁姆的"J"》中总结了《J》的主要观点，认为布鲁姆没有仔细阅读《希伯来》原典，对《希伯来》原典的理解存在许多错漏之处。此外，还有学者指责布鲁姆把《圣经》当作文学作品来解读，亵渎了宗教的神圣性。

（2）关于"误读"理论的研究。艾伦·格罗斯曼和马来恩在总结了《叶芝》一书的主要观点后指出，《叶芝》是布鲁姆转向"影响诗学"的转折点。德·曼对《影响的焦虑》的评论较为深刻，对布鲁姆有一定启发。他认为布鲁姆的六种修正比可以与修辞手法相对应。布鲁姆在《误读图示》一书中采纳了德·曼的部分观点，并结合卡巴拉文本阐释策略和弗莱神话原型理论，建构了一个融修辞手法、心理防御、诗歌意象、修正比以及辩证主义修正法等要素为一体的复杂图示。此外，还有一些学者尝试从自己的理论立场和关注视域阐释"误读"理论，指出该理论的不足。例如，波拉从历时性角度对"误读"理论的修辞观进行分析。他认为，"误读"论以建构转义的修辞系统为主，揭示了修辞的历时性变化。莎莉·韦斯特指出，《误读图示》中的修辞手法不足以表现诗歌之间的复杂关系，而且她还认为布鲁姆分析诗人与前辈之间的"误读"关系时，往往忽略了与最近前辈之间的关系。

（3）关于布鲁姆文学经典论的研究。西方学界对布鲁姆《西方正典》和《莎士比亚：人类的创造者》等经典批评类著作的评论最多，其中以批判性评论为主。斯蒂芬·赫姆林的《哈罗德·布鲁姆的批评性崇高》、大卫·杜雷的《布鲁姆和经典》与丹尼尔·希尔沃的《西方正典书评》，对布鲁姆经典作品的选择标准和入选作品提出了异议，认为某些当代作家不具备入典资格。在他们看来，布鲁姆的经典标准过于武断、主观。《黑人高等教育期刊》评论《西方正典》时说，布鲁姆在对西方文学进行分期时，将其划分为"贵族时代""民主时代"和"混乱时代"时，很难见到黑人作家入选（在"民主时代"，只有弗雷德里克·道格拉斯入选，而布鲁姆认为鲍德温、拉尔森、莫里森、休斯等人仅有将来入选经典的可能），认为布鲁姆带有明显的种族歧视。詹姆斯·迪斯默特和罗伯特·索耶主编的《哈罗德·布鲁姆的莎士比亚》是对布鲁姆莎士比亚研究的评论文集。18位学者以《西方正典》《莎士比亚——人的创造》为中心，从"莎士比亚崇拜""莎士比亚的人物研究""影响的焦虑""莎士比亚作为文化资本"四个方面，评论布鲁姆在莎士比亚戏剧、戏剧人物研究、莎士比亚对西方作家的影响和莎士比亚教学中的成就和问题。这些学者对布鲁姆坚持"莎士比亚创造了人类""哈姆雷特和福尔斯塔夫是现实的人物"等观点提出了不同看法。霍克斯认为，布鲁姆的《莎士比亚》一书将戏剧从现实土壤中剥离出来，忽略了戏剧这种艺术形式外在的、政治的内涵，将历史斥为意识形态语境而排除在外，把它视为"憎恨学派"的唯一观念，这不是进行学术研究应有的态度（Terence Hawkes, *Bloom With A View*, in *Harold Bloom's Shakespeare*, edited by Christy Desmet, Robert Sawyer. New York: Palgrave,

2001, p. 29)。泰勒则认为，对莎士比亚艺术的推崇意味着对其他作家艺术成就的贬低，布鲁姆对其他当代莎士比亚批评家的批评是为了确立自己的批评身份和学术权威（Gary Taylor, *Power, Pathos, Character*, in *Harold Bloom's Shakespeare*, edited by Christy Desmet, Robert Sawyer. New York：Palgrave, 2001. pp. 43, 45）。

从以上分析中可以看出，西方学界在布鲁姆的浪漫主义诗歌批评、宗教批评、"误读"理论及其文学经典论的研究方面取得了具有参考价值和启示意义的研究成果，但其中还存在一些缺陷和不足，值得我们关注。较为明显的是，西方学界往往将关注视域或焦点局限在布鲁姆学术生涯的某个阶段或对某部著作（如对"影响四部曲"和《西方正典》等著作的研究）观点的梳理、分析和批评上，对布鲁姆文学批评的研究缺乏整体性观照。在整体性观照缺失的情况下，对布鲁姆及其文学批评的认识与评价是可以进一步商榷的。不仅如此，西方学界对布鲁姆文学批评的特质问题缺乏系统和深入的探索，只有塞尔登、艾布拉姆斯等少数学者在个别文章中提及这一问题，认为布氏具有解构批评、心理分析批评或读者反映批评的倾向；但都缺乏系统阐释。究其根源，或许是由于西方学界还没有对布鲁姆文学批评形成整体性认识，难以在宏观层面对其文学批评的独特品质进行系统审视。此外，由于西方学界处于理论多元化、批评范式多样化的时代背景中，对布鲁姆的研究与批评，特别是对其文学经典论的批评，往往成为对自身文学观念和理论立场的维护和辩护。因此，西方学界对布鲁姆文学批评的认识和评价，是值得进一步推敲的。

（二）国内研究现状述评

由于译介迟缓，我国学界对布鲁姆文学批评的研究要滞后于西方学界。1989年才由三联书店出版了徐文博翻译的《影响的焦虑》。与布鲁姆文学批评相关的评介性文章，最早见于李红艳发表的《诗的误读与脱胎换骨》（1993）。进入21世纪以来，学界对布鲁姆著作的译介开始增加，对其文学批评的研究逐渐繁荣起来。与西方学界褒贬不一的态度不同，国内大多数的专著、学术论文对布鲁姆持较为肯定的态度，认为他对我国文学理论，特别是对文学经典理论的建设具有重要的借鉴价值和启示意义。

总体来说，我国学界对布鲁姆文学批评的研究，主要集中在以下方面。

（1）关于布鲁姆文学批评的整体性研究。截至2015年2月，具有代表性的布鲁姆文学批评整体性研究成果，共有三本专著和一篇博士论文，分别是：翟乃海的《哈罗德·布鲁姆诗学研究》（山东大学出版社，2013年），张龙海的《哈罗德·布鲁姆的文学观》（上海外语教育出版社，2012年），曾洪伟的《哈罗德·布鲁姆文学理论研究》（四川大学出版社，2010年），以及艾洁的《哈罗德·布鲁姆文学批评理论研究》（山东大学，2011年）。这些著作与学位论文对布鲁姆文学批评产生的时代背景、思想来源、文学观念、批评方法和批评实践进行了较为全面的阐释。

艾洁在博士论文中，以布鲁姆文学批评的阶段性分期为阐述框架，分别以其浪漫主义诗歌批评，"误读"理论以及在审美自主性基础上提出的经典论和阅读论为主题，梳理布氏文学批评的历时性发展过程，对布鲁姆每个阶段的具体理论命题做了较为细致的阐释。同时，艾洁还通过对比布鲁姆文学批评和其他相似或相悖的批评流派的观点，深化对其文学批评的认识。张龙海曾师从布鲁姆进行博士后研究，他对布鲁姆的整体性研究具有较高的参考价值。在《哈罗德·布鲁姆的文学观》一书中，张龙海将布鲁姆的学术研究分为四个时期，并得到了布鲁姆本人的肯定。张龙海对布鲁姆"误读"理论、文学经典论及其对莎士比亚的研究等进行了细致的阐释，并针对布鲁姆的理论身份归属问题作出了自己的判断，认为布鲁姆不属于任何批评流派。曾洪伟的《哈罗德·布鲁姆文学理论研究》从整体上对布鲁姆文学批评进行了梳理与阐释，并对其在我国的接受情况做了详细介绍，指出我国学界在布鲁姆研究领域中存在的一些问题，如文献引用的疏忽、翻译的失误等。在该部专著中，值得关注的是曾洪伟对布鲁姆文学批评研究两个基本问题的推敲。学界普遍认为布鲁姆是"耶鲁学派"成员之一，属于美国解构批评阵营。对此，曾洪伟提出了质疑。他认为，国内学者是盲目追随、附和西方学者的观点，并没有真正把握布鲁姆与其他三位成员的一致性和差异性，忽略了布鲁姆文学批评的多元性、复调性、张力等特点。但由于资料掌握得不充分，张龙海与曾洪伟对布氏浪漫主义诗歌批评和宗教批评论述的系统性还有所欠缺。翟乃海的《哈罗德·布鲁姆诗学研究》，是国内布鲁姆文学批评最新的研究专著。在掌握了 20 世纪 90 年代以来的新材料（包括布鲁姆的主要著作）的基础上，翟乃海从诗歌观、诗歌批评方法和诗歌传统等角度，对布鲁姆的文学观念和批评实践进行考察阐释，并对布鲁姆是否属于解构批评，布鲁姆与德里达、德·曼的同与异；布鲁姆理论是人文主义还是反人文主义，是激进的还是保守的等问题进行了探讨。

（2）关于文学经典论的研究。在若干重要命题的研究中，以布鲁姆文学经典论为主题的相关成果最多。高永在《站在不同擂台上的对手——哈罗德·布鲁姆与"憎恨学派"》一文中分析了布鲁姆与"憎恨学派"之间的关系，认为两者处在同一结构内的不同层次上，并主张将布鲁姆文学批评与"憎恨学派"的理论相互融合。曾洪伟在《在 Canon 与 Classic 之间：哈罗德·布鲁姆经典观特征管窥》中，从词源学角度分析了布鲁姆经典论的特征，指出布氏的经典论有着宗教性和等级性的特点。顾星欣的《保守的经典观与自由的审美观——布鲁姆"正典说"中的悖论》，从布鲁姆经典论的"悖论性"出发，阐释布氏经典论的特性。江宁康在《文学经典的传承与竞争——评哈罗德·布鲁姆的〈西方正典〉与美国新审美批评》中表达的观念与高永的观点较为接近，对文学经典研究如何与非文学性研究相结合有一定启发。此外，也有学者指出布鲁姆文学经典论的不足。黄应平在《如何构想新审美批评？——评哈罗德·布鲁姆的〈西方正典〉（修订本）》中指出，布鲁姆的文学经典论存在两个不足：一是布鲁姆对"审美的自主性"的理解是不完整的；二是布鲁姆在坚持了文学经典形成过程中外因与内因复杂的交互作用的同时，存在理解过分简单化的倾向。白书藏则认为布鲁姆的经典论陷入了主观主义陷阱和自身的悖论之中。

（3）关于"误读"理论的研究。除文学经典论外，学界对布鲁姆"误读"理论关注较多。郭云在《影响的焦虑与强力误读——论哈罗德·布鲁姆与弗洛伊德的思想承继关系》一文中指出，布鲁姆受弗洛伊德的影响较大，其理论是对弗洛伊德学说强力误读的产物。王敏的《〈影响的焦虑〉背后的权利意志——布鲁姆误读理论的主体性特征》从主体性角度出发，剖析了布鲁姆"误读"理论，认为"误读"理论具有强烈的精英意识，是一种颠覆性、延异性主体研究。郑晓韵在《哈罗德·布鲁姆影响焦虑理论和身份诉求》一文中，认为"误读"理论是布鲁姆自我身份彰显的体现。张龙海的《哈罗德·布鲁姆论"误读"》从误读的可能性、误读的必要性、阅读方式与意义的产生四个角度阐释布鲁姆的"误读"理论，认为该理论指出了新的阅读方式的可能性，为我们的理解提供了新的借鉴，为我们的思维打开了新的世界。

（4）关于布鲁姆文学批评的特质及其身份归属问题的研究。部分学者将布鲁姆"误读"理论与解构主义的互文性理论联系起来，以此为依据将布鲁姆划入解构批评。陈永国在"西方文论关键词"的《互文性》一文中，将布鲁姆的"误读"理论与互文性理论等同起来，而王瑾则将两者联系得更为紧密。她认为布鲁姆以互文性确立自己的文本观，并且以此为基础来考察文学史，与法国文论家一起创造并发展了 20 世纪的互文性理论。《影响的焦虑》的译者徐文博、《误读图示》的译者朱立元与《批评、正典结构与预言》的译者吴琼均认为，尽管布鲁姆独树一帜地提出逆反式批评，且自称一种实用批评，却没有脱离解构批评的范畴。"误读"理论与互文性理论的内涵与外延是有一定差异的，能否将两者等同起来还有待商榷。对此，有学者如翟乃海、张龙海等人对"误读"理论是否属于解构批评持谨慎的态度。他们认为，"误读"理论体现的是一种人文主义倾向，而解构批评的互文性理论体现的是一种科学主义倾向，不能把布鲁姆归入解构批评。

除"布鲁姆与解构批评"外，学界还围绕布鲁姆与读者反映批评、精神分析批评和人文主义之间的关系进行了探讨。金元浦在《接受反应文论》一书中指出，布鲁姆在读者反映批评中以研究文学影响与误读驰名于世，他的"误读"理论是读者反映批评集中于读者与阅读阐释的理论。张龙海明确反对将布鲁姆划入读者反映批评，认为读者反映批评强调文本无固定和终极的价值与意义，文本的价值与意义是在读者与文本的互动中产生的。布鲁姆的阅读，是强力诗人为创造出自己的新诗而通过比喻或防御对前辈诗歌所做的有意误读。王先霈在《文学理论批评术语汇释》一书中，将布鲁姆的文学批评放置在精神分析批评的理论框架中，对其理论关键词如"影响的焦虑"和心理防御等进行阐释。此外，还有学者从人文主义角度对布鲁姆理论身份归属问题进行探讨。王宁在比较了布鲁姆与解构批评之后认为，布鲁姆文学批评在人的主体性这一问题上与解构批评是对立的。解构批评旨在否定文学活动中"人"的在场性与主体性，并将"人"的价值归为虚无。布鲁姆则恰恰相反。他强调"人"在文学活动中的主体性与建构性。因此，王宁认为布鲁姆应该属于人文主义传统。然而，王逢振并不赞同这一观点。他认为，布鲁姆并不具备人文主义传统的文雅姿态，其文学批评中充满了权力、暴力与占用。

（5）关于布鲁姆浪漫主义诗歌批评和唯美主义倾向的研究。与其他理论命题的研究相比，学界在这一方面关注较少。到目前为止，仅有曾洪伟、张克军、郑晓韵、艾洁与江宁康等少数学者予以关注。曾洪伟、张克军和郑晓韵认为，布鲁姆文学批评的建构与其浪漫主义诗歌研究有着密切关系，但对两者关系探讨的系统性还不够，也没有从他的浪漫主义诗歌批评与"误读"理论及其经典论的关联性角度进行剖析。艾洁在其博士论文《哈罗德·布鲁姆文学批评理论研究》中对布鲁姆浪漫主义诗歌批评进行了较为细致的探讨，认为布氏早期浪漫主义诗歌研究中蕴含着"误读"理论的萌芽，但对布鲁姆文学经典论与其浪漫主义诗歌批评的关联性还没有注意。江宁康的《评当代美国文学批评中的唯美主义倾向：哈罗德·布鲁姆的文学批评思想研究》一文，虽然以布鲁姆的唯美主义倾向为阐发点，但对布氏与唯美主义诗学的关系，及其对唯美主义诗学的吸纳缺乏深入探讨，只是围绕布鲁姆文学批评中的审美因素进行评介。虽然这些学者围绕着布鲁姆与浪漫主义诗学和唯美主义诗学进行了探讨，但还没有从对这一问题的探索过渡到对其文学批评的特质的剖析。

（6）关于布鲁姆"新审美"批评的研究。到目前为止，只有江宁康与黄应全两位学者提及布鲁姆的"新审美"批评。在《文学经典的传承与论争——评哈罗德·布鲁姆的〈西方正典〉与美国新审美批评》一文中，江宁康以布鲁姆批评著作中的审美批评立场和审美倾向为依据，认为把布鲁姆称为美国新审美批评的代表性人物，不仅是对布氏批评实践的总结，也是"对长期被各种社会批判理论所遮盖的文学审美批评给予新的肯定"。黄应全在《如何构想新审美批评？——评哈罗德·布鲁姆的〈西方正典〉（修订本）》中认为，布鲁姆与阿多诺、利维斯等人，在审美这一问题上的区别，主要在于布鲁姆所坚持的是"审美自主性"，而阿多诺、利维斯坚持的是"审美优先性"。然而，两位学者对布鲁姆"新审美"批评的研究，还停留在对其经典批评著作中某些观点的梳理、概括和评介，对其"新审美"倾向和立场的阐释还不够系统，对布氏"新审美"批评之于传统审美批评的继承与发展也缺乏分析，没有将对这一问题的分析上升到对布鲁姆文学批评的整体性研究。

从以上分析可以看出，我国学界在布鲁姆文学批评研究领域取得了一定的成绩。与西方学界相比，在布鲁姆的理论特质以及整体性研究方面取得了较为丰富的研究成果，但其中还存在的一些问题和现象值得我们进一步关注和反思。

首先，由于译介迟缓，相对于西方学界而言，我国对布鲁姆文学批评的研究处于滞后状态，探讨的问题和关注视域容易受到西方学界的牵引。同时，学界主要依靠布鲁姆批评著作的中译本进行研究，缺乏对布氏英文原著的阅读，对其著作及相关资料掌握的全面性和透彻性还不够，关注焦点往往局限在"误读"理论和文学经典论层面上，在关注视域方面存在失衡现象。

其次，虽然学界在布鲁姆文学批评的特质及其身份归属方面取得了一定研究成果，但由于布鲁姆文学批评具有一定的丰富性和复杂性，学界还没有对其理论特质和理论身份达成共识，对布氏文学批评特性的研究还有待深入。有学者如张龙海和王宁，注意到布鲁姆批评理论的特质之一是对抗性，但对这一问题的系统阐述还可以进一步加强，对布鲁姆与浪漫主义诗学、唯美主义诗学在精神内涵与理论观念方面的联系有所忽略。也有学者如江宁康、黄应全指出布鲁姆文学批评具有"新审美"特性，但在对这一问题进行研究时，没有将布氏"新审美"批评纳入审美批评传统中，对其"新审美"批评"新"在何处也缺乏剖析。此外，布鲁姆的内向性主体观这一问题似乎没有引起国内学者的足够重视。

最后，由于在布鲁姆批评特性这一问题上缺乏系统审视，学界对其文学批评的整体性研究还有待深化和提高。张龙海与曾洪伟两位学者在对布鲁姆文学批评进行整体性研究时，就布鲁姆的理论特质方面提出了对抗性和审美性，但对这两种特质研究的系统性和全面性还可以进一步深入，可以以其批评特性为参照审视其文学批评。

这些现象和问题表明，学界对布鲁姆文学批评的研究还处于探索性评介阶段，需要从新视角采用新方法加强对其文学批评的研究。从"新审美"批评角度对布鲁姆文学批评进行研究，虽然有学者关注，但在系统性和深入性方面做得不够。从这个角度切入对布鲁姆文学批评进行研究，以审美性、对抗性、主体内向性为参照审视其文学批评，是一个新的视角，可以获得一些新的认识和启示。

二、选题依据与价值意义

（一）选题依据

对于布鲁姆文学批评的特质，国内外学界一直有着不同的看法。布鲁姆在当代西方文论的"审美转向"潮流中有着重要的地位和影响。从其文学批评特质的主要方面来看，可以将布鲁姆的文学批评归属于"新审美"批评。需要说明的是，布鲁姆并非有意识地要建构某种新的审美批评，也没有将其文学批评明确称为"新审美"批评，只是在批评实践中坚持以审美为标准进行文学研究，并对文学经典的生成传播途径及其价值实现方式形成了独特的认识与理解。笔者将布鲁姆文学批评归为"新审美"批评，主要有两个依据：一是学界的相关探讨和看法；二是布鲁姆文学批评的理论观念和批评实践本身呈现出的主要特点。

首先说学界的相关探讨和看法。国内曾有学者将布鲁姆的文学批评放置在西方当代"审美转向"潮流背景中进行探讨，将他归于新审美批评。江宁康指出，20世纪90年代以来，美国学者如温德勒、艾斯梯夫、戈特夏克等人，重申文学艺术的审美独立性，强调其审美价值，他们的批评方法和文学观念与布鲁姆非常接近，是一种新审美批评。21世纪初，这种趋势逐渐演变为审美与意识形态的结合，采取辩证的立场思考政治和社会问题，且力图在文学研究和文化研究之间寻找契合点。在众多批评著作中，以布鲁姆的《西方正典》最富有激情和洞见。因此，江宁康认为，将布鲁姆的文学批评视为新审美批评，将其视为美国新审美批评的代表性人物，不仅是对其文学批评实践特质的总结，也是对被各种非审美批评遮蔽的审美批评的新的肯定。[①] 黄应全在《如何构想新审美批评？——评哈罗德·布鲁姆的〈西方正典〉（修订本）》中，对布鲁姆与阿多诺、利维斯等人在审美这一问题上的区别进行了辨析，认为他们的差异主要在于布鲁姆坚持的是"审美自主性"，而阿多诺和利维斯等人坚持的是"审美优先性"。

应该说，两位学者将布鲁姆置于当代西方文论的"审美转向"中进行比较分析的考察方式是值得肯定的，对布鲁姆文学观念和批评方法、立场的整体把握也是较为准确的。众所周知，布鲁姆在早期浪漫主义诗歌批评中，便以捍卫审美独立性而著称。在《西方正典》《如何读，为什么读》等经典批评著作中，布氏更是反对从非审美角度对文学进行批评研究。因此，相对于唯美主义诗学传统而言，布鲁姆文学批评是一种新的审美批评。然而，笔者认为，布鲁姆的文学批评未必是上述两位学者所认定那样一种新审美批评。从两者的文学观念、批评立场及所处背景来看，布鲁姆与当代新审美主义者之间还是有一些差异的。他的文学批评是有其独特性的"新审美"批评。

布鲁姆与当代新审美主义者处于当代西方"审美转向"的不同阶段，有着不同的时代背景和价值意义。当代西方文论出现了两次重要的"审美转向"：一是发生在20世纪后半叶与经典解构/重构浪潮的对抗中；二是在21世纪"后理论"时代的理论反思中。在第一次"审美转向"中，少数持保守主义倾向的知识分子，反对大众文化等研究倾向以非审美因素为判断标准，对西方文学经典进行人为的解构与重构。在这一阶段的"审美转向"中，布鲁姆的态度最具代表性，其对"审美转向"的贡献也较为突出。在代表作《西方正典》中，布鲁姆明确提出他反对的是艾略特等人的新批评、保罗·德曼等人的解构批评以及那些从意识形态、种族、性别等角度研究西方文学经典的知

[①] 江宁康. 评当代美国文学批评中的唯美主义倾向——哈罗德·布鲁姆的文学批评思想研究[J]. 江苏社会科学，2005，3.

识分子，并将他们称为憎恨学派（school of resentment），[1] 认为他们是致使文学研究堕落的始作俑者。布鲁姆在这一阶段"审美转向"中的贡献，主要体现在审美的内涵和特性两个方面。布鲁姆指出，审美是由语言形象、原创性、认知能力、知识以及丰富词汇构成。在他看来，审美具有陌生特性（strangeness）。陌生性是一种无法同化的原创性或不再被视为异端的原创性。[2] 然而，由于第一次"审美转向"正处于西方文论的震荡性调整和颠覆性重构中，同时以布鲁姆为代表的知识分子没有形成固定阵营来抵制其他批评流派，他们面对更多的是论争对手的批评和责难。第二次"审美转向"发生在"后理论"时代的理论反思中，所处的时代环境和理论建构诉求与第一次"审美转向"不同。一些英美知识分子，针对西方当代文论存在的文论泛化以及背离审美等现象与问题，重新思考传统审美观念及审美批评存在的问题，明确提出了"新审美主义"（New Aestheticism）这一主张。由于第二次"审美转向"生发在理论反思中，因此它引起的共鸣要远多于争议，在理论建构和批评实践方面的贡献也相对较大，促进了西方当代文论的"审美回潮"，以若津和马尔帕斯主编的《新审美主义》（New Aestheticism，2003）文集最具代表性。在理论建构方面，若津和马尔帕斯等知识分子，在审美研究中以德国古典美学和现代美学为理论建构基础，以此调和传统美学审美自主性、独立性与后现代反审美立场之间的冲突。在批评实践方面，他们主张融合经典批评与大众文化批评，在文学与哲学的对话中探寻建构新的审美批评的途径和方法。

除时代背景与理论环境不同之外，布鲁姆与新审美主义者的理论观念和批评立场也有所不同。

当代新审美主义或新审美批评，诞生于理论解构与建构并行的"后理论"时代。有学者认为，21世纪有三个事件标志着西方文论思潮的走向，即后殖

---

[1] 布鲁姆将这些批评流派称为"憎恨学派"，是因为他们从否认文学活动中人的主体性作用，忽视文学的审美属性，将文学研究变成了纯粹的语篇分析。详见［美］哈罗德·布鲁姆. 西方正典［M］. 江宁康译. 译林出版社，2001，第432页.

[2] ［美］哈罗德·布鲁姆. 西方正典［M］. 江宁康译. 译林出版社，2001，第23页.

引 言

民主义大师赛义德、解构主义奠基人德里达的逝世,以及特里·伊格尔顿《理论之后》的出版。[①] 赛义德与德里达的逝世,标志着后殖民主义批评和解构批评的衰落与终结,而《理论之后》则对"理论终结"的呼声起到了推波助澜的作用。这三个颇具影响的事件,标志着西方文论进入了"后理论"时代。"后理论"的理论解构,表现在对后现代文化理论或文化批评的反思;它的理论建构,则是在对之前理论问题的批判性反思基础上,对新问题进行的理论探讨与理论建构。可以说,"后理论"时代并非宣告理论的终结或理论已死,而是在对理论的反思中,探寻解决文论自身问题的观念方法,使文论保持解决现实问题的生命力。当代西方新审美主义便诞生于这样一个理论解构与建构的时代背景中。早在2005年,拉曼·塞尔登在《当代文学理论导读》中便对新审美主义的理论来源和观点主张有所描述,而哈比伯在2011年出版的著作《从柏拉图到当代的文学批评》,着重点评了三个当代文学批评思潮,新审美主义批评便是其中之一。

美国新审美批评隶属于"后理论"时代的当代新审美主义。由若津和马尔帕斯主编的《新审美主义》,收集了英美学者有关新审美主义的若干批评文章。两位编者认为,后现代文化理论的"反审美"立场忽视了文学的艺术形式特征,导致了文学理论的衰竭。[②] 在他们看来,解决这一问题的关键,在于建构以审美为核心的文学理论。因此,当代新审美主义继承了传统美学和现代美学的重要观念,特别是康德和阿多诺的美学观,以辩证方法在传统美学与后现代反审美立场之间,探寻新的审美批评的建构途径。新审美主义者将形式美与内容美辩证地结合起来,认为两者是不可分割的辩证统一体。他们认为,审美批评是独立而不是孤立的,应该将社会、历史、政治等纳入审美的视野中加以审视,以审美介入对社会现实的批判。因此,它以传统美学的审美观为根基,将审美与政治历史意识形态连接在一起,以阿多诺辩证法看待审美独立和

---

① 王宁. "后理论时代"西方文论思潮的走向[J]. 外国文学, 2005, 3.
② John J. Joughin and Simon Malps, edit. *The New Aestheticism*[M]. Manchester and New York: Manchester University Press, 2003, p.1.

文化批判，力求在文学经典和大众文化研究的互动中建构一种新的审美批评。正是基于这样一种观念立场，本内特才提出文学除审美价值外还有文化价值这一观点。新审美主义不仅对西方经典作品做出了细致的审美剖析，对大众文化也给予了一定的重视。可以说，当代西方新审美主义文论被认为是精英文化和大众文化走向整合的表征。虽然它带有精英主义的特征，但并没有否认文化研究的积极意义。

从当代西方新审美主义文论的主张和立场来看，它注重的是"审美优先性"。这既是对传统美学观念的纠偏，也是对后现代主义反审美的批判。新审美主义者在哲学美学的依托中，从辩证立场看待审美独立性，将文化研究融入文学研究当中，试图填补精英文化与大众文化之间的鸿沟。从这个角度来看，新审美主义文论的"新"，既表现在接纳传统美学中关于审美自主性的观念，反对后现代文化理论的反审美立场，也体现在以文化研究的广阔视域匡正传统美学的弊端，特别是唯美主义的狭隘美学观。正因如此，美国批评家如辛格、克尔内、伯克利、布瑞恩等人才认为审美具有一定的政治属性，离不开政治和社会问题，并对文学经典与大众文化的关系展开了深入的探讨。

尽管布鲁姆不否认社会政治等外部因素对审美的影响，却反对在文学研究中以非审美因素为研究焦点，也不赞同融合精英文化和大众文化。布鲁姆认为，回避或压抑经典是当前高等教育机构的普遍风气，文学教学已被政治化，文学批评也被伪马克思主义、伪女性主义以及各种时髦的东西所取代。[①] 在他看来，审美的敌人是那些文学的政治和道德的卫道士，文学经典是精英主体间的对抗产物，文学批评也始终是一种精英现象。这里可以看出他与新审美主义者的主要分歧。正如黄应全所说，布鲁姆坚持的是审美独立性。在布氏观念中，审美与审美批评是独立于历史、政治、文化和意识形态之外，并且始终是精英主义的。与新审美主义者不同，他既不主张整合文学经典和大众文化，在审美批评和文化批评之间也没有寻找中间地带。布鲁姆认为，从意识形态角度

---

① [美]哈罗德·布鲁姆. 西方正典[M]. 江宁康译. 译林出版社，2001，第2、19页。

捍卫经典同为经典"祛魅"的人一样,均是在破坏文学经典的审美价值。[1] 此外,布鲁姆观念中的认知也不是伯克利所认为的那样——既是内在体验也是外向性认知,[2] 而是对自我心灵与意识的内向性认知。

从以上论述中可以看出,尽管布鲁姆与新审美主义者均处于"审美转向"潮流中,他的文学批评也是一种"新审美"批评,但与新审美主义倡导的审美批评还是有一定差异的。笔者认为,这是由理论环境赋予的不同历史使命所致。20世纪后半叶的西方文论处于调整与重构过程中,众多知识分子在"破"与"立"的二元对立中表达他们建构新的文学理论的诉求。在这样一种理论建构氛围中,布鲁姆坚持"审美独立性",排斥非文学性研究是客观环境赋予他的历史使命。自形式主义文论以来,"去审美化"成为当代西方文论的一种趋势。审美逐渐被社会历史、政治意识形态和种族性别所取代。文学成了社会历史与政治意识形态的注脚和理论验证的场所,而文学理论则成为其他学科理论的附庸。布鲁姆只有坚持极端的审美独立性,才能在与其他流派的对抗中引起一些学者和读者的注意和重视,使审美在"去审美化"浪潮中依然是人们关注的问题之一。《西方正典》《如何读,为什么读》引发的争议,便是布鲁姆在这样一种理论环境中为捍卫审美而做出的努力。与布鲁姆不同,新审美主义者处于"后理论"时代的理论反思中。一些知识分子坚持审美优先性,将文化研究与文学研究相融合,明确提出了新审美主义文论。笔者认为,新审美主义采取"审美优先"的立场和态度,与"后理论"时代的理论反思氛围密不可分。这样一种氛围相对宽松缓和,有利于知识分子在反思中建构新的文学性理论。因此,新审美主义者没有像布鲁姆一样采取极端的排他性立场,而是兼收大众文化研究以及非文学性理论的优秀成果,以哲学美学为基础而建构起一种新的审美批评。

虽然与新审美主义同处于"审美转向"潮流中,但布鲁姆的"新审美"批评有他的独特性,不隶属于任何批评流派,是他在吸纳和改造西方传统文论

---

[1] [美]哈罗德·布鲁姆. 西方正典 [M]. 江宁康译. 译林出版社, 2001, 第18页.
[2] 马涛. 当代批评文集《新审美主义》评述 [J]. 当代外国文学, 2014, 2.

中形成的，以审美、对抗以及主体内向为主要特性的批评方式，体现了他在批评实践中对文学形成的独特认知，贯穿其批评实践的始终。

再看布鲁姆文学批评的理论观念和批评实践呈现出的特点。即便布鲁姆没有公开宣称"为艺术而艺术"和"为美而美"，但在其后期著作《影响的解剖》中承认，他继承的是佩特和王尔德开启的唯美主义诗学传统，采纳的是鉴赏式批评方法。① 这为笔者的研究探讨提供了依据，可以在对两者的比照中探讨布鲁姆的"新审美"批评。

总的来说，布鲁姆与唯美主义诗学在文学观念和批评观方面有着一种传承关系。唯美主义强调文学艺术的独立性，重视文艺的想象力，推崇形式上的美学价值，反对道德训诫以及文学艺术的体系化和制度化，注重对文艺作品的个体感悟，寻求一种艺术化的生活方式以获得自我救赎。这些既是唯美主义诗学的基本主张，也是布鲁姆文学观和批评观的重要基础。布鲁姆认为，依赖并热衷于道德、政治、哲学的批评方式玷污了想象性文学。② 为捍卫文学的想象力，布鲁姆在其宗教批评中也以想象为标准评判宗教文本，甚至将《J》之书中的耶和华等同于莎士比亚的哈姆雷特和福斯塔夫。在他看来，制度化和体系化的批评模式排斥批评家个性，贬低了才智的价值。同诗歌一样，文学批评无法逃离个性，是批评主体个性的展现。批评用语同诗歌语言一样，是个体行为而不是社会或学院规范的体现。因此，布鲁姆的文学批评始终是一种充满激情的个体性行为，而不是一种社会性关怀。布鲁姆还指出，文学批评并非是理论性的，而是实用性的。虽然他并不认为阅读可以使人变得更好或更坏，但由于人们在现实生活中容易受到种种不如意事情的打击，阅读文学经典却可以使人增强自我，从而实现自我救赎。

从这里可以看出，布鲁姆的文学观与唯美主义诗学基本一致。其文学批评自浪漫主义诗歌批评开始，直到后期的文学式宗教批评始终在践行着这些观念

---

① Harold, Bloom, *The Anatomy of Influence: Literature as a Way of Life*[M], New Haven and London: Yale University Press, 2011. pp.5,21,25.

② [美]哈罗德·布鲁姆. 西方正典 [M]. 江宁康译. 译林出版社，2001，第8页.

引 言

主张，与唯美主义诗学是一种传承关系。因此，以这一历时性传承为依据，可以将布鲁姆的文学批评视为审美批评。然而，布鲁姆的审美批评有其独特性，使其在与唯美主义诗学传统相一致的同时，又有别于唯美主义诗学。

第一，陌生性审美是布鲁姆审美批评的重要观念，是其有别于唯美主义的重要标志之一。就对审美的认识而言，唯美主义观念中的美，指的是声音、意象、线条以及结构等形式因，而形式因在布鲁姆的审美观中，只是一个组成部分。在布鲁姆看来，审美由形象语言、原创性、认知能力、知识以及丰富的词汇构成。其中，"形象语言"和"词汇"与唯美主义诗学的审美观较为接近，指的是由语言意象构成的形式美。然而，"认知能力"和"知识"体现的却是文学艺术的内容美，可以使读者认识自我、增强自我。这与唯美主义诗学存在一定差异。即便唯美主义并不完全否认审美具有社会性价值功用，但由于它对审美独立性和自主性的坚持，使人们对其文论主张产生了某种程度的误读，认为它具有"去人性化"和"去道德化"倾向。这一点，在布鲁姆那里得到了改善。从布鲁姆的《如何读，为什么读》可以看出，他在坚持审美独立性和自主性的同时，突出了审美的个体性价值功用。在布鲁姆看来，审美具有认知功能，可以使读者在阅读文学经典的过程中认识自我并增强自我的心灵力量，从而对抗死亡、疾病和衰老。虽然阅读具有审美价值的文学经典，不能直接改变他人或社会，却可以通过增强或改变自我间接影响他人，进而促进他人和社会的改变。

就对审美特性的认识而言，唯美主义诗学只是坚持审美的独立性和自主性，还没有就审美具有怎样的特性提出自己的见解，而布鲁姆观念中的审美却具有一种陌生性（strangeness）。在布鲁姆看来，审美的实现取决于文学作品的陌生程度。陌生性是一种无法同化的原创性，或是一种人们完全认同而不再视为异端的原创性。陌生性的实现，需要后辈诗人在同前辈诗人的对抗中，对先在文本进行陌生化处理（即修正或"误读"）；陌生化的结果不仅是原创性文学经典和强力诗人的诞生，同时也是审美的展现。可以说，在布鲁姆那里，审美的展现途径便是陌生化，陌生性则是审美的特性。不仅如此，布鲁姆观念中的审美与崇高是可以互通的两个概念。崇高被视为一种竞争模式，具有对抗特性，其基础是文本中体现出的矛盾对立的情感。① 布鲁姆认为崇高具有审美价值，它同审美一样对情感具有影响力，具有认知价值，可以改变、提升自我，扩大自我意识。从这一角度来看，布鲁姆观念中的审美可以等同于对抗性崇高。值得注意的是，由于崇高的对抗性，使得布鲁姆的审美观也带有一定的对抗性。因此，陌生性审美，及其与对抗性崇高的可通性，使得布鲁姆的审美批评有别于唯美主义诗学。

第二，以审美获得为目的的主体间对抗（inter-subjects' agon），是布鲁姆审美批评有别于唯美主义诗学的另一重要标志。尽管唯美主义诗学带有一定的对抗性，但它只是通过其诗学主张暗示出来，强调文学艺术与哲学、政治、社会、历史的决然隔离。虽然唯美主义关注主体的精神意志，却没有涉及主体间的对抗。布鲁姆的审美批评，不仅强调文学与非文学的界限，还非常重视主体间的对抗。对抗成功与否，是布鲁姆判定强力诗人和弱力诗人的标准。布氏的主体间对抗，并非以物质性形态存在，而是在精神领域通过主体内化的方式进行。

布鲁姆的对抗（agon）与现实生活中暴力的肢体行为无关，而是与主体意志有关的精神姿态。对抗并不是对现实权利的欲求，而是对诗人身份和经典作品的诉求，对审美原创性的追求，体现的是主体的意志力量。在布鲁姆的审美批评中，对抗既是追求审美必要的精神姿态，也是经典生成的重要途径。他认为，经典是在过去和现在永恒的对抗中形成的，是过去的天才与今日的雄心之间的冲突，而对抗的结果便是经典的扩容，② 经典已经成了为生存而互相对抗的文本间的选择。经典的形成不是由批评家和学术界决定的，更不是由政治家决定的，而是作家、艺术家和作曲家们在对抗中自己决定的。在他看来，文本间对抗产生的审美价值，是决定一部作品是否是经典的唯一标准。文本间的对抗发生在读者身上、在语言之中、在课堂上以及社会论争之中。因此，布鲁姆观念中的西方经典是一份幸存者名单。在布鲁姆的经典名单中，那些具有陌生

---

① 屈冬. 哈罗德·布鲁姆与浪漫主义诗学的关系探讨 [J]. 求是学刊，2005，2.
② [美] 哈罗德·布鲁姆. 西方正典 [M]. 江宁康译. 译林出版社，2011，第 5 – 7，431 页.

性审美或对抗性崇高的经典作家,均是在与莎士比亚的对抗中幸存下来的佼佼者。由此可见,布鲁姆的经典生成过程,便是审美领域内的对抗过程,重视的是对抗过程中凸显出的审美价值,而审美价值的实现也是从对抗中获得的。

第三,对抗中的主体内化(subjects' internalization)是布鲁姆审美批评有别于唯美主义的另一特质。与唯美主义诗学的生活艺术化策略相通,布鲁姆的主体内化旨在探索主体精神的拯救策略。然而,唯美主义对于主体拯救策略的探索,还处于感性认识阶段,对于具体的拯救策略缺乏细致的分析考察。[①] 与佩特和王尔德的"生活艺术化"倡议相比,布鲁姆的主体拯救策略要较为具体明确。

布鲁姆的审美批评,是以人为主体和对象的批评。作为创作主体和接受主体的人,始终是他的关注对象。布鲁姆的主体,是在对抗中以获得审美体验和精神升华为目的的主体。如何在与他人的对抗中反思并超越自我,怎样在阅读中扩展自我意识、增强心灵力量,一直是布鲁姆探索的重要问题。因此,他的主体观是一种内向性主体观,注重对自我生命的锤炼,提倡自我认识,以自我反思和自我超越为目的。在布鲁姆看来,审美具有的认知价值可以使主体在对抗中增强自我,抵抗疾病、衰老和死亡。主体的反思、超越,自我意识的拓展、心灵力量的增强,是在他的对抗行为中实现的。因此,其主体内化也带有明显的对抗性(agonic)。

对抗性主体内化,萌芽于布鲁姆的浪漫主义诗歌批评。"追寻罗曼司的内在化"(the internalization of romance)是其主体内化观的重要基础,是对抗中的自我反思与自我超越行为,也是主体的内向性自我救赎过程。在对浪漫主义经典诗歌研究时,布鲁姆发现它揭示了主体自我救赎的两种模式或两个阶段。第一种模式是"普罗米修斯"(prometheus),第二种是"真正的人,想象力"(real man, the imagination)。"普罗米修斯",是布鲁姆"追寻罗曼司的内在化"的第一阶段。这一阶段的主体积极参与到政治、社会和革命等外向性活

---

① 杜吉刚. 世俗化与文学乌托邦:西方唯美主义诗学研究[M]. 中国社会科学出版社,2009,第144页.

动中，对不合理的社会体制或社会现象进行猛烈抨击。"真正的人，想象力"阶段出现在内化过程的危机后。主体从外向性活动中抽离出来，开始对自我进行内向性探索。在"普罗米修斯"阶段，主体的反抗对象是某些外在权威或力量。在"真正的人，想象力"阶段，主体的反抗对象变成了自我。在布鲁姆看来，追寻内在化的主体是诗人，他的对抗对象是自然以及那些阻碍想象力的东西。

在浪漫主义诗歌批评中，布鲁姆的主体内化观还缺乏系统性和完整性，对主体为什么会出现精神危机也没有明确说明。在"误读"理论和文学经典论中，他的主体内化观得到了进一步发展。"误读"论中的主体内化，是针对创作主体的内向性对抗策略和对抗过程而言。经典论的主体内化，则是就孤独的读者对经典的内向性吸纳而言。"误读"论中的主体内化，着重描述的是后辈诗人为自我身份确证而采取的对抗策略，及其与前辈诗人进行的对抗过程。在该理论中，后辈诗人通过修正或"误读"与前辈进行对抗，他的对抗和"误读"是通过修正比来完成的。① 经典论中对文学经典的内向性吸纳，是孤独的读者与死亡、疾病和衰老对抗的途径，注重的是读者在精神层面对审美认知价值的体悟。读者对经典的内向性吸纳，是通过五个阅读原则来实现的，即清除头脑中的虚伪套话、不要指望通过阅读改变他人、成为一支蜡烛、成为一个发明者以及寻回反讽。

通过以上分析可以发现，布鲁姆的审美批评体现的是一种人文关怀，不论是就创作主体还是接受主体而言，它始终是以在对抗中获得的审美价值和审美体验为途径，以认识改善自我、获得救赎为目的的文学批评。笔者将他的文学批评视为一种审美批评，不仅是根据他个人的言论，还是因为他的观念、立场和主张与唯美主义诗学基本一致，均是在维护文学审美的独立性和审美价值，重视审美的个体体验，反对道德训诫以及文学艺术的体系化和制度化，在文学艺术中寻求自我救赎。然而，审美、对抗以及主体内向这些特性使他有别于唯美主义诗学。因此，从这一角度来说，笔者将布鲁姆的文学批评视为"新审

---

① 关于布鲁姆的修正比，笔者将在第三章第二部分中详细阐述.

美"批评。

根据上面说到的情况,针对学界对布鲁姆"新审美"批评研究的不足,以及有关看法的分歧与争论,笔者力求从"新审美"批评这一视角,对布鲁姆的文学批评进行比较系统和深入的探讨研究,为学界的相关研究提供一些有价值的参照。

(二)选题价值与意义

哈罗德·布鲁姆是当代西方文学研究领域中具有一定影响力的批评家之一。其"新审美"批评中的一些重要理论命题及其批评实践,具有较强的现实针对性,体现着布鲁姆敏锐的问题意识。通过对其"新审美"批评的整体性和深入性研究,可以从中发现有助于我国当代文论建设的理论观念。

(1) 从"新审美"批评特质这一角度对布鲁姆文学批评进行整体性研究,国内外学界对此关注不够。布鲁姆的"新审美"批评,是在其就当代西方文论中存在的问题而与其他批评流派的论争中形成的。审美、对抗和主体内向代表着布鲁姆文学批评的独特品质,也是区分他与传统审美批评、当代其他批评流派的重要标志。从这一角度对布鲁姆的文学批评进行研究,可以为审视其理论特质、阐释其理论命题提供一个新的视角,对布鲁姆文学批评的整体性研究来说会有一定启发。

(2) 将布鲁姆的"新审美"批评置于西方文学批评传统中考察,有助于更好地认识其"新审美"批评与其他文学批评的关系,深化对其文学批评的认识。布鲁姆的"新审美"批评具有一定的丰富性和多样性,除浪漫主义诗学和唯美主义诗学外,他有意识地从批评传统中汲取其他理论养分加以改造创新,充实其批评实践,并以此尝试解决当代西方文论中存在的问题。从他与西方文学批评传统的关系对其进行审视,可以为布鲁姆文学批评的研究提供一个较为广阔的视域。

(3) 笔者把布鲁姆文学批评中包含的若干重要命题,纳入其"新审美"批评的视野中来重新认识和进行阐释,有助于深化对其文学批评的认识和研究。布鲁姆重要的理论命题及其批评实践如"误读"论和经典论,经典批评和宗教批评等,均体现着其"新审美"批评的审美性、对抗性和主体内向性。

因此，在布鲁姆"新审美"批评视野内，重新审视其文学批评的重要命题，会深化、丰富对其理论内涵和批评实践的理解。

（4）对布鲁姆"新审美"批评中的理论命题及其批评实践进行互证式研究，在这方面国内外学界虽有所关注，但还可以进一步加强。除"误读"理论外，布鲁姆"新审美"批评的重要理论命题，大多是在批评实践中针对具体的问题而提出的，其理论特质也是在批评实践中形成的。因此，在布氏"新审美"批评特质的参照下，运用理论与实践互证的研究方法，可以从宏观和微观两个层面系统地认识其批评实践，深化对其理论命题和批评实践的理解。

（5）从中西文学批评比较研究的意义上说，对布鲁姆的"新审美"批评进行评析，有助于更好地认识其特点、意义价值和局限，为我国文学理论建设提供参照借鉴。这样，不仅可以在比较中全面认识其文学批评，也有助于从其文学批评的形成方式、"新审美"观念及其批评实践，在本体论、方法论、认识论以及实践论层面上发现一些对我国当代文论建设来说有价值的借鉴参照。

（6）笔者以布鲁姆的英文原著为研究基础，以中译本为参照，这样可以减少仅依靠中译本带来的对原文的误读或误释，有助于更好地译介或评析布鲁姆的"新审美"批评。尽管布鲁姆的批评专著被译为多种语言，但现有中译本的数量较为有限，某些重要专著如《莎士比亚：人类的创造者》还没有译成中文。此外，正如曾洪伟所说，布鲁姆批评著作中译本的质量也存在一些问题和偏差，容易使读者对布鲁姆的观念产生误读。因此，笔者以英文原著为研究基础，以中译本为参照，可以减少对布鲁姆的误读，对其批评著作的评介来说会有一些参照价值。

三、研究定位与基本思路

笔者旨在研读布鲁姆的批评文本和理论著作，从中梳理出其"新审美"批评形成的脉络，发掘其文学批评的特质，以此为参照系统审视其文学观念和批评实践，并在中西文学批评的比照中对其进行整体性评析。具体思路如下：

首先，将布鲁姆的"新审美"批评纳入西方文学批评传统中进行审视，考察其"新审美"批评对西方批评传统的继承与发展。布鲁姆的文学批评有其丰富性、复杂性和多样性，这与他有意识地从批评传统中吸纳并改造资源有着密切关系。笔者对此做过一些研究，发现布鲁姆"新审美"批评的理论基础，主要是唯美主义诗学的自律与自为文学观、自由独立的主体观、现世人生拯救主题，以及浪漫主义诗学中的审美观、崇高观、想象观和哈兹里特的宣泄说。在此基础上，布鲁姆通过吸纳弗莱神话原型理论、弗洛伊德家庭罗曼司以及古犹太神秘哲学卡巴拉的文本阐释策略，在批评实践中逐渐形成了具有其个人特色的"新审美"批评。

其次，对布鲁姆文学批评呈现出的特点进行归纳提炼，剖析其文学批评的独特品质，并以此为参照重新审视他的理论命题。布鲁姆"新审美"批评的独特品质，在于它的审美性、对抗性和主体内向性。审美性指的是，布鲁姆的"新审美"批评，在观念上坚持文学审美的独立品格，在批评实践中对审美作为文学价值评判尺度的捍卫。对抗性指的是布鲁姆对于主体间（包括创作主体和批评主体）和文本间（包括文学文本、批评文本以及宗教文本）对抗行为的强调。主体内向性，是审美主体在与前辈及其文本的对抗过程中，通过主体内化的两个阶段以及修正策略对自我进行的反思与超越。

布鲁姆文学批评的这些品质，贯穿于他的"误读"理论和文学经典论中。就其"误读"理论而言，"误读"突出的是审美主体的独立意志与对抗精神。"误读"理论中的"影响"与"焦虑"，是审美主体"误读"的内驱力。"影响"并非传统意义上的前辈诗人对后辈诗人的启发和指引，也不是后辈诗人对前辈诗人的继承与发扬，而是一种逆向性影响，即前辈诗人是后辈诗人脱颖而出的障碍，是主体焦虑感产生的源泉。"焦虑"是审美主体在前辈诗人影响下对自我身份认同产生的一种危机感，也是主体对抗并超越前辈诗人的动力源泉。"误读"是主体"影响与焦虑"的宣泄途径。审美主体的"误读"，是依靠卡巴拉式的修正比来实现的内向性行为。布鲁姆的文学经典论，是其"误读"理论在批评实践中运用与深化的产物，突出文学经典的审美、对抗与主体内化价值，以及这些价值对读者与死亡和孤独对抗的启示。在文学经典论中，文学经典的品质在于作品本身具有的陌生性（或原创性）和崇高性。布鲁姆的陌生性（或原创性）和崇高性，是在对浪漫主义和唯美主义诗学审美观的继承基础之上形成。不同的是，布氏的陌生（或原创）和崇高是审美主体在对抗过程中对前辈文本的内化结果。文学经典的价值，主要体现在经典作品中对审美主体与死亡和孤独对抗和内化的揭示，而经典价值的实现则需要接受主体对作品的内向性吸纳来实现。布鲁姆"新审美"批评的经典谱系，是以审美、对抗和主体内化为标准确立起来的。莎士比亚是这一谱系的中心，是所有后世作家焦虑的来源，也是他们的对抗目标。布鲁姆经典谱系的排列，是按照审美主体在与莎士比亚的对抗过程中，以对莎士比亚的内化程度为准则而建构起来的。

再次，通过理论与实践互证的方式，系统阐释布鲁姆的批评实践。布鲁姆"新审美"批评的批评实践，主要涉及三个领域即浪漫主义诗歌批评、经典批评和宗教批评。浪漫主义诗歌批评、经典批评和宗教批评，在其"新审美"批评中是相互关联，可以彼此印证的。在浪漫主义诗歌批评中，布鲁姆继承了浪漫主义诗学观念，在批评实践中捍卫诗歌的审美价值，这对其"新审美"批评的形成有着不可忽视的作用。在经典批评中，布鲁姆延续了浪漫主义诗学观，继承了佩特的鉴赏式批评方式，运用其"误读"理论的某些重要观念，通过对戏剧、小说人物和诗歌的解读，发掘文学经典的审美价值与认知价值。尽管宗教批评在布鲁姆的批评实践中所占比重较小，但由于他采取了宗教批评与文学批评相互印证的方式，对《圣经》和摩门教的审美性、对抗性以及主体内向性进行解读，这在某种意义上拓展了他"新审美"批评的辐射范围。

最后，对布鲁姆"新审美"批评进行整体性评析。笔者认为，布鲁姆"新审美"批评的价值启示主要体现在以下几个方面：其一，在文学经典面临生存困境的时代背景下，布鲁姆在坚守经典根本属性审美的同时，对其内涵进行了开拓与创新，捍卫了文学经典的审美独立性和自主性，并为经典批评提供了可借鉴的批评范式；其二，布鲁姆具有敏锐的问题意识，在与其他批评流派"去主体化"倾向的对抗中，确立了主体性因素在文学创作活动中的价值意义；其三，布鲁姆较为注重发掘批评传统的当代价值和意义，在传统与当代之间探寻建构当代文学理论以及批评实践的可能性，为我国当代文论建设提供了可供借鉴的范式。经典标准是在对以往优秀作品的历史性回顾中确立起来的，要充分考虑到经典标准的时代性、民族性和审美导向性。经典形成是内外因素相互合作的复杂过程，单纯依靠内因或外因，经典是无法形成的。然而，由于布鲁姆的"新审美"批评是在与其他批评流派的论争中形成的，其理论观念和批评实践不免有其自身的局限。布鲁姆"新审美"批评的局限，主要体现在主观主义和文本语境困境两个层面上。由于布鲁姆是美裔犹太人，其"新审美"批评对"对抗性"和"主体内向性"的重视，可以说是布鲁姆对自我身份的焦虑和诉求的产物。这使他的"新审美"批评，在具有浓厚的对抗性和主体内向性的同时，也陷入了主观主义困境。在"误读"理论和文学经典论中，布鲁姆过于强调文本语义不在文本内，而是游离在文本之间，这使得语义陷入了不断游离的困境，导致了文本语义的虚无。

第一章
布鲁姆"新审美"批评与理论传统

布鲁姆"新审美"批评的理论来源较为丰富多样。这是学界对其理论特质问题存在不同看法的原因之一。他有意识地从其他理论资源中汲取养分来满足其批评实践的需求,并尝试通过整合不同理论资源来解决当代西方文论中存在的问题。在布氏借鉴的理论资源中,既有其同时期德·曼的修辞观,也有唯美主义和浪漫主义等众多传统文论,还有非文学性理论如古犹太神秘哲学卡巴拉。在布鲁姆借鉴吸纳的理论资源中,唯美主义诗学、浪漫主义诗学、古犹太神秘哲学卡巴拉,以及弗洛伊德家庭罗曼司等,是其文学批评的重要理论资源,也是其"新审美"批评得以形成的重要基础。由于布鲁姆较善于掩饰其理论来源和师承关系,对认识其"新审美"批评的理论基础及其特质造成了一定困难。因此,本章重点考察布鲁姆对这些理论资源的吸纳与重构,力图还原性地描述其"新审美"批评的理论基础,为阐释其批评特质提供参照。

一、对唯美主义诗学的继承与重构

唯美主义诗学,在布鲁姆"新审美"批评的形成过程中起着重要的作用,为其"新审美"批评提供了重要的观念基础和批评范式。然而,学界对这一问题的关注还不够。布鲁姆在早中期著作中没有表明他与唯美主义诗学传统的关系，而是在其晚期著作《影响的解剖》中承认了这种师承关系。① 针对学界对这一问题研究的不足，本节重点审视布鲁姆对唯美主义诗学的继承与重构，尝试在两者的比照中探讨布鲁姆对唯美主义诗学的吸纳，深化对其"新审美"批评理论基础的认识。

（一）自律与自为审美观

一般认为，"为艺术而艺术"是唯美主义自律自为审美观的标志。这一口号包含着唯美主义诗学观念中文艺的独立性和无功利性，与现实生活的迥异性，以及它对形式美的重视。浪漫主义诗人和批评家是文学自律与自为观念早期的倡导者和实践者，而唯美主义批评家则是这一观念的集大成者。众所周知，唯美主义诗学吸纳了康德美学的"审美无功利"和"美在形式"等观点，将浪漫主义诗学的审美观推向了极致，倡导"为艺术而艺术"，提倡"生活艺术化"准则，对现实主义和自然主义的文学主张进行强烈批判，强调文学艺术与道德、社会以及政治的决然隔离，并否认文艺具有反映、再现与认知客观现实的功能，认为文学艺术的全部目的与价值是美，是一种自律和自为的存在。可以说，唯美主义诗学以较为极端的方式，将康德美学和浪漫主义诗学全面应用于文学领域，在某种程度上使得文学的自律与自为在文学艺术中得以具体化和体系化。

唯美主义诗学的自律与自为观念，是在反对现实主义和自然主义文论中建构起来。总的来说，"自律"与"他律"是相对的概念。"他律"，指的是主体自由的实现受到外在因素（如环境和动机等）的影响与阻碍；"自律"，则意味着主体精神通过意志为自己立法、对自己负责，并自觉履行义务。在文艺领域，现实主义和自然主义文论均强调文艺对社会现实的再现与反映，以"真实性"为标准评判文艺作品，而文艺的本体特征（如审美和虚构）以及某些主体性因素（如灵感和想象等）被遮蔽了。尽管现实主义与自然主义文论有其自身的生成语境和现实针对性，但它们无异于以历史、哲学以及科学的标准

---

① Harold Bloom. *The Anatomy of Influence: Literature as a Way of Life*[M], New Haven and London: Yale University Press, 2011. pp. 5, 21, 25.

要求文学艺术，抹杀了文学艺术与它们的界限，剥夺了文艺的主体地位，将其视为受"他律"影响的存在。这是唯美主义批评家极力反对的。唯美主义者捍卫文艺自律和自为的理论武器，是康德对知、情、意的界定与区分。作为一种认识功能，知的认知对象是客观事物，属于科学和哲学范畴；意，作为意志功能和行为规范，属于伦理与道德范畴；而情则对应于人的情感，属于审美范畴，与经济、道德等功利性活动有着本质区别。在康德看来，审美是一种鉴赏性判断活动。它不是通过知性把表象与客体相联系，而是通过想象力把表象与主体的情感生活相联系。[①] 因此，审美活动有别于人类的认识活动和实践行为。康德对知情意的区分，为唯美主义诗学的自律自为观提供了重要的理论基础。需要说明的是，康德对知情意的界定和区分，并非要将文学艺术与自然以及伦理道德等截然对立起来，只是从认识论角度为人类的各种活动的界定提供参照。在康德的理论体系中，知情意既相互区别又紧密相关。然而，唯美主义批评家吸纳了康德对情的界定，将它从"知情意"的整体结构中剥离出来，认为文学艺术是独立于道德、政治和社会历史之外的自律自为的存在。对康德美学来说，这是有意地误读或误用。然而，误读或误用的康德美学，却可以作为唯美主义者反对现实主义和自然主义文论的理论武器。

在唯美主义诗学观念中，文学艺术是非功利的。它的目的并非是反映、再现生活或道德说教，而是为了展现美和感受美。美，成为文艺作品全部的目的和价值。因此，文学艺术是一种自为的存在。唯美主义批评家继承了康德美学的"审美无功利"说，将美视为文学艺术的根本属性，否认美具有任何外在于自身的价值与功能。这样，美便成为唯美主义者捍卫文艺自为的主要阵地。斯文伯恩认为，文学艺术既不是宗教的责任和事实的奴仆也不是道德的先驱，[②] 它的任务不是拯救时代和改造社会，而是让自身尽善尽美。在波德莱尔看来，诗除自身以外没有任何其他目的，文学艺术追求的美本身便是一种道

---

① 李秋零主编. 康德著作全集（第2卷）[M]. 中国人民大学出版社，2013，第210-211页.
② 周小仪. 唯美主义与消费文化 [M]. 北京大学出版社，2002，第35页.

第一章
布鲁姆"新审美"批评与理论传统

德。① 王尔德指出,文学艺术按照自己的规律行事,具有独立的生命,表现的只是自身。② 从这里可以看出,唯美主义批评家将文艺视为独立于政治、道德和社会历史之外的存在,力求将文学艺术从道德说教、对金钱物质的功利追求,以及对客观世界的认识活动中脱离出来。因此,文学艺术并不以反映客观世界和服务现实为目的,而是以追求美和表现美为根本目的和全部价值。

既然道德说教和再现、反映现实是不美的,那么,唯美主义者观念中美的具体内涵是什么?怎样界定与区分美和不美?虽然唯美主义批评家吸纳了康德美学的某些观点,但他们观念中的美与康德的美是有区别的。康德拒绝对美进行抽象性的概念总结,因为美关乎的是主体的情感,而不是某一客观概念。在他看来,美是关乎主体情感状态的,只要是无须概念而普遍地让人喜欢的东西,就是美的。在康德美学中,美可以分为纯粹美和依附美。纯粹美不以任何有关对象应当是什么为前提条件,而依附美则以这样一个概念以及对象依照这个概念的完善性为前提条件。文学艺术如诗歌、音乐、建筑以及绘画等均属于依附美范畴,依附于自然并服务于道德,并不是纯粹的自律与自为的存在。而在唯美主义批评家那里,文学艺术成为一种纯粹美,脱离了自然和道德的约束,成为独立于自然和道德之外的自律与自为的存在。

康德的美,是一个对象的合目的性的纯粹形式。在文学艺术领域,纯粹形式指的是绘画中的线条色彩、音乐中的声音节奏,以及诗歌中的语言和韵律。就"美在形式"而言,唯美主义者如戈蒂耶和王尔德等同康德一样,将美界定为纯形式,并将内容与形式隔离,认为文学艺术的本质是形式而不是内容。唯美主义诗学的形式由两方面构成:一是准确的语言和词语的乐感;二是语言文字再现的感官印象,特别是视觉印象。③ 唯美主义批评家评判文艺是否是美

---

① [法]波德莱尔. 1846 年沙龙[M]. 郭宏安译. 广西师范大学出版社,2002,第 181 页.
② Oscar, Wilde. *The Complete Works of Oscar Wilde*[M]. London: Wordsworth Editions Limited, 1996, pp. 942 – 943.
③ 杜吉刚. 文学艺术自律——西方唯美主义批评的一个诗学主题[J]. 新疆大学学报(哲学人文社会科学版),2008,2.

的，依据的便是这样一种以语言和感官印象为标准的形式，即便是丑恶、怪诞的事物也可以在语言韵律的作用下转化为美的。

从观念方面来看，布鲁姆同唯美主义批评家一样，重视对文学审美的发掘与阐释。在他那里，审美包括娴熟的形象语言、原创性、认知能力、知识以及丰富的词汇，是一种"混合力量"。尽管布鲁姆没有系统阐述他对审美的理解，但细细体会可以获得以下一些认识：语言是审美体悟与审美表现的依托；语言可以体现创作主体对自我的认识，使其作品中的形象得以形成，自我认知借以表达以及审美得以实现的工具；通过语言的运用，主体可以创造出具有原创性的丰富形象，从而形成审美感染力。布鲁姆审美观中的语言，既关乎诗歌中的韵律节奏和意象，也与戏剧小说中的人物塑造有着密切关系。对语言工具属性的重视，不仅是布鲁姆在"误读"论中对修辞语言的强调，也是他在经典批评中对哈姆雷特和福斯塔夫语言分析的由来。从这里可以看出，布鲁姆观念中语言与审美体悟和审美表现的关系，及其对语言的关注，与唯美主义批评家对语言的重视是相通的，两者是一种继承关系。

审美独立性，是布鲁姆在批评实践中坚守的美学原则和批评准则。这一点与唯美主义的"为艺术而艺术"主张也是相通的。布鲁姆曾感叹道，如果有人声称文学无关意识形态和形而上学，那么他就会被视为一个怪人。[1] 当今的文学批评已经被文化批评取代。这种倾向预示着文学研究的堕落。那么，怎样的批评才是文学批评？布鲁姆认为，只有审美批评可以使我们回到文学想象的自主性上去。也就是说，只有以审美为对象的批评才是他观念中的文学批评。从这里可以看出布鲁姆的一些意思：一是文学是以想象为本体特征的创造性语言艺术；二是审美体现着主体的认知能力和才智；三是审美批评是一种文学性批评；四是审美批评是捍卫文学以及文学研究独立性的途径。因此之故，布鲁姆才认为西方马克思主义批评、精神分析批评、女性主义批评、结构主义批评以及解构批评等外向性研究偏离了审美，统称其为"憎恨学派"。

此外，布鲁姆还认为，依赖并热衷于道德、政治、哲学的批评方式玷污了

---

[1] ［美］哈罗德·布鲁姆. 西方正典［M］. 江宁康译. 译林出版社，2011，第8页.

第一章
布鲁姆"新审美"批评与理论传统

想象性文学。为捍卫文学想象力,即便是在宗教批评中布鲁姆也以想象为标准评判宗教文本,甚至将《J》书中的耶和华等同于莎士比亚的哈姆雷特和福斯塔夫。在他看来,制度化和体系化的批评模式排斥批评家的个性,贬低了才智的价值。文学批评同诗歌一样,无法逃离个性,是批评主体个性的体现。批评用语与诗歌语言相同,是个体行为而不是规范化的体现。[①] 因此,布鲁姆观念中的文学批评,始终是一种充满激情的个体行为而不是一种社会关怀,是实用性的而不是理论性的。虽然他认为阅读并不能使人变得更好或更坏,但由于人们在现实生活中容易受到不如意事情的打击,阅读文学经典却可以增强自我,实现自我救赎。这些观念,均与唯美主义自律自为审美观有着一定的相通性。

布鲁姆在批评实践中一直践行着这些观念。以布鲁姆对宗教文本想象力的批评为例。在布鲁姆看来,宗教批评与文学批评一致,应致力于对宗教文本想象力的描述、分析和判断。与其文学批评相同,布鲁姆宗教批评遵循的是佩特开启的鉴赏式批评传统,注重发掘和分析文本的想象力。布氏指出,《J》的作者在其著作中展示的是与荷马、但丁、乔叟、莎士比亚、塞万提斯和托尔斯泰一样的想象力,她观念中的耶和华是想象性的,甚至是莎士比亚式的。从这一角度来说,《J》的作者并不是宗教学家、神学家或历史学家,而是一位诗人。由此可见,布鲁姆的宗教批评,是将其审美观和批评观运用到对宗教文本的批评实践中,在拓展"新审美"批评辐射范围的同时,从另一角度捍卫文学审美的独立性和有效性,对抗文化批评对文学批评的腐蚀。

从这里可以看出,布鲁姆吸纳了唯美主义自律自为审美观的核心观念,在批评实践中捍卫文学的审美价值及其独立性。然而,布鲁姆并非简单地植入唯美主义诗学的观念主张,而是在此基础上对其进行了重构。

布鲁姆对唯美主义诗学的重构主要体现在以下三个方面:首先,布鲁姆没有像唯美主义批评家那样,将审美的自律自为限定在文艺创作方面,而是从批评实践角度倡导审美独立和审美自主。唯美主义诗学的审美,主要是从文艺创

---

① Harold Bloom. *Agon: Towards a Theory of Revisionism*[M]. New York: Oxford University Press, 1982, pp. 21, 48.

作角度提倡审美的无功利性和独立性，强调文艺创作的自律，排斥道德、政治哲学对文艺创作的影响与干涉。布鲁姆的自律自为审美观，主要是从批评实践角度反对从政治、道德、哲学等角度对文学作品做非审美性解读，倡导的是以审美为评判核心的批评立场和价值观念。其次，布鲁姆没有固守唯美主义诗学为审美赋予的无功利性和独立性，而是在经典批评中为它赋予了陌生性。布鲁姆的陌生性，是一种无法同化的原创性，或人们完全认同而不再视为异端的原创性。[1] 陌生性的实现，需要后辈诗人对前辈诗人文本进行陌生化处理（即修正或"误读"），陌生化的结果不仅是原创性文学经典和强力诗人的诞生，也是陌生性审美的展现。可以说，陌生化是审美的展现途径，而陌生性则是审美的特性。最后，布鲁姆没有同唯美主义者一样，将审美从人类其他活动中剥离出来，而是认为审美具有重要的个体性价值。尽管现世人生的拯救是唯美主义诗学的主题之一，但由于它过于强调审美既不能起到认识客观世界的作用，也不具备道德说教功能，使得这一主题被其极端的立场遮蔽，没有引起学界的广泛关注。虽然布鲁姆强调审美的独立性，但他观念中的审美具有重要的认知功能。在布氏看来，即便审美不能使读者在道德方面变得更好或更坏，却可以使读者认识自我，增强自我的心灵力量，通过提升自我来间接影响或促进他人和社会的改变。因此，布鲁姆的审美具有重要的个体性价值。

此外，在布鲁姆的"新审美"批评中，审美与崇高是可以互通的两个概念。崇高被视为一种竞争模式，它的基础是文本中体现出的矛盾对立的情感，[2] 是布鲁姆从浪漫主义诗学那里继承的观念之一。布鲁姆认为崇高具有审美价值。与审美相同，崇高对情感具有影响力，且具有认知价值，可以改变、提升自我，并扩大自我意识。不同的是，崇高这一概念更为突出的是后辈诗人与前辈的对抗。从这个角度来看，布鲁姆观念中的崇高具有对抗性。需要注意的是，崇高的对抗性使布鲁姆的审美观也带有一定的对抗性。陌生性审美与对抗性崇高的可通性，使布鲁姆的审美有别于唯美主义诗学。

---

[1] [美]哈罗德·布鲁姆. 西方正典 [M]. 江宁康译. 译林出版社，2011，第2页.
[2] 屈冬. 哈罗德·布鲁姆与浪漫主义诗学的关系探讨 [J]. 求是学刊，2005，2.

(二) 现世人生拯救主题

有学者认为,唯美主义诗学的"为艺术而艺术"口号标志着"艺术去人性化"的开端。[①] 对唯美主义诗学类似的批评不在少数。在唯美主义批评家那里,美似乎成为一种剔除现实因素、不受时空限制的形式,伦理道德和社会现实不再是文学艺术的关注对象,而永恒的、抽象的形式却成为文艺作品的本质。需要承认的是,"为艺术而艺术"这一口号在表述上有些褊狭极端,看起来确实带有"去人性化"色彩。然而,它是否完全地剔除了现实因素,对现实人生采取冷漠的态度,是需要剖析的。华尔特·佩特是唯美主义运动的关键人物,"为艺术而艺术"也被认为是他提出的主张,而奥斯卡·王尔德则是这一主张的实践者以及唯美主义诗学的集大成者。剖析这一问题,首先要回到他们所处的时代背景中去考察。

19世纪开始的英国工业革命,在使英国经济空前繁荣的同时,对其民族社会及其价值观念也产生了重大影响。经济的高速发展,不仅改变了当时人们的生活方式,也改变了人们的价值观念。随着工业革命的深入,贫富差距愈加明显,上层社会过着穷奢糜烂的生活,下层社会的生活则困苦不堪。对个体幸福的追求不再以满足精神需求为主,而是演变为对物质、金钱和名望的贪恋。在物质主义和拜金主义盛行的同时,人们的伦理道德观念变得岌岌可危。马斯·卡莱尔、马修·阿诺德、罗伯特·勃朗宁以及唯美主义先驱约翰·罗斯金等人,对这一现象忧心忡忡。他们更为关心的是物质主义和拜金主义对人类文明的冲击,对物质与精神生态平衡的破坏以及人在当时社会环境中的异化。唯美主义诗学便是在这样的时代背景下产生的。唯美主义者寄希望于艺术这盏明灯,宣扬"为艺术而艺术",提倡"生活的艺术化",希望以艺术精神抵抗物质主义和拜金主义对人类精神文明的侵蚀。正如有学者指出的,佩特的"为艺术而艺术",是追求高质量人生的艺术宣言,与"为人生的艺术"没有本质

---

① 王熙恩. 艺术游戏的自由与限度——"艺术自律":从康德到唯美主义(一)[J]. 学习与探索,2014,6.

区别。① 因此，拯救现世人生可以说是唯美主义诗学的一个主题。

关于唯美主义的"现世人生的拯救"主题，要厘清三个关键问题，即现世人生为什么需要拯救，拯救的为什么是现世人生，现世人生如何拯救。"现世人生为什么需要拯救"在前面已有阐述，这里不再重复。

接下来要厘清的问题，首先是唯美主义者拯救的为什么是现世人生而不是来世人生。在基督教文化体系中，上帝是高于一切的存在，人只是作为体现上帝意志和力量的手段。由于原罪意识的存在，现实生活中的人只有通过不断忏悔、克服己欲才可以得到上帝的青睐，获得来世的幸福。因此，基督教文化体系中的人，始终处于附属地位。他一切活动的目的，不是获得现世的个人幸福而是来世的救赎。在这样一种二元对立的文化结构中，人的现实生活为彼岸世界所统摄，个体生命的意义始终受到外在力量的牵制。随着传统二元对立结构在现代语境中的消逝，人们越来越关注现实的物质世界以及现世生活，彼岸世界也随着现世的凸显而失去以往的统摄力。然而，现实的物质世界并没有带给人们精神上的满足，反而使人们在物欲横流的生活中丧失了对理想人生的追求。在这样一种文化语境中诞生的唯美主义诗学，必然会对这一现象做出反应以对抗物质主义和拜金主义。因此，佩特与王尔德将文学的目的与价值定位在主体的现世生活中，② 以求通过艺术美这盏明灯照亮人们的前进之路。

对佩特和王尔德来说，"现世人生的艺术化"便是拯救现世人生的最佳途径。既然彼岸世界已经失去了它以往的统摄力和吸引力，现实生活又充满了物质主义和拜金主义的诱惑，那么，就需要构建一个异于现世人生的美的世界，以指引人们追求美的现世人生。"为艺术而艺术"主张，便是建构并追求美的世界和人生的宣言。如前所说，佩特的"为艺术而艺术"和"为人生而艺术"没有本质区别。"为艺术而艺术"表现的不仅是对文艺自律自为的态度，还可

---

① 钟良明. "为艺术而艺术"的再思索——论沃尔特·佩特的文艺主张 [J]. 外国文学评论，1994，2.
② 杜吉刚. 世俗化与文学乌托邦：西方唯美主义诗学研究 [M]. 中国社会科学出版社，2009，第104页.

第一章
布鲁姆"新审美"批评与理论传统

以转化成一种关于现世人生的态度。佩特主张用艺术精神对待生活，用文艺世界统摄现实世界。这里的艺术精神，便是追求文学艺术自律自为的精神，也就是追求当下的圆满，其经历本身便是这种追求的目的。在这种情形下，生活成为一种"美学体系"，而"为艺术而艺术"也就一变而成为"为生活而艺术"。[①] 如果说佩特是这一主张的提倡者，那么王尔德则是它的践行者。他在时装、个性、家居以及思想言论等方面追求一种特立独行的美，将现世生活提升到了艺术美的高度，并将其观念中抽象的美具体化为现实生活中的具体行为，使抽象的美得以生动地展现并为人所认知。当然，王尔德对美的践行有其夸张和怪诞的一面，是唯美主义走向没落的诱因之一。但他对于生活艺术化的追求本身却是值得肯定的。

从唯美主义诗学产生的时代背景和它的文艺主张来看，它对现世人生的态度并不是冷酷的，对伦理道德也不是冷漠的，它的艺术实践也不是颓废虚无的。唯美主义者是以艺术精神规范现世人生，以艺术追求拯救日益没落的伦理道德。然而，唯美主义者在现世人生拯救的具体策略方面还处于探索阶段，更多注重的是从形式方面探寻，还没有触及人的内心世界。这一点，在布鲁姆的"新审美"批评中得到了改善。

有评论者说到，布鲁姆在大众读者当中颇受欢迎，是当今西方学界其他学者无法比拟的。[②] 笔者认为，这主要归因于布鲁姆将"现世人生的拯救"放在首要地位，以满足大众读者需求为目的，在批评实践中以易于读者接受的方式阐述其理论学说和学术见解。具体来说，布鲁姆将拯救现世人生的希望寄托在经典阅读中，体现在"为什么读""如何读"以及"读什么"三个问题上。这三个问题，始终以内向性主体对文学经典的吸纳为关注焦点。

首先说"为什么读"。在他看来，当今的学院派批评风尚在将文学批评体

[①] 杜吉刚. 世俗化与文学乌托邦：西方唯美主义诗学研究 [M]. 中国社会科学出版社，2009，第35－36页.

[②] Alan Rawes and Jonathon Shears. *Reading, writing, and the influence of Harold Bloom* [M]. Manchester: Manchester University Press, 2010, p.2.

系化和理论化的同时,忽视了大众读者的内心需求和文学批评的目的,使得阅读成为象牙塔中的学问,只有专家读者才能够赏析。因此,布鲁姆将"为什么读"指向大众读者的内心世界。布鲁姆认为现实生活中的人是孤独的,读者只有通过阅读才可以认识自我,增强自我的心灵力量。他为什么认为现实生活中的人是孤独的?为什么孤独的人需要阅读?布氏认为,人们需要阅读不仅是因为在现实生活中无法认识足够多的人,还因为人与人之间的友谊是脆弱易逝的,容易受到时间、空间,以及家庭和感情生活等不如意事情的打击。① 因此,布鲁姆以为现实中的人是孤独的。在他看来,阅读不仅能够给予孤独的人以智慧和乐趣,更为重要的是可以使人们了解自我利益,增强自我的精神力量。在布鲁姆那里,只有想象性文学才能使读者在阅读过程中认识自我、增强自我从而减轻孤独。

布鲁姆将"为什么读"指向读者的内心世界,包含着他对当代西方文论生态环境敏锐的观察,蕴含着对其发展趋势的判断能力。众所周知,20世纪的西方文论界比较繁荣,各种理论学说争相登场。然而,繁荣的表象遮蔽了潜伏的危机。有论者认为,"强制阐释"是20世纪西方文论的基本特征和根本缺陷之一。"强制阐释",指的是背离文本话语,以前在立场和模式,对文本和文学作符合论者主观意图和结论的阐释。有四种基本特征,即场外征用、主观预设、非逻辑证明和混乱的认识途径。② 这一观点似乎与布鲁姆对当代西方文论的看法较为一致。场外征用、主观预设和混乱的认识途径,也是布鲁姆极力反对的。

布鲁姆认为,"憎恨学派"是导致当今时代阅读分崩离析的罪魁祸首。③ 他反对"憎恨学派",是因为他们从文学场域以外移植非文学理论,从非文学角度带有预设主观意图,强行证明文学是意识形态的表征。他反对的并不是意识形态本身或文学具有意识形态性,而是反对从意识形态或其他非文学性角度

---

① [美]哈罗德·布鲁姆. 如何读,为什么读 [M]. 黄灿然译. 译林出版社,2011,第3页.
② 张江. 强制阐释论 [J]. 文学评论,2014,6.
③ [美]哈罗德·布鲁姆. 如何读,为什么读 [M]. 黄灿然译. 译林出版社,2011,第7页.

第一章
布鲁姆"新审美"批评与理论传统

强行阐释文学。这种强制阐释，使得阅读过程失去了体验美学的乐趣。从这一角度来看，布鲁姆对"憎恨学派"的排斥，或者说对当时文论生态环境的观察，已经预示了西方"后理论"时代理论反思的到来。"憎恨学派"将文学理论和文学批评变得专业化、理论化，不仅使阅读脱离了文学实际，更加脱离了社会大众的实际需求，忽视了文学研究的目的。尽管布鲁姆没有明确提出文学研究的目的与价值，从他的立场和观念来看，文学研究应以为现实生活中的人服务为目的，以满足人的实际需求为旨归，其价值意义的大小要看它能在多大程度上满足人们的需求。因此，布鲁姆在"为什么读"这一问题上，始终以大众内心需求为旨归，以审美的认知价值为阐发焦点。也许只有这样，文学在媒体图像盛行的当代社会才有持续下去的可能，文学研究才能充分发挥其价值功用。

关于"如何读"。在布鲁姆的"新审美"批评中，关于"如何读"有五个原则，即"清除头脑中的学院虚伪套话""不要试图通过你读什么或你如何读来改善你的邻居或你的街坊""一个学者是一根蜡烛，所有人的爱和愿望会点燃它""要善于读书，我们必须成为一个发明者"以及"恢复反讽"。这些原则与"新审美"批评的主体内向性密切相关，笔者将在第二章中详细阐述。

关于"读什么"。布鲁姆在《西方正典》《如何读，为什么读》和《天才》三部著作中为读者罗列了"读什么"清单。[①] 三份清单中的作家作品，均因其陌生性被布鲁姆视为经典。陌生性是布鲁姆从佩特那里借用过来的术语。佩特在评论浪漫主义时认为，它使美感增加了陌生性。与佩特不同，布鲁姆认为陌生性并不局限于浪漫主义，而是适合所有的文学经典。[②] 在其"新审美"批评中，陌生性是原创性文学经典的标志。具有陌生性的文学经典，能够给读者带来有难度的乐趣。[③] 遗憾的是，他没有对有难度的乐趣是什么以及其与陌生性的关系进行说明。

---

① 布鲁姆推荐的作家作品，可参见《西方正典》、《如何读，为什么读》及《天才》三部著作.
② [美]哈罗德·布鲁姆. 西方正典[M]. 江宁康译. 译林出版社，2011，第2页.
③ [美]哈罗德·布鲁姆. 西方正典[M]. 江宁康译. 译林出版社，2011，第431页.

综观布鲁姆的文学批评可以发现,有难度的乐趣意味着领悟具有原创性艺术和丰富内涵的文学作品时获得的喜悦之情,与陌生性互为因果关系。"有难度的"是与平面肤浅相对立的,它指涉那些蕴藏着丰富思想内涵、深厚情感和原创性艺术技巧的经典作品。只有这样的作品才具有持续可读性,需要不同时代的读者为之倾尽心力,获得不同的审美体验和审美感悟。那些肤浅的、平面的文学作品并不具备持续可读性,不需要读者花费心力去解读,读者也难以从阅读过程中获得精神的喜悦。只有通过不懈努力获得的领悟,才能深入读者的内心世界,让读者在阅读过程中和过程后产生精神上的喜悦之情,并对其精神世界产生深刻的影响。从这一角度来看,陌生性是"有难度的乐趣"产生的因。布鲁姆认为,阅读一部经典作品如同接触一位陌生人,产生的不是种种期待的满足而是一种怪异的惊讶。[①] 不论是思想内涵还是艺术表现形式,文学经典有其独特的深刻性和复杂性,是快餐读物无法媲美的。不仅如此,由于文学经典往往是对以往优秀作品价值的历史性追认,时代背景和价值观念的变迁也会影响后世读者对经典的阅读和接纳。因此,经典自然会对读者的阅读造成一定难度,使其在阅读过程产生惊讶而不是满足,需要他倾尽心力去发掘经典文本的内涵底蕴。从这个角度来说,"有难度的乐趣"是陌生性产生的因。

通过以上分析可以发现,"现世人生拯救"这一主题,从唯美主义诗学形式上的"生活艺术化"策略,演变为布鲁姆"新审美"批评的主体内化策略。两者均关注个体的精神生活,以促进精神生活质的飞跃为旨归。然而,与唯美主义诗学相比较,布鲁姆的主体内化要更为具体也较为完善。

(三)鉴赏式批评实践

布鲁姆认为,文学批评是关乎个人的,是充满激情的,它是个体关于文学艺术的鉴赏行为。[②] 布氏的批评实践,遵循的是唯美主义批评家提倡的鉴赏式批评,而鉴赏式批评则来自康德鉴赏判断的某些观念。

---

① [美]哈罗德·布鲁姆. 西方正典 [M]. 江宁康译. 译林出版社,2011,第2页.
② Harold Bloom. *The Anatomy of Influence: Literature as a Way of Life*[M]. New Haven and London: Yale University Press, 2011, p.4.

第一章
布鲁姆"新审美"批评与理论传统

在康德美学体系中,鉴定某种东西或事物是不是美的,不是通过知性将表象与客体相联系,而是通过想象力把表象同主体的情感状态相联系。鉴赏,是通过不带任何兴趣的愉悦或不愉悦对一个对象或者一个表象做出评判的行为,而这样一种让主体愉悦的对象叫作美的对象。鉴赏判断并非是逻辑性的知识判断,而是以主观情感为依据的审美判断。因此,鉴赏判断是一种纯然的静观判断,不带有任何兴趣和利害关系,仅与主体的情感状态有关。只要是让判断主体喜欢的,不论这种情感状态是愉悦还是不愉悦,它都是美的。也就是说,只有对美的对象的愉悦才是一种没有兴趣、利害关系以及自由的愉悦。既然鉴赏判断是一种关乎主体情感的对美的事物的判断,那么它是否不可避免地带有主观主义色彩?康德对此做了一番说明。由于主体对美的事物的愉悦状态是不带任何兴趣和利害关系的,他只能根据这种愉悦状态进行评判,因此美的事物必定包含着使每个主体都能产生愉悦状态的因素。从这一角度来看,鉴赏判断虽然与主体的情感状态有关,但愉悦状态的基础却是可以让每一主体感受到愉悦的美的事物。用康德的话说,鉴赏判断在主观层面具有一定的普遍性。[1]

康德在鉴赏判断或审美判断的论述中,并没有将其置放在纯粹主观范畴,而是赋予了它一定的客观依据和普遍性。然而,鉴赏判断到了唯美主义者那里演变成一种纯粹主观的印象式批评。佩特与王尔德等唯美主义者,否认文学批评的客观依据,认为批评传达的应是批评家对文学艺术的主观印象,强调批评文本的审美化,并将文学批评等同于文学创作。王尔德认为,文学批评是一门艺术,记录的是批评主体的个性与灵魂,只有个性强烈的批评家才能揭示旁人作品的奥秘。[2] 可以看出,唯美主义者剔除了康德鉴赏判断中的主观性普遍因素,将审美判断视为纯粹的主观鉴赏活动,强调鉴赏行为及其过程中的纯然主观印象。因此,唯美主义的文学批评也被称为印象式批评。这种批评方式,与西方一直倡导的客观性批评相对立,不以发掘文本蕴含的作者原意为旨归,而是注重批评家对文本形式美的发现、对批评主体个人印象的阐发、对文本的艺

---

[1] 李秋零主编. 康德著作全集(第5卷)[M]. 中国人民大学出版社,2013,第210-219页.

[2] Oscar Wilde. *The Works of Oscar Wilde*[M]. New York: Collier, 1927, pp. 564,570.

术再创造。

《如何读，为什么读》的译者黄灿然评论道，布鲁姆是大作家式的批评家。他的文学批评看起来似乎不着边际、权威武断、省略跳跃，有时甚至还会戏剧夸张。① 也有西方学者批评布鲁姆，认为他的批评实践是在满足他的个人私欲。② 虽然两位评论者对布氏批评实践的态度不同，但对其批评风格特点的认识比较准确。布鲁姆在《影响的解剖》中承认，他继承的是佩特开启的鉴赏式批评传统，并在《天才》中对其观念中的"鉴赏"进行了说明。在布鲁姆看来，"鉴赏"不仅是一种恰当的批评方法，它还意味着，读者在阅读过程中带有敬畏和惊讶对"天才"的欣赏、对自我局限的发现。在对天才的鉴赏过程中，主体可以增强自我意识，扩展自我能力。③ 布鲁姆的观念中天才的最佳典范，是位于其经典中心的莎士比亚。他观念中的天才是审美的创造者，对天才的鉴赏就是对审美的鉴赏。从这个角度来看，布鲁姆提倡的文学批评是关于审美的鉴赏批评。他同唯美主义的文学批评一样，带有一定的主观主义色彩，也是一种印象式批评。这样，中西学界对他的文学批评的看法，也就不难理解了。然而，布鲁姆的鉴赏式批评在带有主观主义色彩的同时，也有其自身独特的价值意义。这一点，将在本书第六章中系统论述。

二、对浪漫主义诗学的吸纳

从布鲁姆学术生涯的历时性发展来看，他最初是以浪漫主义诗歌批评家的身份登上文学批评的舞台。选择浪漫主义诗歌作为研究对象，与布鲁姆个人的审美旨趣和文学观念有着一定的关系。两者在观念旨趣方面也许存在某种程度的契合。在对浪漫主义诗歌的研究过程中，浪漫主义诗学也会对布鲁姆产生某种影响。然而，学界在对两者关系的研究方面存在一些不足。因此，有必要在

---

① [美]哈罗德·布鲁姆. 如何读，为什么读[M]. 黄灿然译. 译林出版社，2011，第1页.

② Alan Rawes and Jonathon Shears. *Reading, writing, and the influence of Harold Bloom*[M]. Manchester: Manchester University Press, 2010, p.2.

③ Harold Bloom. *Genius: A Mosaic of One Hundred Exemplary Creative Minds*[M]. New York: Warner Books, 2002, p.5.

第一章
布鲁姆"新审美"批评与理论传统

比照中系统探讨布鲁姆对浪漫主义诗学的吸纳。

(一) 对浪漫主义诗学观念的继承

有论者认为,布鲁姆是在对浪漫主义诗人研究的基础上,总结归纳出了"误读"理论,而《西方正典》中的"审美价值""内在自我",对陌生性和对抗性等经典品质的界定与强调,均与浪漫主义诗学存在深刻的契合。[①] 也有学者认为,布氏浪漫主义诗歌研究中蕴含着其中后期文学批评的走向:一是早期作品反映出的反抗精神;二是布氏对犹太宗教的密切关注;三是对心理学的借鉴。[②] 这些学者都认为,布氏中后期的文学批评是在其浪漫主义诗歌研究的基础之上形成的,与浪漫主义诗学有着非常密切的联系,而这一点是多数学者没有关注过的。较为遗憾的是,几位学者只是论及布鲁姆浪漫主义诗歌研究与其中后期文学批评的关系和大致脉络,并未对两者的关系以及浪漫主义诗学在布鲁姆"新审美"批评中的地位作用给予详尽系统的探讨。

探讨布鲁姆"新审美"批评对浪漫主义诗学观念的继承,首先要厘清一个基本问题,即浪漫主义诗学是什么?艾布拉姆斯认为,作品、艺术家、世界以及读者是文学艺术的四要素,西方所有的文学理论均以其中某一要素为主要倾向,以此来界定和划分文学艺术的主要范畴,建构评判作品价值的主要标准。[③] 其中,以艺术家为中心,并以文学艺术是否真实传递主体的情感意志等为判断标准的倾向,在艾氏的批评坐标中属于表现说即浪漫主义。也就是说,浪漫主义将以创作主体的情感、意志和才智等主体性因素为表现对象,将主体置于作品、世界以及读者三要素之上。浪漫主义为什么要突出主体的地位?黑格尔指出,在古典文学中,对美的本质的模仿是一种主要倾向,它需要精神违背自己的本质,离开自身与外在世界和解,进而实现精神与世界的高度统一。然而,这与精神无限自由的本质是矛盾冲突的。在浪漫主义中,精神通过与外

[①] 曾洪伟. 哈罗德·布鲁姆文学理论研究 [M]. 四川大学出版社,2010,第7-8页.
[②] 张跃军,古克平. 布鲁姆早期浪漫主义诗歌理论初探 [J]. 山东外语教学,2004,3.
[③] [美] 艾布拉姆斯. 镜与灯 [M]. 郦稚牛,张照进,童庆生译. 北京大学出版社,2004,第5页.

在世界的分裂和自身进行和解。① 因此，浪漫主义诗学将主体的思想、情感、情绪以及意志等视为文学的表现对象，认为文学是主体精神世界的外化，也是想象力和激情作用下的创造，是诗人的感受、思想、情感、情绪以及意志的共同体现。因此，浪漫主义诗学将主体精神视为一种独立的实际存在，并以激情和想象为媒介来实现表现自身的目的。

布鲁姆对浪漫主义诗学观念的吸纳，主要体现在文学的特性及其表现对象方面。布氏指出，文学首先是想象的、虚构的。他反对从社会、历史、种族、阶级、性别与意识形态等非文学性角度强制阐释文学，将这些忽略想象与虚构的学者称为"业余的社会政治家、半吊子社会学家、不胜任的人类学家、平庸的哲学家以及武断的文化史家"。② 他认为，文学的想象力在当今这个时代遭到贬值，政治化的文学批评把文学研究糟蹋殆尽。在他看来，文学研究应当关注文学的审美价值，而审美价值首先就体现在文本的想象性或虚构性上。布鲁姆指出，伟大的诗歌几乎均包含着虚构，这便是文学的真谛。如果对文学的认识与评价不是建立在对文学的想象与虚构的认知基础上，便是对文学的破坏，同时也是文学研究的堕落。

崇高是布鲁姆较为重视的另一文学特性。布氏认为，所有研究崇高的理论家都会遇到表现矛盾感情的人或事。他将效仿郎吉弩斯和雪莱，"把崇高看作文学竞争的模式，每个人都要努力回答他与过去以及现在的竞争对手较量时所面临的三个问题：优于，等于，还是劣于？郎吉弩斯和雪莱还暗示说，文学的崇高就是读者的崇高，也就是说，读者必须能够推迟快感，放弃简单的满足，为的是一种比较迟缓的、难度更大的回报。那种难度是原创性的真正标志，这种原创性必须显得古怪，直到它篡得读者的心理空间，作为一个新的核心确立自身。"③ 那么，崇高体现出的"有难度的乐趣"在哪里？布鲁姆认为，崇高便是文本中体现出的矛盾对立的情感，这些情感便是崇高的感情

---

① [德]黑格尔. 美学（第二卷）[M]. 朱光潜译. 商务印书馆, 2008, 第274页.
② [美]哈罗德·布鲁姆. 西方正典[M]. 江宁康译. 译林出版社, 2011, 第432页.
③ [美]哈罗德·布鲁姆. 神圣真理的毁灭[M]. 刘佳林译. 上海人民出版社, 2013, 第6页.

第一章
布鲁姆"新审美"批评与理论传统

基础。

在布鲁姆的"新审美"批评中，具有想象性、虚构性和崇高性的文学，展现的是生命体的个性、自我与变化。文学批评需要关注创作主体及其作品中展现的个性，只有这样的批评才能给予现实生活中的个体以生命烛照。布氏在批评实践中非常注重发掘创作主体以及文本中呈现出的个性。他认为，弥尔顿作品的力量来自其丰富充沛的个性；莎士比亚笔下的人物，如福斯塔夫、哈姆雷特和伊阿古等，均是个性完整的统一体；乔治·艾略特在《米德尔马奇》中塑造的人物有着活泼的个性；易普生的经典性来自极具个性化的努力，与社会因素无关；对沃尔夫与佩特来说，个性是艺术与自然最崇高的结合，是作家写作的决定性因素。

除个性之外，布鲁姆还十分重视作品中呈现出的自我与变化，认为每一位作家主要是为了增进以个体为核心的自我利益，忽略甚至违背自己的阶级利益。在布鲁姆看来，自我是理解审美价值的唯一方法和全部标准，而从自我倾听（self-overhearing）[①] 生发出的变化则是个体生命对文学的必然反应。也就是说，变化是自我生命力的一种体现，诗人的"误读"过程便是其自我生命力得以展现的过程。布鲁姆重视自我与变化，是因为读者可以通过阅读认识自我、增强自我，抵抗衰老、疾病和死亡，并在最大程度上展现自我和完善自我。他不仅在观念上坚持自我与变化的重要性，在批评实践中也极力阐释作品中的自我与变化。在他看来，蒙田表现的是处于变动中的自我；惠特曼的诗是自我神话的一种表现，而迪金森的诗则是自我的私人教堂；变化既是莎士比亚戏剧中每一位主要人物所遵循的法则，也是莎士比亚艺术法则的精髓。

这些具有浪漫主义诗学观念的关键词，在布鲁姆的中后期批评著作中频繁出现，是其"误读"理论和文学经典论的理论来源之一。"误读"理论，强调后辈诗人为了自我存在、个体与个性的完整而对前辈诗人做出的竞争和对抗行为。该理论的修正比，正是诗人自我与个性形成和发展呈现出的不同的变化阶段。经典论中的陌生性品质，是在对浪漫主义诗学崇高观的继承中形成的，以

[①] 布鲁姆的"自我倾听"，指的是文学作品中人物的反思以及对自我意识的探索行为.

阅读经典作品时产生的有难度的快感来增强个体的生命体验。此外，布鲁姆的言说方式也与浪漫主义批评家有相契合之处。大部分浪漫主义批评家以片断形式阐述其美学思想。因为在他们看来，体系化的思想是枯燥的理性产物。[①] 布氏没有像其他当代批评家或理论家一样，进行体系化的理论阐释与建构（除"误读"理论外），而是采取片断的言说方式表达自己的文学观念。这种言说方式与浪漫主义批评家的阐述方式也是比较契合的。

（二）宣泄说与焦虑说

在其"新审美"批评中，布鲁姆不仅经常使用一些与浪漫主义诗学观念相近似的关键词，而且一些重要观念也与浪漫主义诗学相通。对它们之间的渊源关系也值得进一步考察。

比如，有学者认为，在"误读"论中，布鲁姆吸收了弗洛伊德的防御论和尼采的对抗论，以突出后辈诗人与前辈诗人的竞争与对抗关系。[②] 可以这样概括该理论的基本内涵：前辈诗人在时间上的先在性，对后辈诗人产生了巨大的影响和焦虑。后辈诗人为摆脱这种影响、宣泄这种焦虑，实现并完善自我，必须运用修辞对前辈进行创造性"误读"。该理论的真谛是诗人心中的焦虑，而这个焦虑的中心便是莎士比亚。布鲁姆指出，莎士比亚是所有后辈诗人焦虑的来源，每一位后辈诗人均必须与之对抗。不仅如此，布鲁姆还认为整个西方文学史，就是一部与影响有关的焦虑史。那么，这种焦虑是什么？在该理论中，焦虑（anxiety）是一种期待。"影响的焦虑"（anxiety of influence）是期待自己可能被前辈湮没时产生的情感状态。当某位诗人获得诗人身份后，对任何可能会超越或终结其诗人地位的危险均会感到焦虑。布鲁姆认为，只有对焦虑的分析才会在对古典道学家和浪漫主义思想家的继承中有所创新。在布鲁姆看来，弗洛伊德在这方面的贡献最大。弗洛伊德提醒我们，焦虑是一种不同于悲伤、哀痛或单纯的精神紧张的不愉悦状态，也是不愉悦状态通过固定渠道产生的宣泄现象。因此，焦虑的宣泄过程便是诗人摆脱影响，获得自我存在感的过

---

① 凌继尧，季欣. 浪漫主义美学的若干片断 [J]. 东南大学学报，2005，3.
② 张龙海. 哈罗德·布鲁姆教授访谈录 [J]. 外国文学，2004，4.

第一章
布鲁姆"新审美"批评与理论传统

程。从布鲁姆关于焦虑的言说可以看出,其"误读"理论受弗洛伊德的影响较大,而学界在考察该理论时也受他本人言论的影响,将阐释焦点局限在弗洛伊德的心理防御论上。

浪漫主义诗学中有一种宣泄说,代表人物是哈兹里特与基布尔。从宣泄说中可以看到弗洛伊德学说的影子,即文学是焦虑的宣泄与欲望的满足。哈兹里特较为重视诗歌创作的心理动机,认为诗人的创作是为寻求情感压力的解脱。在他看来,文学可以为创作主体提供一个情感宣泄的途径。基布尔在评论洛克哈特的《司各特生平传略》时说,诗人在产生某种不可抗拒的激情,或具有某种支配他的行动趣味或情感时,想直接发泄却又受到压抑,因而用有韵的词语做出某种间接的表现。哈兹里特也认为,诗能使心中隐秘的情感压力得到治疗性减轻,是个人未满足的欲望在想象中的实现,而诗的想象使一切事物染上了心灵欲求的色彩。因此,诗歌创造便是诗人用语词来排遣情怀,解除内心压力的行为。①

布鲁姆"误读"论的焦虑,与宣泄说的"不可抗拒的压力""隐秘的动机"的来源具有某种相通性,均是由无法满足的欲望产生。不同的是,宣泄说中的"隐秘的动机""不可抗拒的激情""情感压力"和"未满足的欲望",在"误读"论中较为集中地体现为由前辈诗人影响而产生的焦虑感。布鲁姆不仅在诗歌创作动机方面与宣泄说保持相通的关系,在文本阅读与文学批评层面也与宣泄说存在某种程度的契合。在基布尔看来,文本阅读就是再次获得文学创造者所做的宣泄的过程,而文学批评是要通过诗中的迹象来重新构造诗人的气质与情感。布鲁姆指出,一首诗不是对焦虑的克服而是焦虑本身,"误读"过程便是体验焦虑的过程。文学批评便是要发现诗人间隐藏着的影响和"误读"关系。不同的是,布氏重视诗人之间的影响与焦虑以及文本对影响与焦虑的反映,文学批评便是要去发现和阐释这种焦虑。宣泄说强调的则是诗对某一诗人情感和气质的宣泄,文学批评要重构这种气质与情感。

---

① [美] 艾布拉姆斯. 镜与灯 [M]. 郦稚牛, 张照进, 童庆生译. 北京大学出版社, 2004, 第169页.

比较焦虑说与宣泄说后可以发现：在诗歌创作动机方面，布鲁姆"误读"理论与宣泄说有着一定程度的契合，均是从心理学角度强调诗人创作的内在动机，即宣泄压力与焦虑。可以说，除弗洛伊德的心理防御论外，宣泄说是布鲁姆焦虑说的生成基础之一。"误读"论是以"焦虑的产生"与"焦虑的宣泄"为精神内核而建构起来的。那么，为什么布鲁姆只承认受到了弗洛伊德学说的影响，却只字不提"宣泄说"？笔者认为，这是他极力掩饰其理论来源的表现。或者说，其焦虑说以及他与宣泄说的关系本身也是"影响—误读"的表现。布鲁姆以浪漫主义诗歌批评家的身份开始其学术生涯，在对浪漫主义诗歌的研究过程中，不可能没有接触过宣泄说的理念。他在著作中明确表示，其使用的术语"活力"（vitality）与哈兹里特的"生气勃勃"（gusto）有关联，也承认哈兹里特是其继承的传统批评家之一。[①] 虽然没有资料证明布鲁姆接触过基布尔的著作，但是基布尔与哈兹里特同为宣泄说的代表人物，所以他有可能接触过基布尔的学说。因此，焦虑说与宣泄说不仅是对传统的继承与创新，也是布鲁姆与前人之间对抗与竞争的过程。

（三）对莎士比亚的认知

除对焦虑说与宣泄说的关联性考察外，还有一点也是应当加以审视的，即布鲁姆对莎士比亚的认知与评价。对于这一点，学界往往从共时性角度考察布鲁姆推崇莎士比亚的动因与意义，[②] 忽略了他在莎士比亚研究方面与浪漫主义诗学的继承与发展关系。

莎士比亚在布鲁姆的"新审美"批评中有着极其重要的地位。不论哪一部著作，均可以见到其对莎士比亚的推崇与评价。如果说普及经典是《西方正典》《如何读，为什么读》《天才》以及《批评的解剖》等著作的目的，那么莎士比亚便是所有西方经典中布鲁姆普及的重点对象。在他看来，莎士比亚不但是西方文学的经典，还是世界文学的经典。阅读莎士比亚可以使读者了解

[①] Harold Bloom. *Shakespeare: The Invention of the Human*[M]. New York: Riverhead Books, 1998.
[②] 参见张龙海. 哈罗德·布鲁姆论莎士比亚[J]. 中央戏剧学院学报，2009，3；高永. "是他创造了我们"——哈罗德·布鲁姆的莎士比亚研究之二[J]. 衡水学院学报，2014，4.

第一章
布鲁姆"新审美"批评与理论传统

自我并增强自我,这是其他作家无法做到的。与其他作家相比,莎士比亚的优越性主要在于其认知力、语言运用能力和想象力。布鲁姆指出,莎士比亚塑造的各种各样栩栩如生的人物形象,是其最为突出的艺术成就。那么,布鲁姆观念中的莎士比亚,与浪漫主义批评家观念中的莎士比亚是否具有某种程度的契合?

浪漫主义有机论者指出,莎士比亚的伟大在于其多样化的戏剧素材,以及表面上的不和谐。他可以将悲剧和闹剧、欢笑和眼泪、卑下和崇高、国王和弄人、格调高的和低的、怜悯和双关等调和成一个有机整体,并在崇高的悲剧中把人同时描写成世界的荣耀、笑料和哑谜。布鲁姆认为,莎士比亚戏剧中的崇高是最为丰富多变的。莎剧的崇高主要体现在其塑造的经典人物形象上,如福斯塔夫、哈姆雷特、奥赛罗、伊阿古以及李尔王。正是这些栩栩如生的崇高人物,扩展了读者和观众的意识。阅读这些人物的过程便是理解伟大(即积极与消极相统一)的过程,也是读者分享这种伟大的过程。布氏眼中的莎士比亚的崇高,在于其塑造人物的无所不包的特性,那种融合了积极与消极的特性。从这一角度来看,布鲁姆继承了浪漫主义有机论者对莎士比亚剧作人物、剧本体裁与特性的理解,并在此基础上形成了他的崇高观。

此外,哈兹里特、卡莱尔与柯勒律治均认为,莎士比亚与弥尔顿最大的差异在于:读者可以从弥尔顿作品中找到其立场和观念,却无法从莎士比亚的作品中找到他的立场与观念。[1] 济慈在论述莎士比亚时也说,莎士比亚的天才具有一种普遍性,使他以不经意的、高高在上的姿态去观察人类智慧所取得的成就。[2] 布鲁姆也持有相近似的看法。他认为,我们可以从弥尔顿的诗作中读出他的立场与个性,[3] 却无法从莎士比亚作品中读出莎氏的立场与个性。因为莎

---

[1] [美] 艾布拉姆斯. 镜与灯 [M]. 郦稚牛,张照进,童庆生译. 北京大学出版社,2004,第302页.

[2] [美] 艾布拉姆斯. 镜与灯 [M]. 郦稚牛,张照进,童庆生译. 北京大学出版社,2004,第299页.

[3] Harold Bloom. *Genius: A Mosaic of One Hundred Exemplary Creative Minds* [M]. New York: Warner Books, 2002.

士比亚非常善于隐藏自我，他的诗作既是自传性的也是普遍性的，既是个人的也是非个人的，在反讽的同时又饱含激情。[①] 从这一角度来看，布鲁姆对莎士比亚普遍性和特殊性的认知，与哈兹里特、柯勒律治、济慈和卡莱尔如出一辙，与浪漫主义批评家是一种继承关系。那么，布鲁姆有没有发展浪漫主义者对莎士比亚的这种认知与评价？他在莎士比亚研究方面又有哪些独到的见解？

笔者认为，布鲁姆在莎士比亚研究方面，对浪漫主义诗学的发展主要体现在他的"莎士比亚创造了我们"这一观点中。这一观点及其以莎士比亚为核心建构的西方经典谱系，与浪漫主义诗学有着一定关联性，是从浪漫主义有机论者对莎士比亚的认知中生发出来，是在新语境条件下针对西方经典面临的生存困境而提出的新观点。它的意义与价值主要体现在以下几个方面：其一，面对解构批评、大众文化对文学经典的颠覆与消解，布鲁姆在理论阐述、批评实践与文学教学活动中，继承浪漫主义诗学对莎士比亚的认知与评价，在焦虑说基础上构建以莎士比亚为核心的西方经典谱系，以此来捍卫经典在当今时代的地位与价值；其二，针对非文学性研究对文学研究边界的破坏，布鲁姆承继浪漫主义诗学观和表述方式，突出莎士比亚作品的审美价值，通过批评实践确证文学研究与非文学研究的界限，维护文学的独立品格，确立文学批评的标准；其三，布鲁姆通过继承浪漫主义诗学对莎士比亚的认知与评价，强调西方文学批评传统的思想价值与美学价值，突出传统在当今时代的延续性和有效性，在批评实践中对抗解构批评对传统思想及其价值观的消解；其四，布鲁姆以较为夸张的表达方式，即"莎士比亚创造了我们"，强调莎士比亚作品中的认知价值与文学价值，重新唤起读者对莎士比亚作品的关注，突出阅读经典文本的必要性，对抗现代电子传媒对传统文学的载体——文本的颠覆。

三、对其他批评传统的借鉴

除唯美主义诗学传统和浪漫主义诗学外，布鲁姆借鉴了其他理论资源来充实其文学批评。就对其"新审美"批评的形成来说，弗莱的神话原型理论、

[①] ［美］哈罗德·布鲁姆. 如何读，为什么读 [M]. 黄灿然译. 译林出版社，2011，第113页.

第一章
布鲁姆"新审美"批评与理论传统

弗洛伊德的家庭罗曼司以及古犹太神秘哲学卡巴拉较为重要。因此，有必要考察布鲁姆对这些理论资源的借鉴吸纳。

（一）神话原型与逆向性影响

布鲁姆较善于掩盖其理论来源和师承关系。有论者指出，布鲁姆真正想掩饰的是诺斯罗普·弗莱对他的影响，并认为《影响的解剖》是对《批评的解剖》的压抑与超越。[1] 遗憾的是，虽然该学者对布鲁姆如何超越弗莱进行了说明，对弗莱在哪一方面影响了布鲁姆却缺少细致的分析。在《影响的解剖》中，布鲁姆承认弗莱对他的影响持续了20年，而80岁高龄的他已不再重读弗莱的任何著作。[2] 既然弗莱曾对布鲁姆产生了长久的影响，那么，其"新审美"批评在某些方面必然会带有弗莱理论学说的痕迹。分析布鲁姆对弗莱理论学说的借鉴吸纳，要厘清弗莱的哪些理论观念与布氏"新审美"批评的关联性较大。然而，布鲁姆与弗莱的师承关系，是其掩盖最为隐秘的关系之一。其隐秘程度，要比他与基布尔的师承关系更为难以发现。布鲁姆在浪漫主义诗歌批评和宗教批评中，会援引弗莱关于诗歌和《圣经》的观点进行评介，但弗莱的观念学说更多的是作为他的批判对象而存在的，从中难以发现布鲁姆借鉴弗莱理论学说的显性痕迹。即便如此，综观布鲁姆的文学批评，可以发现其"误读"理论中的影响与弗莱的神话原型在某些方面具有一定的关联性和相似度。

在弗莱的神话原型理论中，文学的发展规律体现在三种循环模式中，即模式循环、意象循环以及叙述结构循环。"神话、传奇、悲剧、喜剧、讽刺"是文学发展的五种基本循环模式，与此相对应的是五种意象结构，即天堂、地狱、天真的类比、自然与理性的类比，以及经验的类比。弗莱还将模式循环与意象循环演变为四种叙述结构循环，即"春、夏、秋、冬"，四季分别对应于喜剧、浪漫传奇、悲剧和反讽。弗莱的循环模式揭示了文学原型的演变与回

---

[1] 翟乃海. 哈罗德·布鲁姆再论"影响误读"[J]. 当代外国文学，2012，2.
[2] Harold Bloom. *The Anatomy of Influence: Literature as a Way of Life*[M]. New Haven and London: Yale University Press, 2011, pp. 3, 6.

归。虽然叙述结构与模式和意象循环之间出现了不对称，但其中蕴含着文学发展的某种规律。神话体现的是早期人类的思想观念和劳动实践，并作为意象结构在后世文学中反复出现，对其他模式结构具有一定统摄力。弗莱将其余四种模式视为神话原型在不同历史时期演变的产物。他认为，欧洲文学是按照"神话→传奇→悲剧→喜剧→讽刺"的顺序发展的。至讽刺文学时，文学模式又会复归到神话模式中，[1] 如海明威的《老人与海》和福克纳《押沙龙！押沙龙！》。需要说明的是，复归神话并不意味着返回人类的原始阶段，而是以神话原型为探讨和反思现代人类生存境况的手段和途径。可以说，弗莱文学发展的循环模式，揭示的是文学发展的规律，即文学一直处于以神话原型为中心的螺旋式发展进程中。

通过对弗莱神话原型理论的分析，可以发现其神话模式在统摄力方面，与布鲁姆观念中的影响具有较高的相似度。弗莱的神话模式，是其他模式产生的源泉与旨归。布鲁姆的影响，既是焦虑的源泉也是"误读"的动力和目的。两者在各自的理论观念中均具有较强的统摄力。因此，笔者认为，弗莱对布鲁姆的影响和启发，主要源于神话模式对其他模式的统摄力，而布鲁姆对弗莱神话原型理论的借鉴，则体现在"误读"论中影响对修正比的统摄层面上。与揭示文学的发展模式与规律不同，布鲁姆的影响更多地侧重于文学创作范畴。总的来讲，该理论蕴含着创作主体既复杂又抽象的心理活动。这些心理活动是通过修正比来展现的。在修正比中，前辈诗人的影响犹如弗莱的神话模式，对后辈诗人来说是无处不在的，贯穿从"克里纳门"到"阿伯弗雷兹"的"误读"过程的始终。

在"误读"理论中，"影响"一词蕴含着丰富的思想内涵，是这一理论的重要基础，支配着整个"误读"过程。"影响"并非传统意义上的前辈诗人给予后辈诗人以引导和启发，也不是后辈诗人对前辈诗人思想和艺术技巧的继承。它是一个暗示着意象关系、时间关系、精神关系以及心理关系的隐喻，指

---

[1] ［加］弗莱. 批评的解剖［M］. 陈慧，袁宪军，吴伟仁译. 百花文艺出版社，2006，第5 - 6页.

第一章　布鲁姆"新审美"批评与理论传统

的是前辈诗人及其诗作的影响在后辈诗人心里产生了强烈的焦虑感。前辈诗人及其文本既是他脱颖而出的障碍，也是后辈诗人"误读"的目的之一。笔者依据它的特性，将这一影响称为逆向性影响。由于后辈诗人在创作时间上处于滞后状态，在初始阶段要为自我的身份确证而与前辈诗人对抗。"误读"便是后辈诗人与前辈诗人对抗的方式。"误读"的根源在于前辈诗人的成就及其影响给后辈诗人带来的焦虑感。① 后辈诗人通过修辞手段和修正策略，对前辈诗作进行创造性"误读"，变被动为主动，改变时空上的滞后状态，重新审视、评价并展现前辈诗人的诗作，并为自己的诗人身份和诗歌的诞生谋求空间，也为自己成为强力诗人或进入文学史做好充分准备。可以说，逆向性影响既是后辈诗人"误读"的缘由，也是其努力征服的对象。

如前所说，逆向性影响贯穿修正比或"误读"过程的始终，展现着它自身具备的统摄力。"克里纳门"和"塔瑟拉"是后辈诗人摆脱前辈诗人影响的初始阶段。然而，当后辈通过对前辈诗人及其文本进行定位、转向和续写后，发现前辈诗人的影响依然存在。因此，后辈诗人在"克诺西斯"中进行自我反思和自我放弃，为进一步摆脱前辈诗人影响积蓄力量。当这种力量积累到一定程度时，出现了"魔化"修正比。后辈诗人为摆脱进一步的前辈诗人影响，故意扭曲前辈诗人，将前辈诗人的成就片面化、普通化，通过这种方式弱化前辈诗人的独创性或原创性以突出自我。当"魔化"到达顶点时，后辈却发现前辈诗人的影响依然存在，他只能在弱化前辈诗人的同时进行自我反思（"阿斯克西斯"）。为最终克服前辈诗人影响，后辈诗人需要再一次对前辈诗人及其文本敞开，并造成一定奇异的效果，好像前辈诗作是后人所写（"阿伯弗雷兹"）。表面上来看，后辈诗人似乎克服了前人的逆向性影响。实际上，这一影响依然存在。后辈诗人只是诗人造成了一种假象，扭转了时空顺序，好像是他对前辈诗人及其文本产生了影响。

通过分析可以发现，逆向性影响同神话模式一样，既贯穿"误读"过程的始终，对"误读"也具有较强的统摄力。"克里纳门"和"塔瑟拉"是摆脱

---

① 关于"误读"理论中影响与焦虑和"误读"的逻辑关系，将在本书第三章中系统阐述。

影响的初始阶段，"克诺西斯"与"阿斯克西斯"是为进一步摆脱影响而出现的倒退阶段，"魔化"与"阿伯弗雷兹"则是逆转影响的最终阶段。翟乃海认为，弗莱是布鲁姆真正想要压抑并超越的前辈诗人，他的《影响的解剖》是通过"比喻的比喻"颠倒时空顺序，进而实现对《批评的解剖》的超越。① 也许，从影响与神话模式的相似性角度来说，翟乃海的判断基础是成立的。布鲁姆借用神话模式，在类比意义上将其统摄特性植入了他观念中的影响，以此丰富了其"误读"论的理论基础。

（二）卡巴拉文本阐释策略与修正策略

在布鲁姆借鉴的众多理论资源中，古犹太神秘哲学卡巴拉是非文学性理论学说。从表面上来看，这似乎与布鲁姆一贯的立场主张是自相矛盾的。然而，布鲁姆只是反对从非文学性角度阐释文学，并没有反对借鉴非文学性理论进行文学研究。两者之间还是有所不同的。从非文学性角度阐释文学，容易忽视文学的本体属性和特征，使文学成为其他学科的注脚。借鉴非文学性理论，却可以打通不同学科的界限壁垒，扩大文学研究的视野，从而丰富文学研究。布鲁姆借鉴卡巴拉的文本阐释策略，并非是要从宗教和哲学角度阐释文学，而是借鉴并运用其文本阐释策略来探讨文学文本的创作与接受。这其中蕴含着布鲁姆的文本观。在他看来，宗教、心理学以及哲学等文本均是文学性的，因为这些文本均带有显著的想象性和虚构性。因此，他将卡巴拉宗教文本的阐释策略，转化成文学文本和批评文本的阐释策略，来充实其"误读"理论。首先需要说明的是，这里的"阐释策略"并非是通常意义上读者对文本的阅读。布鲁姆赋予了它较为宽泛的内涵。卡巴拉的文本阐释，既可以指涉文学的创作策略，也可意指文学的接受策略。与对弗莱的隐性借鉴不同，布鲁姆明确表示他借鉴了古犹太神秘哲学卡巴拉的文本阐释策略。这为笔者的研究和探讨提供了较为确切的依据。

卡巴拉（kabbalah）是犹太人用以表述上帝的教义及其创造物的用语，带

---

① 翟乃海. 哈罗德·布鲁姆再论"影响误读"[J]. 当代外国文学，2012，2.

第一章
布鲁姆"新审美"批评与理论传统

有某种神秘主义色彩,意指接受意义上的"传统",指的是全部的口头法令,是古代诺斯替教(Gnosticism)影响下产生的犹太神秘主义思想体系。卡巴拉的观念与信仰,受诺斯替主义和新柏拉图主义的影响较深。它在犹太教中的形成与发展史,可以视为与诺斯替主义和新柏拉图主义的对抗史。其核心观念是,作为个体的人可以通过非理性的神秘直觉和冥想来证明上帝的存在并与之沟通。尽管卡巴拉偏离了犹太主流宗教信仰,却在与诺斯替主义和新柏拉图主义的对抗中幸存下来。卡巴拉与基督教和东方神秘主义不同,它是一种心智上的观察,而不是与上帝合为一体。同诺斯替主义一样,卡巴拉主义者追求知识。然而,与诺斯替主义不同的是,它在宗教典籍中寻求知识。卡巴拉与新柏拉图主义的区别,主要在于它注重修正性阐释。不仅如此,对阐释的重视还使卡巴拉区别于其他任何东西方的神学或神秘主义。自1492年从西班牙被驱逐后,卡巴拉主义者在心理上产生了一种后进性(belatedness),[1] 需要一种修辞技巧打开并阐释宗教经典,对他们的受难史进行新的神学阐释。[2]

卡巴拉的核心思想是神秘象征主义。在他们看来,世界是一个象征体。个体可以通过诠释、异象、梦幻、启示或直视等纯粹的个人体验解读象征获得神启真理。这是一种通过"有"表达"无",通过"有限"传递"无限"的表达方式。此外,卡巴拉主义者对语言的态度较为矛盾,认为语言作为表达和阐释的工具是有限的,却又将它视为表达思想和意志态度的重要工具。因此,对卡巴拉主义者来说,语言是隐喻性或修辞性的。[3]

综观布鲁姆的批评著作可以发现,卡巴拉思想体系中的 Behinot 和 Sefirot 对布鲁姆"新审美"批评有着重要的启示意义。Sefirot 指的是上帝的光辉从无限的中心向有限的四周扩散。卡巴拉主义者认为,这是所有现实得以建构的中心,蕴含着上帝在创世过程中的十种复杂意象,其重要性体现在意象间的相互

---

[1] 布鲁姆观念中的"后进性",指的是主体在时间上处于滞后状态,且带有强烈的焦虑感.
[2] Harold Bloom. *Kabbalah and Criticism*[M]. London and New York: Continuum, 2005.
[3] 关于"卡巴拉"的思想体系及其语言观,详见[德]索伦. 犹太教神秘主义主流[M]. 涂笑非译. 四川人民出版社,2000.

反映关系上。十种意象分别是 Keter（最高王冠）、Hokmah（智慧）、Binah（才智）、Hesed（爱）、Din（审判或活力）、Rahamin（美或激情）、Nezah（胜利或持久的忍耐力）、Hod（辉煌）、Yesod（建构）以及 Malkhut（王国）。Sefirot 中的创造者以"父亲"形象呈现，Keter 象征着他的意志力，Hokmah 代表着他的智慧。Binah 以"母亲"形象显现，代表着与"父亲"智慧相近似的才智。Hesed，Din，Rahamin，Nezah，Hod，Yesod 以及 Malkhut 则是创世过程中以"母亲"形象从 Binah 中繁衍出来的七种品质。Behinot 是新卡巴拉主义者柯德维罗提出的术语，是链接 Sefirot 的 Sefirah 的六种阐释方法和六个阶段。Sefirah 指的是 Sefirot（"发散"）所包含的每一种意象，Behinot 则是对每一种意象的阐释或每一意象所处阶段的表征。Behinot 的阐释方法和阶段分别是：（1）显现前在一意象中的匿藏；（2）在前一意象中展现；（3）以意象自身名义显现；（4）给予意象以力量，使意象足以散发出另一"发散"；（5）给予意象本身以力量，使它驱逐藏匿其自身的其他意象；（6）后一意象通过"发散"获得属于自己位置的同时，六种阐释方法和六个阶段便开始重新循环。[①]

　　笔者认为，布鲁姆对 Behinot 与 Sefirot 的借鉴，主要体现在类比意义上的语义转换以及具体的文本阐释策略上。如前所说，Sefirot 指征着上帝的光辉从无限的中心向有限的四周扩散，并对世界及现实的建构产生影响，而 Behinot 则意指意象之间的相互影响关系。在布鲁姆"新审美"批评的经典谱系中，莎士比亚在西方经典的地位与"卡巴拉"体系中的上帝（Keter）相同，而马洛和乔叟之于莎士比亚，就如同诺斯替主义和新柏拉图主义之于卡巴拉一样，是他需要征服的对象。莎士比亚在克服了马洛和乔叟的影响以后，成为了影响后世作家的影响本身。从类比角度来看，这与卡巴拉对诺斯替主义和新柏拉图主义影响的克服是相通的。在布鲁姆看来，莎士比亚对后世作家和大众读者的影响是无处不在的，是每一位后辈诗人焦虑的来源，也是其竞争的对象。较为

[①] Harold Bloom. *Kabbalah and Criticism*[M]. London and New York: Continuum, 2005, pp. 10–12, 16.

第一章
布鲁姆"新审美"批评与理论传统

明显的是，布鲁姆将 Sefirot 内涵与特性赋予了影响。① 布鲁姆影响的统摄特性，不仅来自弗莱神话模式的启示，也可以说源于卡巴拉体系中的 Sefirot。此外，还可以看出，布鲁姆的经典谱系，是按照 Sefirot 及其蕴含的十种意象的相互关系来排列的，而 Sefirot 的语义内涵则被布鲁姆转换成了影响。

布鲁姆指出，卡巴拉是一种心理学、修辞学意义上关于语义影响的理论。虽然 Sefirot 共有十种意象，但只有六种意象在当今犹太文化中保存了下来，即 Hesed、Din、Tiferet、Nezah、Hod 以及 Yesod。这些意象是柯德维罗 Behinot 的基础，布鲁姆将它们视为诗歌创作的类比意象。其"误读"论的修正比，便是在柯德维罗 Behinot 的启发下产生的。②"克里纳门""塔瑟拉""克诺西斯""魔化""阿斯克西斯"以及"阿伯弗雷兹"，分别与柯德维罗 Behinot 的六种阐释方法或六个阶段相对应。布鲁姆将 Sefirot 视为文学传统，把后辈诗人类比为 Behinot 中的"后进意象"，将前辈诗人及其影响视为"先在意象"。后辈诗人在传统中确定自我地位前，首先要"藏匿"在前辈诗人及其诗作中，认识前辈诗作并对其进行定位转向（Hesed 与"克里纳门"）。对前辈定位转向后，后辈诗人通过续写或改写前辈诗作，在前辈诗作中展现自我（Din 与"塔瑟拉"）。经过这两个阶段，后辈诗人发现前辈的影响依然存在，于是他通过放弃自我以及前辈诗作中的灵感，以及想象力中的神性来展现自我（Tiferet 与"克诺西斯"）。随后，后辈赋予自身精神力量，通过抹杀前辈的独创性来凸显自我（Nezah 与"魔化"）。对前辈进行"魔化"后，后辈诗人再一次对自我以及前辈诗篇进行缩削式修正，使自我和前辈放弃部分想象力的天赋，产生出一个全新的自我（Hod 与"阿斯克西斯"）。这时，后辈诗人会造成一种假象，好像是他写就的前辈诗篇（Yesod 与"阿伯弗雷兹"）。于是，Behinot 或修正策略再一次循环演变。

通过以上比较分析可以发现，"误读"理论中影响的统摄特性以及修正策

---

① ［美］哈罗德·布鲁姆. 影响的焦虑：一种读诗的理论. ［M］. 徐文博译. 江苏教育出版社，2005，第 2 页.

② Harold Bloom. *Kabbalah and Criticism*［M］. London and New York: Continuum, 2005, p.26.

略是在借用卡巴拉的 Sefirot 以及柯德维罗 Behinot 阐释模式，并对之进行语义转化的基础上产生的。布鲁姆既将 Behinot 视为一种文本阐释策略，也看作后辈诗人在文学传统中与前辈对抗的六个阶段，而原意为"发散"的 Sefirot，在"新审美"批评中被布鲁姆置换为影响。不同的是，布鲁姆赋予了 Behinot 以心理学内涵，认为它揭示的文本语义带有心理防御色彩，这是他吸纳了弗洛伊德学说的结果。

（三）家庭罗曼司与焦虑和对抗

有论者认为，弗洛伊德是布鲁姆"误读"理论的重要先驱。[①] 布氏在理论著作和批评实践中经常援引弗洛伊德关于焦虑、心理防御等观点，并将弗氏放置在其西方文学经典体系中，对弗洛伊德进行莎士比亚式的文学解读。这样一种承继关系较为容易梳理。然而，布鲁姆对弗洛伊德理论的借鉴是有着其复杂性的。笔者认为，在布鲁姆的"新审美"批评的形成过程中，弗洛伊德经历了从援引对象到研究对象的转变，是其"误读"理论修正策略的体现。国内不少学者均认为弗洛伊德对布鲁姆"误读"理论影响较大，但对布鲁姆援引弗洛伊德理论学说原因的剖析还可以进一步深入。布鲁姆指出，他从弗洛伊德理论转向诗歌理论，看起来是一种望文生义。[②] 既然这样，他为什么将弗洛伊德理论运用到其诗歌理论中？家庭罗曼司揭示的父子、母女之间的矛盾与斗争关系，与布鲁姆强调的诗人间的影响和对抗非常近似。笔者认为，这有助于布鲁姆在类比意义上阐明其观念中的影响和对抗。此外，布鲁姆推崇唯美主义诗学的批评观，认为批评文本是一种个性化的艺术创造。他为其诗歌理论赋予了弗洛伊德的心理学色彩，也可以说是其个性化艺术创造的体现。

家庭罗曼司（又被称为"俄狄浦斯情结"）指的是儿童对父母无意识的爱和欲望，可以分为"恋父情结"和"恋母情结"，表现为儿子对母亲的爱对父亲的敌视，女儿对父亲的爱对母亲的嫉恨。家庭罗曼司，来自弗洛伊德对索福

---

① 艾洁. 论哈罗德·布鲁姆误读理论中的弗洛伊德元素 [J]. 山东社会科学，2010，3.
② [美] 哈罗德·布鲁姆. 误读图示 [M]. 朱立元，陈克明译. 天津人民出版社，2005，第88页.

第一章
布鲁姆"新审美"批评与理论传统

克勒斯《俄狄浦斯王》的解读。在该剧中,俄狄浦斯在毫不知情的情况下杀死了自己的父亲,娶了自己的母亲并与其生养了两儿两女。随后,为惩戒自己的罪恶,俄狄浦斯刺瞎双目并离开了忒拜城。于是,俄狄浦斯便成为了"弑父娶母"的比喻。在随后对《哈姆雷特》《卡马拉佐夫兄弟》的分析中,弗洛伊德发现"弑父娶母"也是这一类作品共有的主题。在弗洛伊德看来,《俄狄浦斯王》《哈姆雷特》和《卡马拉佐夫兄弟》之所以能够打动不同时代的观众,在于"俄狄浦斯情结"是人类童年时期共同的潜在欲望。这为布鲁姆的诗歌理论提供了可借鉴的阐释范式。在浪漫主义诗歌的研究过程中,布鲁姆提出了其主体内化观念的基础即"追寻罗曼司的内在化",但对主体内化的心理动因还没有形成系统的理论阐述。直到他吸纳了弗洛伊德的家庭罗曼司,其"新审美"批评关于主体创作动机的阐述才具有系统性。家庭罗曼司中的防御机制及其对矛盾功能的研究,为布鲁姆提供了较为明确的可类比物。① 其中,"恋母情结"、焦虑以及心理防御对布鲁姆"新审美"批评的"误读"论启发较大。

"误读"理论中的后辈诗人,如同患有"恋母情结"的儿子,前辈诗人则如同父亲,母亲则可以与经典诗人的地位相类比。从类比角度来看,后辈诗人与其前辈的关系,如同家庭罗曼司中描绘的父子关系一样,彼此之间充满了斗争对抗。与家庭罗曼司中父亲对儿子的影响相同,前辈诗人对后辈诗人的影响是挥之不去、无处不在的。由于父亲的存在,儿子对母亲的占有欲望始终无法得到满足。于是,他的心理产生了强烈的焦虑感。这与后辈诗人在前辈影响下产生的焦虑是相通的。在家庭罗曼司中,儿子为了争夺母亲的爱,不断向父亲发起挑战;在"误读"论中,后辈诗人为了摆脱前辈诗人的影响、跻身经典之列,也必须与前辈诗人进行"殊死搏斗"。父子与后辈和前辈对抗过程中的焦虑,是他们必须克服的心理障碍。因此,布鲁姆以家庭罗曼司中父子间的对抗和焦虑为喻,将整个西方文学传统视为一部焦虑对抗史,认为诗本身并不是对焦虑的克服而是焦虑本身。焦虑是某种可以感受得到的,不同于悲伤、哀痛

---

① [美]哈罗德·布鲁姆. 影响的焦虑[M]. 徐文博译. 江苏教育出版社,2005,第9页.

或精神紧张的情感状态。它在不愉快状态上增加了宣泄现象，可以减轻构成焦虑的"兴奋亢进"。① 家庭罗曼司中的焦虑，在梦境中得以宣泄；"误读"理论中的焦虑，则在后辈诗人的比喻修辞中得以宣泄。

如前所说，家庭罗曼司中的心理防御机制，为布鲁姆"误读"理论提供了比喻修辞的类比物。布鲁姆指出，防御是用以对抗源于"本我"的内在活动。这些内在活动，必然以意愿、幻想、希望和回忆的形式出现。虽然防御旨在使自我从满足内在需求转移出去，但它却倾向于从另一种防御转移开，或针对另一种防御做比喻（就像一个比喻倾向于防御另一比喻一样）。② 防御就是一种反对变化的心理活动，因为变化有可能妨害自我成为稳定的统一体。在"误读"论中，比喻和心理防御是影响这一个问题的两个方面。影响也被布鲁姆视为一种复杂的比喻，包括反讽、提喻、转喻、夸张、隐喻和代喻。六种比喻与六种修正比相对应，即"克里纳门"与反讽，"塔瑟拉"与提喻，"克诺西斯"与转喻，"魔化"与夸张，"阿斯克西斯"与隐喻，"阿伯弗雷兹"与代喻。每一种比喻均是影响作用下的心理防御。防御可以说成是抵御死亡的比喻，而比喻则可以视为防御文字的意义，这便是布鲁姆提倡的对抗式批评的原则。因为在布鲁姆看来，比喻是一个隐蔽的防御机制，如同防御是一种隐蔽的比喻一样。③

综上所述，家庭罗曼司对于布鲁姆的"误读"理论来说，它的价值意义更多地体现在类比关系上。弗洛伊德的理论学说，既不是布鲁姆"误读"论的理论基础，也不是它的理论先驱，而是布鲁姆阐释创作主体心理动因的类比范式。那么，布鲁姆为什么需要家庭罗曼司作为他的类比范式？在对浪漫主义诗歌的研究过程中，他提出了"追寻罗曼司的内在化"，将诗歌创作的动因指

---

① ［美］哈罗德·布鲁姆. 影响的焦虑：一种读诗的理论［M］. 徐文博译. 江苏教育出版社，2005，第7－8页.
② ［美］哈罗德·布鲁姆. 误读图示［M］. 朱立元，陈克明译. 天津人民出版社，2005，第91－92页.
③ ［美］哈罗德·布鲁姆. 误读图示［M］. 朱立元，陈克明译. 天津人民出版社，2005，第77页.

向创作主体的心灵活动。然而，主体内化在布鲁姆的早期批评实践中，还没有得到系统阐释，对于创作主体为什么会出现精神危机也没有具体说明。当他借鉴了家庭罗曼司关于父子的对抗与影响，以及心理防御对焦虑的宣泄等观念，并从类比角度将它们运用到对主体创作动因的探讨中时，他的主体内化观才得以相对完整。

本章小结

通过本章的分析可以发现，布鲁姆在借鉴吸纳西方批评传统的基础上，既有理论上的继承也有观念上的创新。布鲁姆从批评传统中借鉴吸纳理论资源，是有其现实针对性的。20世纪西方文论在追求文论的创新过程中存在着"去传统化"倾向。批评传统在众多批评流派的质疑与颠覆中，似乎已经失去了它原有的生命力。布鲁姆在当代西方文论"审美转向"潮流中，没有否定传统文论的价值意义，而是继承唯美主义诗学传统以及其他理论资源，在批评实践中对其进行转换创新，充分发掘批评传统的当代价值和意义，对于当代文论的建构来说是有其独特贡献的。然而，布鲁姆在借鉴吸纳批评传统的过程中，也存在一些问题值得我们关注反思。20世纪西方文论的外转向过程中，夸大了外部因素对文学创作的影响，强调社会政治和道德历史等因素对文学创作的介入，在某种程度上忽视了主体性作用。因此，布鲁姆借鉴弗洛伊德和卡巴拉文本阐释策略，将文学创作与创作主体的心理活动紧密结合起来，否认外部因素对文学创作的影响，将创作过程归结为一系列心理活动。尽管有其现实针对性，布鲁姆的这一理论观念却走向了另一个极端，否认了外部因素对文学创作的介入和影响，将其个人的观念和立场强加于文学创作的客观事实之上，使其"新审美"批评带有一定的主观主义色彩。

第二章
布鲁姆"新审美"批评的特质

布鲁姆不仅注重从批评传统中汲取养分加以改造,还非常善于隐藏其师承关系。因此之故,学界对其文学批评的特质问题一直持有不同的看法和认识。在布鲁姆文学批评特质研究方面,虽有学者对其审美和对抗特性有所探讨,但在系统性和深入性方面还不够。此外,布氏文学批评的主体内向特性还没有引起学界足够的重视。针对学界在这些方面探讨的不足,笔者做了一些细致的研究。布鲁姆是一位文学批评家,他的批评实践对其"新审美"批评的形成有着重要的意义。"误读"理论和文学经典论便是在批评实践中积累形成的。从布氏文学批评呈现出的主要特点来看,审美、对抗以及主体内向,是布鲁姆文学批评的关键词,贯穿于他的文学理论和批评实践,体现着布鲁姆对文学的独特认识。笔者将布鲁姆的文学批评视为审美批评,依据的是他对唯美主义诗学传统的继承和开拓,及其在批评实践和理论著述中呈现出的特点;将其审美批评归为"新审美"批评,依据的主要是他与唯美主义既相联系而又相区别的特质。系统阐述布鲁姆文学批评的关键词如审美、对抗以及主体内向,有助于从宏观角度认识其"新审美"批评的独特品质,也可以为审视其"误读"论和经典论提供一个新的视角。

一、审美

在布鲁姆的"新审美"批评中,审美既是其核心观念,也体现着布氏文学批评的首要特质。在布鲁姆看来,审美是由娴熟语言、原创性、认知能力、

第二章
布鲁姆"新审美"批评的特质

知识及词汇构成。细读其批评著作可以发现,布鲁姆审美观的形成并非一蹴而就,而是经历了从隐性存在到显性表现的演变过程。在早期的浪漫主义诗歌批评中,布鲁姆旗帜鲜明地提出自己的审美立场,将审美与想象力、创造力以及语言等主体性因素相联系,并以此阐释布莱克和弥尔顿等人经典诗歌的审美价值。此时,审美还并没有作为完整的诗学概念出现在他的批评著作中,与它相关的重要品质也只是以零散的方式出现在其诗歌批评著作中。在"误读"理论建构时期,虽然布鲁姆将理论的建构重心放在影响与"误读"两个核心命题上,但审美作为文学批评的核心标准已经开始出现。直到《西方正典》、《如何读,为什么读》和《天才》等批评著作,审美开始以文学价值判断标准频繁地出现在布鲁姆对西方经典作家作品的批评中,其内涵也更为丰富具体。审美,逐渐被布鲁姆赋予了与唯美主义诗学不同的内涵与特性,成为其"新审美"批评的重要特质。通过笔者对布鲁姆批评论著的研究发现,布鲁姆观念中的审美具有对抗和陌生两种特性。因此,系统审视审美的对抗与陌生特性,可以深化对布鲁姆审美观的认识。

(一)对抗性:审美特性之一

如前所说,布鲁姆"新审美"批评的审美观经历了从隐性存在到显性表现的演变过程,直到《西方正典》布鲁姆才赋予了审美以个人的认识与理解。他认为,审美体现着一种混合力量,包括娴熟语言、原创性、认知能力、知识及词汇。[①] 其中,"娴熟语言"与"词汇"是布鲁姆审美观从隐性存在向显性表现转变的重要标识,这一转变发生在"误读"理论的建构过程中。笔者将其"新审美"批评这一阶段的审美称为对抗性审美,依据的是布鲁姆观念中审美的产生途径,以及这一途径所暗含的审美特质。

在"误读"论中,影响与"误读"是这一理论的重要命题,而对抗则是审美的展现途径。对抗性(antithetical)源于布鲁姆提倡的对抗式批评(antithetical criticism)。对抗式批评,也可以称为修正式批评,旨在通过解读

---

① [美]哈罗德·布鲁姆. 西方正典[M]. 江宁康译. 译林出版社,2011,第23页.

哈罗德·布鲁姆的"新审美"批评

修辞来发掘、阐释经典诗歌的美学价值。布鲁姆指出，对抗或修正是浪漫主义与启蒙主义、启蒙主义与文艺复兴，文艺复兴与远古时期关系的修辞性表达。不仅如此，布氏还援引尼采的观点来佐证，即主体精神将自己视为对抗性，与其他精神和先在性，与早期自我的影响进行抗争从而获取优先权（priority）。布鲁姆甚至认为，对抗或修正在个人生活、社会机构、宗教信仰、艺术科学以及所有学院学科的教育中均有体现。在布鲁姆看来，诗歌是对抗性的，诗歌之间只有不断的修正性对抗行为。诗歌的力量源于与先在诗歌的对抗，而不是与外部世界的对抗。[①] 因此，他倡导的对抗式批评注重发掘、阐释能够体现诗歌间对抗行为的修辞痕迹。这种痕迹体现在诗歌的修正关系上，诗歌意义便存在于这种修正行为中。虽然布鲁姆的对抗式批评并没有就审美提出具体且系统的阐述，只是在《影响的焦虑·再版前言》（1993 年）将审美与对抗结合起来论述莎士比亚的美学价值，但仔细品味对抗式批评的旨归能够发现，布氏"新审美"批评的审美观在这一时期已经初现端倪。其审美内涵中的"娴熟语言"和"词汇"，便是从对抗式批评对修辞语言的解读中生发出来的。

布鲁姆对抗式批评对修辞语言的解读，集中体现在其修正比的运用中。"误读"理论的修正比共有六种，分别与六种比喻手法相对应。在布鲁姆的观念中，修正比/比喻提供的是后辈诗人对前辈诗歌的"误读"方式。"误读"并非通常意义上的阅读，而是一种诗歌创作方式。它可以将心理学、修辞学，意象主义以及对历史的解释融合为一幅完整的"误读图示"（A Map of Misreading）。布鲁姆在对罗伯特·勃朗宁的《查尔德·罗兰》（以下简称《罗兰》）一诗的批评中，演示了对抗式批评。他认为，雪莱是该诗进行对抗的对象，其诗歌的力量激发了勃朗宁的力量。勃朗宁独特的诗歌形式在两种力量的对抗中产生了。《罗兰》既是勃朗宁对雪莱《西风颂》的阐释，也体现着对雪莱全部诗歌的"误读"。总的来说，勃朗宁的《罗兰》与雪莱的《阿拉斯特》、《阿坦纳斯王子》和《朱丽安和麦达罗》有着显著的"误读"与对抗痕迹。按

[①] Harold Bloom, *Agon: Towards a Theory of Revisionism* [M]. New York: Oxford University Press, 1982, p. 3.

第二章
布鲁姆"新审美"批评的特质

照"误读图示",该诗可分为 3 部分,即第 1 到 8 节,第 9 到 29 节,第 30 到 34 节。第 1 到 8 节为全诗的开场部分,开场部分的反讽服从于提喻。诗歌语义的"凝缩"逐渐演变为"探索"的替代物,对"探索"的颠倒是反讽通过转向其对立面来完成的。"探索"是对诗篇开场所描述的"欲望"的提喻,而对失败的"探求"则是自杀的一个提喻。第 9 到 29 节在心理防御和升华的压抑与防御之间交替转化,罗兰想象的"风景"则是连续的转喻。当诗中的辩证法用夸张和想象来替代这种孤立而腾出空间时,这一部分完成了梦魇般的升华。在第 30 节中,"塔"和"精灵"是一种隐喻。"塔"象征着对雪莱影响过程的盲视,而"精灵"在"木船惊跳时"才指向目不可见的险情。在第 32 至 34 节中,罗兰以他的生命为代价,创造出了一个时间上的"早到"(即扭转时空,似乎雪莱的诗歌是由勃朗宁写就),构成了一个代喻图示。①

如果说对抗式批评仅局限于对修辞的解读,其与审美的关联性较为隐秘,那么 1993 年再版的《影响的焦虑》,则是布鲁姆审美观从隐性存在向显性存在的重要转折点,是其对抗性审美的形成标志。在该书的《序言》中,布氏将对抗与审美直接联系起来,认为文学的美学价值体现在诗人之间的对抗当中。

莎士比亚处于布鲁姆经典谱系的中心。布氏认为,莎士比亚不仅是西方的经典也是世界的经典,是后辈诗人对抗的中心。莎士比亚之所以会取得这样的美学成就,主要归因于他与马洛的对抗。在《影响的焦虑》中,布鲁姆勾勒了莎士比亚与马洛之间的对抗过程。马洛是当时"大学才子"(University Wits)中的耀眼明星,其社会地位显然要高于初出茅庐的莎士比亚。布鲁姆以此推测,马洛是莎士比亚初期焦虑的源泉和对抗的对象。布氏认为,尽管马洛有着强烈的进取心,但在剧情构思方面还不够细腻,在语言方面过于依赖夸张手法,他的人物形象也缺乏丰富性和完整性。通过对语言和情节的锤炼、对人物内心的精雕细琢,莎士比亚逐渐摆脱了马洛的影响。布鲁姆认为,莎氏的

---

① [美]哈罗德·布鲁姆. 误读图示 [M]. 朱立元,陈克明译. 天津人民出版社,2005,第 104 - 113 页.

《麦克白》文风简练,要远胜于马洛的《浮士德博士的悲剧》。莎士比亚的用语浑然天成,达到了行云流水的境界,而马洛则过于依赖夸张性修辞手法,使观众感到他的人物总是行色匆匆,漫无目的。与福斯塔夫、哈姆雷特和伊阿古这些个性完整的人物相比,马洛的帖木儿、浮士德和巴拉巴斯就像是令人发笑的漫画人物。此外,布鲁姆还认为,自我倾听(self-overhearing)是莎士比亚人物获得完整个性的重要途径。从福斯塔夫开始,莎士比亚便广泛地扩展其主要人物的自我倾听的效果。在布鲁姆看来,由自我倾听产生的变化,便是莎士比亚与马洛对抗最为重要的途径,也是其艺术的精髓。[①]

综上所述,布鲁姆观念中的对抗性审美是在后辈诗人与前辈诗人的对抗中获得的。至此,布鲁姆"新审美"批评的审美观,开始了从隐性存在向显性表现的转变。如前所说,在浪漫主义诗歌批评阶段,布鲁姆仅从与审美相关的想象力、创造力和语言等主体性因素对诗歌进行审美解读,其对审美的认知与理解还处于探索之中。在"误读"理论中,布鲁姆逐渐形成了具有个人特色的审美观的基础,即对抗性审美。从历时性角度说,对抗性审美可以视为布氏"新审美"批评审美观的基石。虽然就其审美内涵来说,对抗性审美仍然模糊,但它却为审美的陌生特性的形成奠定了重要基础。

(二)陌生性:审美特性之二

如前所说,对抗性审美囊括了修辞性语言,已经体现出具有布鲁姆个人特色的关于审美的认识和理解。但就审美内涵而言,布鲁姆依然没有提出较为清晰的阐述。1994年以来,布鲁姆相继出版了以普及经典和捍卫审美价值为目的的经典批评著作。在经典批评中,其"新审美"批评的审美观,完成了从隐性存在向显性表现的转变。在《西方正典》、《如何读,为什么读》以及《天才》等著作中,文学经典的审美价值是布鲁姆"新审美"批评重要的阐释对象。布鲁姆在经典批评时期认为所有的文学经典均具有陌生特性,因此,这一时期的布鲁姆已经将陌生性视为审美极其重要的特性。以此为依据,笔者将

[①] [美]哈罗德·布鲁姆. 影响的焦虑:一种读诗的理论[M]. 徐文博译. 江苏教育出版社,2005,第24-42页。

第二章
布鲁姆"新审美"批评的特质

其经典批评时期的审美观念称为陌生性审美。

华尔特·佩特认为浪漫主义为美感增加了陌生性,而布鲁姆则将这一概念赋予了所有的文学经典。他认为,陌生性是一种无法同化的原创性,也是一种人们完全认同且不再视为异端的原创性。[①] 陌生性可以使人们对所熟悉的环境产生陌生感,而产生陌生感的能力只有经典作家才具备。在布鲁姆看来,但丁是无法同化的原创性的代表,莎士比亚是因既定习惯而使读者熟视无睹的最佳榜样,毕尔特·惠特曼则徘徊于两者之间。那么,什么样的能力赋予经典作品以陌生性?布鲁姆指出,文学影响的过程,便是经典作品的产生过程,而作家的创造性误读则是经典作品产生的关键因素。语言的修辞用法是"误读"的关键。在这一点上,陌生性审美的实现与对抗性审美是一致的。不同的是,除对语言因素较为重视外,陌生性审美更为注重文学经典体现出的认知能力和原创性。此外,对抗性审美更多指向诗歌的美学价值,而陌生性审美则指向西方所有体裁类型的经典作品,其涵盖范围并非局限于语言本身,还扩展至人物形象等层面上。可以说,陌生性审美是在对抗性审美基础上的进一步拓展。在陌生性审美的内涵中,原创性和认知是其重要的组成部分。

首先说原创性。原创性是陌生性审美的重要组成部分之一。它不仅关乎经典作品的语言,更为突出地体现在经典作家塑造的人物形象上。与多数评论家不同,布鲁姆认为惠特曼的经典性在于他改变了美国诗歌的声音形象,他的形象化语言是其原创性的重要标志。因此,布鲁姆将他视为美国文学经典的核心作家,认为他的隐喻和格律要比他的自由诗体更具原创性。[②] 在布鲁姆的"新审美"批评中,莎士比亚始终被认为是原创性的最佳典范。不论是人物表现还是语言运用,莎士比亚都写出了西方经典中最为优秀的诗文。莎士比亚通过对语言和人物表现的锤炼而获得的原创性,是难能可贵的。其塑造的众多人物,不仅具有较强的个性化语言表现能力,在形象方面也是各具特色。夏洛克是一个令人难以捉摸的形象,福斯塔夫充满了创新性和感染人的力量,伊阿古

---

① [美]哈罗德·布鲁姆. 西方正典[M]. 江宁康译. 译林出版社,2011,第2页.
② [美]哈罗德·布鲁姆. 西方正典[M]. 江宁康译. 译林出版社,2011,第214页.

要比马洛的巴拉巴斯更为细腻精巧,哈姆雷特则是莎剧中最为丰满的人物形象。

再说认知能力。经典作品体现出的认知能力,是陌生性审美的另一重要组成部分,体现着布鲁姆的人文关怀。布氏认为,除莎士比亚外,艾米丽·迪金森是但丁以降西方诗人中最具原创认知性的诗人。她能够成为西方经典作家,并非是由于她的性别或与之相关的意识形态,而是她的认知力量和灵活的修辞技巧。迪金森的认知力量主要表现在她用诗的方式,以大写的"我"(即突出自我)的形式为自我思考。但丁是可以与莎士比亚相媲美的经典作家之一,读者在其作品中可以发现他卓越的认知力量。布鲁姆指出,《神曲》是西方宗教诗歌的经典,可以使读者在诗中找到真理。与原创性相同,莎士比亚的认知能力依然是最佳典范,超越了所有其他西方经典作家。布鲁姆认为,莎士比亚具有非凡的洞察力和深刻的思想,他的独特力量在于消解了戏剧与自然的区别。他塑造的人物可以容纳各种方式的解读,能够成为读者进行自我分析和判断的工具。道学家会被福斯塔夫惹怒,堕落的人会被罗瑟琳揭露,而刻板呆滞的人会被哈姆雷特疏远。[1]

由于布鲁姆崇尚个性化文学批评,在批评实践中只是阐发其主观印象,并没有对原创性和认知能力作出较为系统的阐释。以对抗性审美为基础,结合他的经典批评,可以提炼出原创性和认知能力的一些基本内涵与特性。首先,原创性关乎文学经典修辞性语言的运用。修辞性语言始终是布鲁姆"新审美"批评关注的焦点之一。在对抗性审美中,语言的运用与创新(包括修辞手法,语义所指及意象),是在对前人文本"误读"基础上获得的,它更多地指向诗歌的美学价值。然而在陌生性审美中,修辞性语言的创新性已经不再局限于经典诗歌,而是拓展至戏剧、小说、散文,甚至是文学批评本身。其次,除修辞性语言外,原创性还体现在戏剧与小说的人物形象上。同修辞性语言一样,原创性人物形象是在"误读"前人文本的基础上形成的。具有原创性的人物形象(如哈姆雷特、福斯塔夫及巴斯夫人等),在带给读者丰富的审美体验和审

---

[1] [美]哈罗德·布鲁姆. 西方正典[M]. 江宁康译. 译林出版社,2011,第43页.

第二章
布鲁姆"新审美"批评的特质

美感受的同时，也可以启发读者对自由的向往，对个体的关怀。最后，具有原创性的语言和人物形象，既体现着创作主体对语言本体的认知，也展现出其对人性深刻的理解和敏锐的洞察力，可以使读者在阅读过程中通过解读文本语言和人物形象来认识并完善自我。

陌生性审美的提出，不仅拓展了布鲁姆的对抗性审美的内涵，还将文学经典的审美价值与认知价值紧密地结合起来，纠正了唯美主义诗学偏重形式美忽视内容美的弊端，对非文学性研究倾向也起到了警示作用。从某种意义上说，布鲁姆在批评实践中形成的审美观，既预示着西方"后理论"时代理论反思的必要性，也为当代西方文论的"审美回潮"开辟了道路。

二、对抗

在布鲁姆看来，只有那些诗人中的强者才会以坚忍不拔的毅力向威名显赫的前辈进行至死不休的挑战。"坚忍不拔的毅力"指的是后辈诗人的对抗精神，"挑战"指的则是后辈的对抗行为。在布鲁姆的"新审美"批评中，对抗（agon）是一个极为重要的概念，既关乎文学经典的创作，也与经典传承密切相关。与影响相关的对抗，在浪漫主义诗歌批评时期已经初具雏形，但布鲁姆对它还没有形成完整的认识。至"误读"理论建构阶段，在古犹太神秘哲学卡巴拉的启示下，它获得了较为完整的理论形态，以对抗式批评为学界所熟知。随后，布鲁姆将这一概念运用于经典批评和宗教批评中。因此，对抗性（antithetical）可以说是布鲁姆"新审美"批评的又一重要特质。国内外曾有学者关注探讨过布鲁姆的对抗，对它的看法还存在一些分歧与争论。分歧与争论产生的原因，在于对这一概念的基本内涵探讨得还不够。从表层叙述与深层内涵两个角度对其进行探讨，可以对布鲁姆"新审美"批评的对抗特性获得较为完整的认识。

（一）对抗：创作主体的精神姿态

认识布鲁姆"新审美"批评的对抗特性，首先需要厘清一个基本问题，即对抗是什么。

西方有学者这样评论过布鲁姆的对抗式批评。他说，布鲁姆需要论争对手，如果没有，他会自己创造一个对手出来。① 从该学者的评论中可以发现，他不仅认为布鲁姆的文学批评充满了对抗意味，还认为布氏本人也具有强烈的对抗精神。在我国学者中，也有人以布鲁姆的对抗为阐发点，认为他的文学批评充满了暴力、权利和占用。② 应该说，上述学者对布鲁姆对抗观的理解是有一些依据的。布鲁姆指出，对诗的爱便是对它的占用、夺取以及对权利的爱，对属于自己一切的爱。从他的表层叙述来看，对抗确实满是权利和占用。然而，上述学者在审视其对抗观时忽略了布鲁姆个性化的用语习惯。布鲁姆认为，在诗歌语言和批评语言之间并没有类或度的区别，两者均是一种比喻性用语。③ 从布鲁姆的批评观念和用语习惯来看，"对抗"只是一种比喻性表述，与现实世界中的暴力、权利和占用有所不同。那么，布鲁姆"新审美"批评的对抗指涉的到底是什么？

尽管家庭罗曼司中的对抗对布鲁姆有一定启发，但使他对抗观趋于成熟的却是古犹太神秘哲学卡巴拉。在《卡巴拉与批评》（1975年）中，布鲁姆追溯了卡巴拉的起源，认为它是在与诺斯替主义和新柏拉图主义的对抗中逐渐发展起来的，它的历史便是一部对抗史。随后，在《对抗：走向一种修正主义》（1982年）中，布鲁姆系统阐述了对抗与文学批评的关系，并提出了对抗式批评。他认为，中世纪西班牙和巴勒斯坦的卡巴拉信徒，被从西班牙驱逐后，需要在与诺斯替主义和新柏拉图主义信徒的对抗中，以对《圣经》的卡巴拉式阐释来消除自我的身份焦虑，并进行自我身份确证。因此，布鲁姆的对抗，从其源头起便与主体的身份确证有关。

在卡巴拉信徒那里，对抗是伴随其宗教文本阐释的精神姿态。布鲁姆将其纳入他的"误读"理论中，并借用弗洛伊德的家庭罗曼司来描述置身于文学

---

① Lawrence Danson, *Review of Harold Bloom's Shakespeare*, Shakespeare Quaterly, 54:1（Spring 2003）, pp.114 – 117（p.114）.

② 王逢振. 怪才布鲁姆 [J]. 外国文学, 2000, 6.

③ Harold Bloom, *Agon: Towards a Theory of Revisionism*[M]. New York: Oxford University Press, 1982, pp.16 – 17.

第二章
布鲁姆"新审美"批评的特质

传统且受前人影响的后辈诗人的精神状况。布鲁姆曾指出，主体的精神将自己视为对抗性，并与其他主体精神和先在性，以及早期自我的影响进行抗争。主体精神进行对抗的目的，是获得时空上的优先权。[1] 借助于家庭罗曼司的相关概念，布鲁姆将文学传统类比为家庭罗曼司，将父子间的关系等同于诗人之间的关系，并将对抗视为后辈脱颖而出所必需的精神姿态。后辈诗人若要跻身经典，对前人文本进行"误读"，那么对抗精神便是他必备的精神姿态。因此之故，布鲁姆才认为只有与前辈巨擘对抗的强者，才能成为创作出经典诗作的强力诗人。

从以上论述中可以看出对抗的一些基本内涵和特性。首先，在"误读"理论中，对抗是一种与主体意志和决心相关的精神姿态。意志和决心强大与否，是后辈诗人能否与前辈进行对抗的前提条件和关键因素。其次，对抗并不是对世俗权利和物质金钱的欲求，也不是现实生活中的暴力行为。作为一种比喻性表述，对抗指的是对诗人身份和经典作品的诉求，对审美原创性的追求。最后，体现主体精神力量的对抗，其强度是"误读"能否完成的重要保障。只有那些充满对抗精神且意志力坚强的后辈，才能在与前辈诗人的对抗中脱颖而出，跻身经典同侪。此外，对抗性精神姿态并没有局限于"误读"理论中，布鲁姆在经典批评和宗教批评中依然沿用了这一观念。在《影响的焦虑》一书的再版前言中（1993年），布鲁姆勾勒了莎士比亚与马洛之间的对抗过程，并以此为依据认为对抗是莎士比亚跻身西方经典中心的途径。不仅如此，所有后辈诗人若要跻身文学传统均要与莎士比亚进行对抗，其经典谱系便是以后辈诗人与莎士比亚的对抗为标准而确立起来的。在对摩门教的批评中，布鲁姆认为摩门教是在与基督教主流信仰的对抗中发展起来的。同卡巴拉一样，摩门教的历史也是一部与基督教的对抗史。

在布鲁姆的"新审美"批评中，作为精神姿态的对抗，始终与影响、焦虑和"误读"有着紧密的逻辑关系。布鲁姆将文学传统视为一种关于影响的

---

[1] Harold Bloom. *Agon: Towards a Theory of Revisionism*[M]. New York: Oxford University Press, 1982, p.17.

传统。后辈诗人同卡巴拉信徒一样，在传统的影响下产生了强烈的焦虑感，而对抗便是"影响—焦虑"作用下产生的精神姿态。后辈诗人跻身经典同侪的首要条件，便是要拥有强大的精神力量，这种力量体现在他与前辈的对抗姿态上。"误读"与对抗精神的关系要更为紧密。对抗精神需要依附于"误读"，才能将其自身外化和具体化，而作为文本阐释策略和文学创作方式的"误读"，又需要借助于对抗精神的强大力量，才能完成整个"误读"过程。可以说，在布鲁姆的"新审美"批评中，影响和焦虑是对抗产生的因，"误读"是对抗精神的外化展现；对抗既是"误读"有效进行的条件保障，也是影响与"误读"的重要桥梁。

综上所述，布鲁姆"新审美"批评的对抗观念来源于古犹太神秘哲学卡巴拉的文本阐释策略，而弗洛伊德的家庭罗曼司则是它的比喻性展现。对抗意指一种精神姿态，重视的是作为主体的人的精神力量，并非是如某些学者所说的与暴力和权利占用相关的物质化或肢体化行为。值得关注的是，在布鲁姆的观念中，进行对抗的主体始终是人。对抗既关乎创作主体，也与接受主体密切相关。在"误读"理论中，对抗集中体现在创作主体的对抗层面上（从对文学传统和前辈文本的接受角度来说，"误读"论中的创作主体同时也是接受主体）。在文学经典论中，特别是在《如何读，为什么读？》与《英语的伟大诗歌》等批评著作中，则体现在接受主体的对抗行为上。对创作主体和接受主体来说，他们对抗的对象和目的有所不同。就创作主体来说，其对抗对象是前辈诗人及其文本，其目的是获得审美原创性并跻身经典同侪。从接受主体的角度来看，则是生老病死以及生活中的种种不如意现象，其目的是在阅读过程中获得审美感受和审美体验，认识自我、增强自我心灵的力量，从而获得精神的升华。然而，对抗策略对于创作主体和接受主体来说是相通的，均是通过对抗主体在对文本的内向性吸纳中获得。这一点，将在本书相关章节中具体探讨。

（二）"影响—焦虑"与审美：对抗产生的原因与目的

为进一步完整地审视布鲁姆"新审美"批评的对抗特性，还需要对它产生的原因与目的加以分析探讨。

如前所说，布鲁姆"新审美"批评的对抗观主要来源于古犹太神秘哲学

第二章
布鲁姆"新审美"批评的特质

卡巴拉。那么，它的起源就与卡巴拉为什么选择对抗密切相关。卡巴拉是与正统犹太理性主义相对立的派系，被其视为异端邪教。因此，它长期以来受到正统犹太教的压制排挤。为了维系自己的信仰，卡巴拉主义者选择了一种与正统犹太教相对抗的宗教信仰方式，即卡巴拉式文本阐释策略。11世纪的哈利维与列昂，15世纪的科多维罗和鲁里亚均是其中的代表性人物。他们通过神秘象征主义对《圣经》进行符合自我需求的阐释，认为人类个体可以通过神秘直觉和冥思苦想证明上帝的存在并与之沟通。① 因此，卡巴拉的文本阐释策略，是卡巴拉主义者在遭受正统犹太教的压迫并与之对抗的过程中产生的。在整个发展过程中，卡巴拉的对抗精神起着极其重要的作用。正是这种对抗精神支持着它的信仰者，不断对《圣经》文本进行卡巴拉式的阐释，维系他们的宗教信仰和宗教生活。这种对抗精神和文本阐释策略对布鲁姆"新审美"批评的对抗观影响较大。

同卡巴拉与正统犹太教的关系一样，布鲁姆"新审美"批评中的后辈诗人与文学传统和前辈诗人的关系，也是一种压制与对抗关系。后辈诗人与卡巴拉信徒的境遇相通，均需要在对抗中运用文本阐释策略为自我的生存谋求空间。然而不同的是，布鲁姆在借鉴弗莱神话模式和弗洛伊德家庭罗曼司基础上，强调文学传统与前辈诗人对后辈的影响，以及由这种影响在后辈诗人心里产生的焦虑感。因此，由文学传统以及前辈诗人影响产生的焦虑，便成为了布氏"新审美"批评对抗行为产生的原因，后辈诗人的对抗对象则是前辈诗人及其文本，而对抗的目的则是克服这种影响和焦虑，跻身经典之列，并成为"影响与焦虑"本身。

布鲁姆将文学传统类比为家庭罗曼司，将前辈诗人与后辈诗人之间的关系类比为父子关系，并认为文学传统与前辈给予了后辈诗人强烈的影响与焦虑。在布鲁姆的"新审美"批评中，前辈诗人及其文本，指的是那些公认的经典作家及其作品，文学传统则是由这些作家和经典作品所构成。布鲁姆认为，文

---

① 关于古犹太神秘哲学卡巴拉，详见［德］索伦. 犹太教神秘主义主流［M］. 涂笑非译. 四川人民出版社，2000.

艺复兴以来的西方诗歌传统，是一种关于影响的传统。[①] 对后辈诗人来说，这种影响是无处不在的。然而，正如大多数学者所说，布鲁姆的影响并非是传统意义上的前辈诗人给予后辈以引导和启发，也不是后辈诗人对前辈思想和艺术技巧的继承。相反，它指的是前辈及其文本是后辈诗人的绊脚石，是他成为经典作家必须逾越的障碍鸿沟。因此，他的影响可以说是一种逆向性影响。文学传统与前辈诗人及其文本对后辈诗人产生的逆向性影响，同神话原型一样具有广袤的统摄范围，使后辈诗人内心产生了强烈的焦虑感，贯穿后辈诗人"误读"过程的始终。布鲁姆的焦虑，承袭了弗洛伊德的焦虑说，并在类比意义上将弗氏生物学上的焦虑与文学创作上的焦虑等同起来。焦虑是一种不同于悲伤、哀痛或单纯的精神紧张的不愉悦状态，也是不愉悦状态通过固定渠道产生的宣泄现象。它是主体期待自己被淹没时产生的感觉。弗洛伊德的焦虑，源于对家庭罗曼司中父子之间的关系，来自与母亲的分离；布鲁姆的焦虑，则来自文学传统和前辈诗人产生的逆向性影响。对后辈诗人而言，焦虑指的是他对可能威胁或结束其诗人身份的危险的那种感受。这种感受使他对自我身份确证产生了强烈的欲望，他只有在与传统和前辈的对抗中努力克服这种焦虑。因此，"影响与焦虑"便成为后辈诗人对自我身份确证而产生对抗行为的起源了。

将卡巴拉同家庭罗曼司的父子关系和神话模式的影响力联系起来，可以对布鲁姆"新审美"批评对抗行为的起源和动因获得较为完整的认识。在布鲁姆的"新审美"批评中，文学传统是由那些相互影响的经典作家作品构成的。从类比意义上说，这个传统同家庭罗曼司一样，是由父辈和后辈所组成。父辈拥有时间先在性，是后辈诗人影响的源泉。这种影响，犹如神话模式之于其他模式的统摄力和影响力，统摄着后辈诗人的"误读"（即文学创作）。由经典作家作品构成的文学传统，对于那些意图跻身经典同侪的后辈来说，犹如挥之不去的阴影，笼罩着后辈诗人的身份确证之路。这种影响在其内心深处产生了强烈的焦虑感。因此，在家庭罗曼司般的文学传统中，为克服这种影响和焦

[①] [美]哈罗德·布鲁姆. 影响的焦虑：一种诗歌的理论[M]. 徐文博译. 江苏教育出版社，2005，第31页.

第二章
布鲁姆"新审美"批评的特质

虑,后辈诗人必须如卡巴拉信徒一样,以坚强的意志力与前辈及其影响和自我焦虑进行顽强的对抗,以期扭转时空成为前辈诗人的"影响与焦虑"。

审视对抗产生的原因后可以发现:后辈诗人的对抗是以成为文学传统和跻身经典之列为目的。在布鲁姆的"新审美"批评中,文学传统与文学经典是同一的。文学传统是由代表着精英文学的文学经典所构成。需要指出的是,布鲁姆认为,战胜传统并使之屈从于己,是检验文本经典性的最高标准,只有少数文学精英才可以做到战胜传统。布鲁姆观念中的文学精英,指的是诗人中的强者。只有他们才会以坚忍不拔的毅力,向威名显赫的前辈诗人进行至死不休的挑战。"坚忍不拔的毅力"指的是后辈诗人的对抗精神,而"挑战"指的则是他的对抗行为。在"新审美"批评中,审美被布鲁姆视为文学经典的重要品质和根本属性,也是后辈诗人得以入典的前提条件和根本保障。因此,成为文学传统或文学经典则是对作家作品审美价值的最高肯定。文学经典的审美,是在对抗中获得的。在布鲁姆看来,竞争与审美是同一的,文学传统的形成与经典的扩容均在对抗与竞争中进行。① 他认为,能够进入文学传统或成为文学经典的,只有那些在对抗中获得审美价值的诗人。由此可见,在布鲁姆的"新审美"批评中,虽然后辈诗人与前辈竞争或对抗的目的,是成为文学传统和跻身经典,或成为他人的"影响与焦虑",但其根本目的却是获得原创性审美。

还需要说明的是,"新审美"批评的对抗与布鲁姆个体身份有着密切关系。布鲁姆是一个具有强烈诺斯替倾向的美裔犹太人②,在多元文化并存的美国社会中急于渴求自我的身份认同。他对犹太人在美国文化中的地位和未来极为担心、关注,认为美裔犹太人只有坚持以其传统文本为中心才能与其他文化对抗,否则便会在美国多元文化的腐蚀中消失。从这一角度来看,"新审美"批评对抗观的形成,可以说是布鲁姆为克服其身份焦虑而进行的选择。此外,

---

① [美]哈罗德·布鲁姆. 西方正典[M]. 江宁康译. 译林出版社,2011,第5-7页.
② Harold Bloom. *The American Religion: The Emergence of the Post-Christian Nation*[M]. Touchstone Books, 1992, p.30.

对抗不仅涉及文学创作与传统和经典的形成，它与布鲁姆的批评立场具有密切的关系。就其本人而言，对抗是与批评立场相关的精神姿态。在他看来，文学性批评是关于审美的批评，而马克思主义批评、女性主义批评、社会历史批评等研究倾向，关注的是非审美价值，是对文学研究的破坏。因此，布鲁姆提倡以对抗姿态捍卫文学经典的审美价值，拒绝非文学性批评对文学研究的侵蚀。

三、主体内向

作为创作主体和接受主体的人，始终是布鲁姆"新审美"批评的关注对象之一。他的主体，是在对抗中以获得审美体验和自我升华为目的的主体。如何在与他人的对抗中反思自我、超越自我，怎样在阅读中扩展自我意识、增强心灵力量，是布鲁姆持续探索的问题。因此，他的主体观是一种内向性主体观，注重对自我生命的锤炼，并提倡自我认识、自我反思以及自我超越。在布鲁姆看来，文学审美的认知价值，可以使主体增强自我，抵抗疾病、衰老和死亡，而主体的反思、超越，其自我意识的拓展和心灵力量的增强均需要在对抗中进行。布鲁姆"新审美"批评的这一特质较少受到学者关注。曾有学者探讨过布鲁姆的"内在性"诗学，但由于其是从哲学与诗学的角度探讨布鲁姆审美批评的哲学基础和立场，对于布氏的主体内向这一特性有所忽略。因此，针对学界探讨的不足，本节重点梳理阐释布氏主体内化观的历时性演变，以期对其"新审美"批评的主体内向特性获得一些新的认识。

（一）主体内化的基础："追寻罗曼司的内在化"

在布鲁姆的批评著作中，经常可以看到他援引弗洛伊德来证明自己的观点，其中以"误读"理论的相关论著最为突出。因此，有西方学者认为他的审美批评与心理分析有着密切关系。塞尔登在评述其"误读"理论之后认为，布鲁姆对修辞没有德·曼那么重视，将他的批评方法视为心理分析批评更为确切。[1] 我国也有学者认为，布鲁姆文学批评体现的是一种"内在性诗学"。他

---

[1] ［英］拉曼·塞尔登. 当代文学理论导读［M］. 5版. 刘向愚译. 北京大学出版社，2000，第213页.

第二章
布鲁姆"新审美"批评的特质

的文学批评在强调审美自主性的同时,指向了人的精神世界,强调主体的内在性精神本质。因此,该学者认为布鲁姆的文学批评,是主体内在精神的哲学诉求的表征。① 以上论述表明,布鲁姆的"新审美"批评有着浓郁的心理学色彩,极为关注主体的精神活动,体现着布鲁姆文学批评的主体内向特性。综观其"新审美"批评,布鲁姆一直较为重视创作主体和接受主体心灵的内向性活动,如"追寻罗曼司的内在化"、"误读"理论中的修正比和心理防御、经典论中的经典阅读原则,等等。

无论是浪漫主义诗歌批评,还是经典论和"误读"论等,布鲁姆的主体均是以在对抗中获得审美为目的,而主体的对抗则是通过对前人文本的内向性吸纳来实现。因此,布鲁姆的主体是一种内向性主体,可以将其观念中主体精神的变化称为主体内化(subjects' internalization)。由于其主体内化是后辈诗人在对抗中运用的总体原则,因此,主体内向性或许较为符合布鲁姆文学批评的这一特性。主体内化,萌芽于布鲁姆浪漫主义诗歌批评中的"追寻罗曼司的内在化"(The Internalization of Quest-Romance),并延伸至"误读"理论和经典批评,展现的是主体精神内化的动态过程。既然主体内化是在对抗中进行,那么主体内化也带有一定的对抗特性。虽然,它始于布鲁姆浪漫主义诗歌批评中形成的"追寻罗曼司的内在化"观念,但在浪漫主义诗歌批评中,布氏的主体内化还不具备系统性和体系性。因此,"追寻罗曼司的内在化"还只是布鲁姆主体内化形成的初始阶段。

布鲁姆认为,将布莱克、华兹华斯、雪莱以及济慈联系起来的,是他们对以弥尔顿为代表的英国传统的复兴,即对罗曼司的复兴。② 对布氏来说,他们不仅使罗曼司得以复兴,还将其内在化为一种追寻过程。因此,布鲁姆将以上述诗人为代表的浪漫主义创作倾向和创作主题统称为"追寻罗曼司的内在化",并将他们代表的浪漫主义诗学称为高浪漫主义(high romantics)。在高浪

---

① 高永. 哈罗德·布鲁姆"内在性诗学"——在诗与哲学之争的背景下 [J]. 黄河科技大学学报,2012,5.
② Harold Bloom, ed. *Romanticism and Consciousness*[M]. W. W. Norton & Company, Inc. 1970, p. 5.

漫主义以前,"追寻罗曼司"这一过程的实现,需要主体从自然向"救赎的自然"转变①,即依靠外部力量来实现自我救赎。在高浪漫主义中,这一过程演变为从自然向自由的想象力的转变,即主体依靠其内在的精神力量实现自我救赎。因此,布鲁姆认为整个浪漫主义运动便是一场关于自我的救赎之路。自我救赎的途径,是"追寻罗曼司的内在化"。布鲁姆的"罗曼司内在化",将自然与自我意识带入从前所未有的关系中,即在与自然的对抗中进行自我反思与自我超越。因此,它是一种内向性的自我救赎。在众多的浪漫主义诗人中,布鲁姆认为柯勒律治放弃了"追寻罗曼司的内在化",拜伦的"追寻"充满了讽刺意味,而济慈和雪莱由于早逝没能完成这一"追寻"过程。只有布莱克与华兹华斯完成了"追寻罗曼司的内在化"的全部过程。② 其中,布莱克的"追寻罗曼司的内在化"体现得最为详尽。

"追寻罗曼司的内在化"有两种模式:一是"普罗米修斯",二是"真正的人,想象力"。"普罗米修斯"是"罗曼司的内在化"的第一阶段。这一模式中的主体,积极地参与到政治、社会和文学革命等外向性活动中,对不合理的社会体制或社会现象进行猛烈抨击。"真正的人,想象力"出现在内化过程的危机后。主体从外向性活动中抽离自身,开始对自我进行内向性探索。"普罗米修斯"的主体,其反抗对象是某些外在的权威或力量,而"真正的人,想象力"中的反抗对象则是主体的内在自我。此外,布鲁姆还提出了"追寻罗曼司的内在化"的两个因素:一是对自我诱惑的克服,二是想象力的外化。遗憾的是,布鲁姆既没有对两个因素的内涵做一说明,也没有系统阐述它们与两种模式的关系。细致研读布鲁姆对两种模式的论述,可以就以上两个问题得出以下一些解释。

"自我的诱惑",指的是主体在"罗曼司内化"过程前,将自我与外部世界相联结,企图在与外部世界的对抗中实现自我的欲望。此时的主体还没有意

---

① 在布鲁姆那里,"救赎的自然"指的是通过权威的、外在的精神力量而获得救赎,是与主体依靠内在精神力量获得救赎相对立的.
② Harold Bloom, ed. *Romanticism and Consciousness*[M]. W. W. Norton & Company, Inc. 1970, p.17.

第二章
布鲁姆"新审美"批评的特质

识到,外部世界与自我的关系仅是其自我实现的桥梁,于是他将实现自我的全部愿望寄托在与外部世界的对抗中。因此,布鲁姆指出实现"罗曼司内在化"的因素之一,便是对这样一种自我诱惑的克服。在两个因素中,比较重要的是"想象力的外化"。主体在追寻过程中发现,仅依靠自我与外部世界的联结并不能获得完整、独立的自我。于是,主体在对自我诱惑的克服中,将注意力从自我与外部世界的联系中转向其内在的精神世界。在对精神的内向性探索中,主体的想象力起着至关重要的作用。布鲁姆观念中的想象力较为模糊,没有明确的指涉和清晰的阐述,只是将想象力视为主体精神认识和实现自我的重要途径。他认为,想象力可以增强扩大主体的自我意识。至于想象力依据什么,怎样扩大增强自我意识,布鲁姆没有具体说明。

笔者认为,布鲁姆对两个模式的论述为解决这一问题提供了一些线索。"普罗米修斯"中的主体,积极投入外向性活动中,在与外部世界的对抗中认识自我。按照布鲁姆的描述,外向性探索给主体的探索带来了危机,他无法在与外部世界的对抗中实现自我。自我与外部世界之间始终存在着无法弥合的裂缝。裂缝的产生,来源于主体期待的落空,欲望的无法满足,与"误读"论中后辈诗人的焦虑有着相通性。于是,"想象力,真正的人"模式中的主体,从外向性活动中抽离自身,对与外部世界相联系的自我进行反思,试图通过反思来弥合外向性探索产生的裂缝。以上分析表明,布鲁姆这一时期观念中的想象力,指的是主体进行自我反思的能力,其反思的依据或基础便是自我在外向性探索中产生的裂缝。厘清"想象力"的内涵,有助于探讨"外化"的语义所指。"外化",并非指的是主体在自我反思后,再一次投入外向性活动当中去,而是将反思成果应用于对自我精神的内向性探索。从某种意义上讲,"想象力的外化"可以理解为主体反思后对自我的再认识。

厘清两种因素的内涵所指,对于认识它们与两种模式的关系有一定启发。在"真正的人,想象力"中,既然主体通过想象力(反思)来进一步认识自我,通过扩大和增强自我意识来对抗自我,那么他就必须首先克服外部世界对自我的诱惑,即在与外部世界的关联中认识自我。通过"普罗米修斯"可以发现,这种诱惑指涉的是主体在外向性活动认识并实现自我的欲望。因此,实现自我超越的前提条件，便是主体与这样一种欲望的对抗，将自身从中抽离出来。随后，主体开始了内向性探索，进入"真正的人，想象力"当中。在探索过程中，想象力起着极为重要的作用，可以促进主体的自我反思。在布鲁姆看来，想象力（反思）可以扩大、增强自我意识，从而为自我意识的外化（反思成果的运用）做好充分准备。当主体的自我意识增强并扩大后，主体便可以通过想象力（反思）将自我意识运用到内向性探索中，按照自我的意识在心灵中建构一个新的世界，如布莱克的《四天神》(*The Four Zoas*)。由此可见，两个因素既是两种模式实现的条件保障，也是对它们必要的补充说明。

通过以上分析可以发现，布鲁姆提出的"追寻罗曼司的内在化"，以主体精神的演进过程为关注焦点，强调主体内向性探索从外部世界向内在精神世界的动态转变。在整个过程中，主体的对抗精神和想象力较为重要。主体既需要与外部世界对抗，也需要借助想象力与自我对抗。这一点，与"误读"理论和文学经典论中的主体内化有着紧密联系。对布鲁姆"新审美"批评主体内化的形成来说，"追寻罗曼司的内在化"有着重要的意义。作为主体精神的动态演进过程，它为"误读"理论的修正比以及布鲁姆的经典价值论提供了重要的观念基础。或者说，正是由于"罗曼司内在化"对主体精神的指涉，才使得"误读"理论和文学经典论对创作主体和接受主体精神活动的阐发成为可能。

然而，在浪漫主义诗歌批评中，布鲁姆的"罗曼司内在化"缺乏系统性和完整性，对主体为什么会出现精神危机还没有作出清晰的说明，在"误读"理论和文学经典论中，"罗曼司内在化"逐渐得到进一步的深化发展。至经典批评时期，"新审美"批评的主体内化获得了完整的表现。

（二）主体内化的形成：从修正比到经典内化原则

如前所说，布鲁姆的主体内化诞生于其浪漫主义诗歌批评时期。虽然它缺乏系统性和完整性，却为"新审美"批评主体内化的形成奠定了重要基础。"罗曼司内在化"较为注重创作主体的对抗精神，及其与外部世界和自我的对抗性演进过程。这一点，在"误读"理论和文学经典论中得到了延续和完善。因此，在与"罗曼司内在化"的比照中，审视"误读"论和经典论的内化策

第二章
布鲁姆"新审美"批评的特质

略,可以更为完整地认识布鲁姆主体内化的历时性发展过程,深化对其主体内化的理解。

总的来说,"误读"理论中的主体内化,是针对创作主体的内向性对抗策略和对抗过程而言;文学经典论的主体内化,是就孤独的读者对经典的内向性吸纳而言。在"误读"论中,布鲁姆对主体为什么会出现精神危机作出了明确的说明,弥补了"罗曼司内在化"的缺陷,并借助修正比丰富了"罗曼司内在化"中的主体精神的演进过程。在经典批评时期,特别是在《如何读,为什么读?》中,布鲁姆将关注焦点从创作主体转向接受主体。在捍卫文学审美价值的同时,对其认知价值进行了较为明确的阐释,认为接受主体在阅读经典的过程中,可以通过五个阅读原则来认识自我、增强心灵力量。

"误读"理论中的主体内化,以主体间的对抗策略和对抗过程为阐发对象。在该理论中,后进主体通过修正或"误读"而与先在主体(prior subject)进行对抗,他采取的对抗策略便是修正比。需要指出的是,修正比是就主体的心理防御而言,心理防御源于先在主体的影响和后进主体(belated subject)的焦虑。因此,修正比可以说是一种有着内向特性的对抗策略。在该理论的内向性策略中,"克里纳门"、"塔瑟拉"和"魔化"与"普罗米修斯"相同,主体的反抗对象是外在于其自身的力量,并为自我反思与自我超越积蓄力量。"克诺西斯"、"阿斯克西斯"与"阿伯弗雷兹"既是后进主体的内向性反思,也是他在精神领域的自我超越,可以与"真正的人,想象力"相对应。相同的是,"罗曼司内在化"与修正比的反抗对象,均经历了从外向内的变化。不同的是,在"罗曼司内在化"中,布鲁姆将内向性探索过程笼统地分为两个简单模式,其反抗对象首先是外在世界,然后才是主体与自我的对抗。而在"误读"理论中,这种对抗演变为主体间在心理防御层面的对抗,分为六个阶段(六个修正比),指涉主体间的内向性精神活动。"阿斯克西斯"是主体内化的关键阶段,它是布鲁姆对其"罗曼司内在化"的补充修正,回答了后进主体为什么在内化过程中会产生精神危机。后进主体经历了"克里纳门"、"塔瑟拉"、"克诺西斯"和"魔化"后发现,他始终无法摆脱先在主体的影响。其影响如同弗莱的神话模式一样,对后进主体的"误读"有着强大的统摄力。因此，只有再一次对先在主体进行反思、削弱才能克服这种影响以及身份认同的焦虑。值得注意的是，"罗曼司内在化"的动机则较为简单模糊，仅是主体为认识自我、实现自我而进行的内向性探索活动。至于探索的具体目的，并不是十分明确。这一点，在"误读"理论中也得到了完善。"误读"论的主体内化动机，是为了在对抗中获得陌生性审美或对抗性崇高，逆转时空从而获得先在性，以便进入经典同侪之列。此外，由于"误读"理论的内向性修正策略以比喻为载体，与"罗曼司内在化"相比，在微观层面要更为具体明确，也容易为读者认识感知。

如果说"误读"论注重创作主体的内化策略和过程，那么文学经典论则从接受主体的角度，探讨内化经典的价值。主体对经典的内化，是在阅读文本的过程中实现。

在对抗中通过主体内化获得的审美，是任何一部作品得以入典的前提条件和根本保障。在布鲁姆看来，文学经典的美具有极其重要的认知价值。这一点，是就孤独的读者而言。在他的观念中，孤独是人类生命状况中较为常见的标记。布鲁姆认为，我们在现实生活中能够认识的人非常有限，人与人之间的友谊也十分脆弱，容易受到不如意事情的打击。因此，现实中人的精神或心灵是孤独的。只有通过阅读经典，主体才可以增强自我、扩展自我意识、了解自我利益，从而克服这种孤独。布鲁姆认为，阅读不能直接改善别人的生活[1]，它始终是关乎主体的自我改善行为。

布鲁姆在文学经典论中提出了接受主体内化经典的五个基本原则：一是清除头脑中的虚伪套话；二是不要试图通过阅读改善身边的人；三是学者是一根蜡烛，所有人的爱和愿望会点燃它；四是要善于读书，必须成为一个发明者；五是寻回反讽。布鲁姆指出，生命必须屈服于肉体的灭亡，这是一个基本事实。"憎恨学派"只是强调这一事实，并没有对如何增强自我的心灵力量提出任何新的倡议。因此，阅读的首要原则，便是要去除这种道貌岸然的陈腔滥调。对主体的心灵和精神来说，自我改善是一项巨大工程。如果以改善他人为

---

[1] [美]哈罗德·布鲁姆. 西方正典 [M]. 江宁康译. 译林出版社，2011，第6页.

第二章
布鲁姆"新审美"批评的特质

目的来阅读，会消耗过多的时间和精力，会影响到以自我改善为根本目的的阅读。需要说明的是，布鲁姆的阅读虽然以自我为核心利益，不能直接改善他人，但并不意味着阅读不会影响他人。因为通过阅读实现自我改善的主体，只要摒弃"憎恨学派"的陈词滥调，就会成为间接启迪他人的"蜡烛"，使他人产生阅读经典的冲动，进而实现其改善他人自我的目的。对经典内化来说，较为重要的原则是对文学经典的修正或误读，也就是布鲁姆所说的"善于读书"的方式。这一点又回到了他在"误读"论中主体的内向性对抗策略。不同的是，经典论中的"误读"并没有"误读"论中繁复，只要借助反讽就可以实现内化经典的目的。反讽要求心灵的专注，维持辩证对立思维的能力。文学经典中的反讽，体现着创作主体心灵的专注度和辩证思维的能力，这是经典作家精神才智的体现。对布鲁姆而言，内化这种精神才智，可以清除接受主体头脑中批评学院派的虚伪套话，使其像蜡烛一样炽烈地燃烧起来。对反讽的内化，最终会使接受主体实现心灵力量的增强。

从这些原则可以看出，它们是"误读"理论中内向性对抗策略的延续。不同的是，"误读"论和经典论的主体内化，指向的是文学活动中的不同向度和不同维度，两者的目的动机也存在区别。文学经典论的内化原则，指向作为接受主体的普通读者，以普及文学经典、阐发经典的价值为主要目的。"误读"理论的内向性对抗策略，侧重于作为创作主体的诗人，以提出一种诗歌创作理论为根本动机。布鲁姆的主体内化，与唯美主义诗学的生活艺术化策略相同，均以探索主体现世人生的拯救策略为根本动机。然而，传统唯美主义对主体拯救策略的探索，还处于感性认识阶段，对于具体的拯救策略缺乏细致的分析考察。[①] 与佩特、王尔德关于生活艺术化的倡议相比，布鲁姆的主体拯救策略要更为具体明确。

综上所述，布鲁姆"新审美"批评中的主体内化，在从"罗曼司内在化"到"误读"论的内向性对抗策略以及经典内化原则的演进过程中，始终关注

---

① 杜吉刚. 世俗化与文学乌托邦：西方唯美主义诗学研究 [M]. 中国社会科学出版社，2009，第144页.

着主体的精神力量。布鲁姆的主体内化，从对主体精神演进过程简单的二分界定，到"误读"理论和文学经典论的丰富与实践，使布鲁姆的"新审美"批评带有了明显的主体内向特性。主体内化，不仅是布鲁姆"新审美"批评的重要特质，也体现着他敏锐的问题意识。如笔者所述，布鲁姆对当代西方文论中存在的问题有高度的警惕性，如"去作者化"以及文论研究偏离读者实际需求等。其主体内化，便是就这样一种问题而提出，有其现实的针对意义。这一点，将在本书第六章中具体论述。

本章小结

布鲁姆"新审美"批评的独特品质，是布氏在借鉴吸纳西方批评传统的基础上而形成的，体现着他对文学的独特认识。布鲁姆最初是以浪漫主义诗歌批评家的身份而被西方学界所熟知。然而，在浪漫主义诗歌批评中，布鲁姆的文学批评还没有形成一定的特色，仅是在与美国新批评家的论争中捍卫着经典诗歌的审美价值和作者的主体性价值。直到吸纳了唯美主义诗学传统、家庭罗曼司以及卡巴拉，布鲁姆文学批评的审美、对抗以及主体内向特性才开始逐渐形成。审美、对抗以及主体内向之间还有着紧密的逻辑关系。通过本章的分析可以发现，审美是布鲁姆"新审美"批评中极为重要的一个特质，对抗和主体内向特性是以审美为中心而形成。创作主体进行对抗的根本目的是获得审美，接受主体对经典文本的内化则是为了在审美体悟中获得精神的升华。对抗是布鲁姆"新审美"批评中主体重要的精神姿态，不仅是获得审美的前提条件，还是主体内化经典文本的目的。在布鲁姆的"新审美"批评中，对抗精神是创作主体极为重要的一个品质。只有那些具有对抗精神的后辈诗人，才可以在对前人文本的"误读"中获得审美。接受主体对经典文本的内化，其目的是在对经典文本的审美体悟中获得精神的升华，从而抵抗疾病、衰老、孤独和死亡。

布鲁姆"新审美"批评的这些特质，还体现着布氏对当代西方文论存在问题的警惕性和敏锐性。"去审美化"和"去作者主体性"是当代西方文论发展的特性之一。若干批评流派在建构当代文论的过程中，将文学与其他学科相结合，在实现外转向的过程中忽视了文学的根本属性以及文学活动中人的价值作用。自浪漫主义诗歌批评时期开始，布鲁姆便有意识地将审美与主体性因素结合起来进行审美阐释，与以美国新批评为代表的"去作者化"研究倾向相对抗。在经典批评时期，布鲁姆更是反对其他批评流派从非审美角度研究文学，忽视文学活动中人的价值。不仅如此，由于其他批评流派过于强调文学的社会性价值，文学的个体性价值在某种程度上被遮蔽或消解。因此之故，布鲁姆才突出强调审美的个体性价值，认为接受主体可以通过内化经典文本来获得精神的升华。

第三章
布鲁姆"新审美"批评的"误读"理论

在布鲁姆的"新审美"批评中,最早为国内外学界所熟知的,并不是文学经典论,而是他的"误读"理论。布鲁姆认为,"误读"理论是其文学批评中贡献最大的,也是他为人所熟知的理论学说。① 它又被学界称作"影响—误读"理论,是布鲁姆"新审美"批评的重要组成部分,也是其最引以为荣的理论学说。与"新审美"批评的其他观念相比,"误读"理论有着较为严密的逻辑性和体系性,囊括了布鲁姆对文学创作的认识与理解,是布氏在批评实践中形成的关于诗歌创作的理论学说。该理论的核心命题如影响、焦虑和误读,既是他对西方批评传统吸纳的成果,也体现着其"新审美"批评最具原创性的一面。学界较少从其批评特质角度阐释布鲁姆"误读"论的重要理论命题,对该理论的认识还可以进一步加强。因此,本章在其批评特质的参照下,着重审视该理论的核心命题以及布鲁姆为"误读"所描绘的"误读图示",以期对"误读"论获得一些新的理解与认识。

一、影响与焦虑:对抗主体"误读"的内驱力

"影响与焦虑"是"误读"理论的重要组成部分。在布鲁姆看来,正是由于受前辈及其文本的影响,以及对自我身份确证的焦虑,后辈诗人才会采取对抗姿态,对前辈及其文本进行"误读"。"影响与焦虑"指向创作主体的心理

---

① 徐静. 哈罗德·布鲁姆教授访谈录(英文)[J]. 外国文学研究,2006,5.

第三章 布鲁姆"新审美"批评的"误读"理论

状态,是"误读"理论中对抗主体"误读"的内驱力,指向的是创作主体的心灵感受和内心欲望。布鲁姆观念中的影响,不同于传统意义上的影响,它是后辈诗人跻身经典、创造经典诗篇必须逾越的障碍。因此,笔者将其观念中的影响称为逆向性影响。布鲁姆观念中的焦虑,指的是后辈诗人对默默无闻的一种不愉悦感觉,它需要固定渠道宣泄自我以减轻焦虑。由于焦虑是在对抗中通过"误读"来超越前辈获得宣泄,因此笔者将其称为超越式焦虑。以布氏"新审美"批评的特质为参照,对逆向性影响和超越式焦虑加以审视,可以深化对其"误读"理论的认识和理解。

(一)逆向性影响

如前所说,布鲁姆的影响并不是传统意义上的前辈给予后辈以启迪帮助,而是一种逆向性影响。就它的内涵来说,布鲁姆摒弃了以往人们关于影响的理解,强调的是前辈及其文本是后辈脱颖而出的精神障碍,突出的是后辈诗人与前辈在精神层面的对抗。总的来说,在"误读"理论中,作为创作主体的后辈诗人与前辈诗人,及其由逆向性影响产生的主体间对抗,既是为了获得时间上的优先权,也是为获得审美并成为文学经典或文学传统的一部分。

就逆向性影响的源起而言,它暗含着后辈诗人对审美和诗人身份的渴望。在布鲁姆那里,具有对抗和陌生特性的审美是使得一部作品成为经典的保证,而被奉为经典的作品在时间和空间上均拥有先在性(priority)。对意欲跻身经典的后辈来说,前辈诗人诗作是文学传统的一部分,留给他的原创空间极为有限,成为他获得审美的主要障碍。这里,"障碍"更多指的是后辈诗人精神的负担或压力,是创作主体的内向性心理状态。它既是时间性的,也是空间性的。从时间角度来看,文学传统或文学经典均是由过去的优秀作家作品构成,具有时间上的先在性。后辈诗人在创作时间上处于滞后状态,他们面对的是拥有时间先在性的作家作品。从空间角度来说,拥有时间先在性的作家作品,已经在文学传统或经典序列中占有一席之地,因此具有空间先在性。时间上处于滞后状态的后辈诗人,在空间方面也必然处于滞后状态。因此,通过对抗和"误读"逆转时空先在性,获得审美优先权,便成为后辈诗人的主要目的。就逆向性影响产生的结果而言,焦虑是其在主体精神层面导致的直接结果。"焦虑"，是经典诗人身份确证和审美获得前的感受或欲望。在前辈及其文本影响的笼罩下，后辈诗人只有采取积极的对抗姿态才能在与前辈的对抗中克服焦虑，谋求生存空间并获取审美。否则，他只能被文学传统湮没。

布鲁姆关于逆向性影响的阐述缺乏严谨的系统性，即便是在《影响的解剖》中也难以找到有关影响的体系性描述。通过研读其批评著作可以发现，它与以下几个方面有着紧密联系，即文学创作、文学史、文学批评、文学经典化以及经典谱系。

首先是文学创作。逆向性影响指的是前辈诗人是后辈前进路上的绊脚石。那么，这种影响是如何产生的，对文学创作具有怎样的价值功用？在布鲁姆看来，每位意图跻身经典之列的后辈诗人，均需要与前辈进行对抗。西方文学史便是其观念中的对抗史。既然逆向性影响指的是前辈是后辈诗人跻身经典同侪的绊脚石，那么它就意味着前辈诗人及其诗作是后辈必须逾越的障碍。在布鲁姆那里，时空上的优先权、前辈的诗人身份及其经典诗篇的确证，既是这一影响产生的根源，也是文学创作内驱力的来源。前辈及其诗作拥有时空上的优先权，并已取得了经典诗人身份和经典诗篇地位。对后辈诗人来说，这既是他衡量自身能否入典的标准，也是他努力获得并与之对抗的对象。由于影响的存在，后辈诗人对于自我身份产生了强烈的焦虑感。他如同家庭罗曼司中的儿子，在这种影响的作用下，为争夺原创性审美和经典诗人地位，向父亲般的前辈发起了至死不休的挑战。虽然逆向性影响不能构成文学创作全部的内驱力，但它却是文学创作内驱力的根源之一。

需要说明的是，逆向性影响同弗莱的神话模式一样，对后辈诗人的创作过程具有统摄特性。从表面上看，后辈诗人似乎可以通过"误读"来扭转时空，好像是他对前辈文本产生了影响。实际上，这只是修正策略作用下的一种心理假象，是后辈诗人在精神层面获得的胜利。

其次是文学史。既然逆向性影响是文学创作内驱力之一，那么文学史同样与其密不可分。在《影响的焦虑》中，布鲁姆认为诗歌史是无法和诗的影响区分开来的，一部诗歌史就是主体间相互对抗的历史。整个西方文学史或文学

第三章
布鲁姆"新审美"批评的"误读"理论

传统,便是一部成果斐然的有关诗的影响的历史。[①]"误读"理论强调的影响,并非仅来自前辈诗人及其诗作,由这些前辈组成的文学史也是它的来源。通常意义上说,文学史能够为后人提供可以效法提炼的材料和技巧,激发其创作灵感,培养他的文学情操。然而,"误读"理论视域中的文学史,并不是这样一种善意的传承。与此相反,从中世纪文学到现当代文学,它是一部为争夺原创性审美和经典诗人地位的对抗史。文学史俨然成为后辈诗人挥之不去的影响,它同前辈诗人一起构成了后辈焦虑的来源。因此,可以说,布鲁姆的文学史也是一部关于逆向性影响的历史。

再次是文学批评。逆向性影响不仅关乎文学创作和文学史,也与布鲁姆的批评实践有着密切联系。在布鲁姆看来,诗的影响是一门深奥的学问。因此,其"误读"理论除提出一种关于诗歌的理论外,旨在提出一种切实可行的批评范式。这种批评范式便是对抗式批评,它旨在发掘文本中受逆向性影响而产生的对抗痕迹。在布鲁姆"误读"论中,逆向性影响是"误读"产生的原因之一。可以说,对抗式批评在发现文本对抗痕迹的同时,也是在发现逆向性影响的痕迹。此外,对抗式批评本身也是这一影响的体现。正如有学者指出,弗莱是布鲁姆一直想要超越的前辈。布鲁姆浪漫主义诗歌批评时期,注重预言、幻想同自然之间的关系,是受到弗莱神话、幻想和启示等观念的影响,其关于影响与焦虑的界说也与弗莱的忧郁说有着紧密关系。《影响的解剖》一书影射的便是弗莱的《批评的解剖》。[②] 在该书中,布鲁姆承认他借鉴伯顿《忧郁的解剖》而不提《批评的解剖》,是掩盖其自身影响与焦虑的表现。

最后是文学经典化与经典谱系。在布鲁姆"新审美"批评中,能够使某一部文学作品成为经典的是其审美的陌生特性。它是在与前辈及其文本的对抗中获得,因此它的经典化过程就与这一行为密不可分。既然后辈诗人受影响的驱使,为争夺审美和诗人身份而与前辈进行对抗,那么经典化过程便与该影响

[①] [美]哈罗德·布鲁姆. 影响的焦虑:一种读诗的理论 [M]. 徐文博译. 江苏教育出版社,2005,第31页.
[②] 翟乃海. 哈罗德·布鲁姆诗学研究 [M]. 山东大学出版社,2013,第42-44页.

有着一定的联系。正是由于受到前辈逆向性影响的驱使，后辈诗人才会在与前辈的对抗中争夺审美和经典诗人地位，这便是布鲁姆"新审美"批评经典化的动因之一。再说其经典谱系。在布鲁姆的经典谱系中，莎士比亚被置于中心地位，其经典地位是在与马洛的对抗中获得的。莎士比亚对后世作家的影响，是其他经典作家无法比拟的，人们已经内化吸收了其戏剧的力量。他既是西方的经典也是世界的经典。莎士比亚对后世作家的影响，同样是一种逆向性影响，他们在不知不觉中与莎士比亚进行对抗。布鲁姆的经典谱系，便是以这一对抗为标准而排列出来的。西方经典作家中，布鲁姆认为只有但丁才可以在原创性、创新性和丰富的想象性方面具有与莎士比亚相媲美的资格。[1]

通过上述分析可以发现，逆向性影响更多关注的是文学创作。虽然它与文学史、文学批评、经典化和经典谱系有着密切联系，但这些均是在影响与文学创作的关系基础上演变出来。除逆向性影响外，焦虑是布鲁姆观念中文学创作的另一重要内驱力。对此，还需要进一步加以审视。

（二）超越式焦虑

布鲁姆将文学史类比为家庭罗曼司，将后辈诗人对前辈和逆向性影响的感受等同于儿子对母亲的欲望。在"误读"理论中，这种感受或欲望被称为焦虑。他认为焦虑是做某事之前的一种期待[2]，这一界说直接来自弗洛伊德。然而，布鲁姆仅是从类比角度将家庭罗曼司与文学史和文学创作联系起来，并非将文学简单地视为纯粹的心理活动。

既然焦虑是在某事之前的期待，那么布鲁姆的"某事"指的是什么？通过前面的论述可以发现，"某事"指的是经典诗人身份以及审美的获得。也就是说，"误读"理论的焦虑是后辈诗人在获得经典诗人身份和审美之前的一种感受或欲望。由于前辈诗人及其文本具有时空先在性，对后辈来说是其身份确证和审美获得的障碍。于是，逆向性影响便在后辈心里产生了这样一种焦虑

---

[1] ［美］哈罗德·布鲁姆. 西方正典［M］. 江宁康译. 译林出版社，2011，第61页.
[2] ［美］哈罗德·布鲁姆. 影响的焦虑：一种读诗的理论［M］. 徐文博译. 江苏教育出版社，2005，第57页.

第三章
布鲁姆"新审美"批评的"误读"理论

感。能否克服这种焦虑,并在与前辈的对抗中通过"误读"超越前辈,是布鲁姆区分强力诗人与弱力诗人的标准。因此,焦虑便是后辈诗人"误读"的另一内驱力。需要说明的是,布鲁姆的焦虑并非是一种消极的情感状态,而是后辈诗人在对抗中超越前辈所必要的、积极的心理状态。笔者依据这一特性,将它称为超越式焦虑。

从布鲁姆"新审美"批评的特质角度来审视焦虑,要厘清三个问题,即超越式焦虑与逆向性影响的关系,克服这一焦虑的途径及其产生的结果。

首先是影响与焦虑的关系。影响和焦虑共同构成了"误读"的内驱力,是创作主体的内向性心理活动和心理感受。两者并非仅是简单的并列或因果关系,还可以是互为因果关系。前面已经探讨过逆向性影响与超越式焦虑的并列和因果关系,这里不再重复。两者的互为因果关系较为复杂隐秘,对于认识"误读"来说有一定启发,值得我们探讨研究。在"误读"理论中,超越式焦虑并不是每一位后辈诗人都会有的一种心理状态。只有诗人中的强者才会以坚忍不拔的毅力与前辈诗人进行对抗。布鲁姆认为,创造力强的作家不是选择前辈,而是为前辈所选。① 能够为前辈所选的后辈,必定是诗人中的强者。"诗人中的强者",是受逆向性影响驱使,能够克服超越式焦虑的后辈诗人。他们对经典诗人身份有着强烈的欲望,只有这样的后辈才会在影响的作用下产生焦虑。从这一角度来看,逆向性影响是因,超越式焦虑是果。然而,后辈诗人在产生焦虑的同时,也将成为其他后辈诗人的逆向性影响。布鲁姆曾说过,诗歌是焦虑本身而不是对焦虑的克服。既然诗歌被布鲁姆视为与焦虑是同一的,那么,超越式焦虑便是逆向性影响产生的因。这样,两者便处于互为因果的复杂关系当中。

此外,影响与焦虑的关系还蕴含着布鲁姆划分诗人等级的标准。在"误读"理论中,诗人被分成两类:一是强力诗人;二是弱力诗人。布鲁姆区分强力诗人与弱力诗人,首先是看后辈诗人是否在影响下产生超越式焦虑,其次是看后辈能否克服并成为这种焦虑。因此,超越式焦虑是他对诗人进行分类的

---

① [美]哈罗德·布鲁姆. 西方正典[M]. 江宁康译. 译林出版社,2011,第8页.

首要标准。能够克服并成为这种焦虑的后辈诗人，被布鲁姆视为强力诗人，也就是经典作家。而那些将前辈理想化，且无法克服焦虑的后辈是弱力诗人，最终会被文学史所吞没。

不仅如此，超越式焦虑还可以理解为关于审美先在性的比喻性表述。后辈诗人之所以会产生超越式焦虑，其原因不仅在于经典诗人身份，更在于对审美先在性的欲求。审美先在性，已经成为衡量后辈诗人作品的审美价值，决定其作品是否能成为经典的判断标准。在布鲁姆看来，只有审美的力量才能透入经典，使得某位诗人成为经典作家。在其"新审美"批评中，经典诗人身份，在某种意义上可以说是审美的同义关系词。这样，后辈诗人对经典诗人身份的欲望，便等同于对审美的欲求。超越式焦虑与其说是关于诗人身份的焦虑，不如说是关于获得审美的焦虑。它之所以是超越的，正是因为它能激发后辈诗人对审美的欲望，促使其在与前辈的对抗中，通过"误读"获得审美先在性。

其次是克服超越式焦虑的途径。既然焦虑体现着强者诗人的欲望，那么这种欲望就需要某种途径来宣泄自身。对抗精神和主体内化，在"误读"理论中较为重要。"误读"是在对抗精神的驱使下，通过主体内化的物质载体来实现。对抗是后辈诗人克服焦虑的精神姿态，主体内化及其物质载体则是后辈克服焦虑的主要途径。主体内化的物质载体便是"误读"行为中的修正比和比喻手法。它们既是后辈诗人摆脱逆向性影响的策略，也是宣泄这一焦虑的重要途径。布鲁姆之所以认为西方经典是一份幸存者名单，正是由于在逆向性影响对后辈的统摄之下，只有那些具有强大对抗精神的后辈诗人，才能够克服由该影响产生的焦虑。因此，对抗精神可以说是后辈克服这种焦虑必备的精神力量。此外，创作主体的内化策略即修正比，为后辈诗人提供了克服、宣泄该焦虑的方法，而比喻修辞则为他提供了具体的手段途径。在"误读"过程中，既然逆向性影响是修正比的对抗对象，那么超越式焦虑自然也成为修正比的对抗目标。作为一种心理感受或心理状态，超越式焦虑贯穿后辈诗人的创作过程始终，修正比和修辞手法的运用便是宣泄这种焦虑的六次尝试。直到"阿伯弗雷兹"/代喻，后辈诗人才最终克服焦虑并获得了经典诗人身份，实现了他对审美的欲求。

第三章
布鲁姆"新审美"批评的"误读"理论

最后是超越式焦虑产生的结果。由于受前辈及其文本的影响，后辈诗人需要通过修正比和比喻来宣泄焦虑，其结果是使具有审美价值的经典诗作与焦虑融为一体，并成为其他后辈的逆向性影响和超越式焦虑。或者用布鲁姆本人的话说，诗歌便是那焦虑本身。[①] 对这一观点需要作一解释，才能理解为什么诗歌是超越式焦虑本身。在布鲁姆的"误读"论中，文学史、前辈诗人以及经典文本对后辈产生的是逆向性影响。对布鲁姆来说这一影响就是诗歌的真谛，因为影响揭示了文学创作的内驱力。超越式焦虑与影响一样，是后辈挥之不去的心灵感受。只有通过修正比和比喻来克服焦虑与影响，获得经典诗人身份与审美优先权，后辈诗人才能摆脱它们的束缚，成为文学史的一部分。当后辈诗人成为文学史的一部分以后，对他的后辈诗人同样会产生逆向性影响与超越式焦虑。从这一角度来看，布鲁姆的观念就不难理解了。在他那里，对经典诗人身份和审美的欲望，既是超越式焦虑产生的根源，也是克服它的证明，更可以说是这一焦虑本身。

对超越式焦虑的相关问题探讨后发现，它与逆向性影响是密不可分的，两者共同构成了"误读"的内驱力。它们是使后辈诗人在与前辈的对抗中，通过主体内化来获得诗人身份和审美的精神动力。两者均与文学创作、文学批评、文学史、经典化和经典谱系具有密切的联系。在"误读"理论视域内，文学创作可以说是摆脱逆向性影响、宣泄超越式焦虑的重要方式；文学批评便是去发现摆脱影响和宣泄焦虑的痕迹；文学史是关于逆向性影响和超越式焦虑的历史；经典化揭示的是，后辈克服这一影响和焦虑的过程；经典谱系则是以后辈诗人对逆向性影响和超越式焦虑的克服为标准而确立起来的。

逆向性影响与超越式焦虑，作为创作主体的心理感受或状态，具有一定的抽象性和内向性。它的宣泄，需要借助某种外在的、物质的方式得以实现。如前所说，修正比和比喻是主体内化策略的物质载体，两者同属于"误读"的范畴。在创作主体的"误读"中，它们使影响和焦虑不断得以外化、减轻，

[①] [美]哈罗德·布鲁姆. 影响的焦虑：一种读诗的理论 [M]. 徐文博译. 江苏教育出版社，2005，第96页.

最终使后辈诗人成为这一影响和焦虑本身。

二、"误读"：创作主体"影响—焦虑"的宣泄

前辈诗人及其文本施与的逆向性影响，使后辈诗人产生了超越式焦虑，在两者的协同作用下产生了创作主体的"误读"。对以审美获得为目的的主体来说，对抗精神是他摆脱影响、克服焦虑的重要精神支柱，而"误读"则是影响和焦虑的宣泄手段。布鲁姆的"误读"，是对前辈诗人文本的创造性误读，既是强力诗人阅读前人诗作的方式，也是他的创作方式。"强力"，指的是那些在对抗精神的作用下，以顽强毅力为获得诗人身份和审美进行"误读"的诗人。关于"误读"，学界往往从释义的角度对其进行研究。这种研究方式，有助于在本体论意义上认识"误读"是什么以及为什么。然而，从布鲁姆"新审美"批评特质角度对它重新审视，不仅有助于丰富对其"误读"论的理解，也可以加深对误读策略的认识。

（一）"误读"作为一种艺术

布鲁姆认为，诗是对影响的焦虑，是误读、误解或误释。[①] 由于布氏推崇个性化批评，反对批评学院派的专业化和理论化批评方式，他往往以断言式而非论证式方法阐述自己的观点。他对逆向性影响、超越式焦虑与"误读"关系缺乏系统明晰的阐释，而学界对此也缺乏细致剖析。在"误读"理论中，三者具有紧密的逻辑，辨析它们的关系对审视"误读"的内涵、目的与途径具有重要的参照价值。

通过前文分析发现，在逆向性影响与超越式焦虑的共同驱使下，后辈诗人以顽强的对抗精神向前辈巨擘发起挑战。影响与焦虑共同构成了"误读"的内驱力，促使后辈在与前辈文本的对抗中，以获得诗人身份和审美为目的，通过"误读"来摆脱逆向性影响、宣泄超越式焦虑，并在主体内化的具体策略即修正比和比喻中完成对前辈的超越。如前所说，影响与焦虑的关系较为复

---

① [美]哈罗德·布鲁姆. 影响的焦虑：一种读诗的理论［M］. 徐文博译. 江苏教育出版社，2005，第97页.

第三章
布鲁姆"新审美"批评的"误读"理论

杂,它们既是并列和因果关系,也是互为因果关系。两者与"误读"的关系同样也是纷繁复杂的。对此,还需要加以审视。

首先,逆向性影响是后辈诗人进行"误读"的因,而"误读"则是后辈摆脱这一影响并成为他人影响的手段。在"误读"理论中,影响代表着已经获得的诗人身份和审美先在性,是后辈诗人获得诗人身份和审美的障碍。因此,强力诗人为摆脱逆向性影响,在对抗精神的作用下,为确证自我身份获得审美而对前辈文本进行"误读"。通过"误读"获得诗人身份和审美的同时,强力诗人也成为其他后辈诗人逆向性影响。其次,超越式焦虑是"误读"产生的因,"误读"既是宣泄焦虑的重要途径,也是使该焦虑成为其他后辈诗人焦虑的途径。超越式焦虑预示着对诗人身份和审美的欲望,对它的宣泄取决于后辈诗人的"误读"。只有那些强力诗人才能在对抗精神作用下,通过"误读"使这一焦虑得以宣泄。当超越式焦虑得以宣泄后,后辈诗人便获得了他欲求的审美和诗人身份,也就成为其他强力诗人焦虑的来源。最后,既然"误读"是后辈成为他人逆向性影响和超越式焦虑的途径,那么它与这一影响和焦虑也可以说是一种因果关系。通过对前辈文本的"误读",强力诗人获得了审美并跻身经典。当其成为经典作家后,又会对他的后辈诗人造成影响,使其产生焦虑。从这一角度来看,"误读"也可以说是造成逆向性影响与超越式焦虑的原因之一。因此,布鲁姆的"误读"、逆向性影响和超越式焦虑,可以说是处于互为因果的关系网中。

从上述分析可以看出,逆向性影响和超越式焦虑是后辈诗人进行"误读"的内驱力,它们代表的是审美和经典诗人身份。从表面上看,后辈似乎是在追求着诗人身份和审美,但实际上审美获得才是他的根本目的。"误读"成功与否,取决于后辈诗人是否对审美具有强烈的欲望,及其对抗精神的强烈程度。如前所说,三者之间的关系较为复杂,并不是简单的因果关系,而是在往复循环中互为因果的。

"误读"是"误读"理论中的核心组成部分。厘清了逆向性影响、超越式焦虑与"误读"的关系后,对其进行审视,可以较为清晰地厘清几个相关的基本问题,即"误读"是什么,为什么要"误读","误读"什么以及怎样

"误读"。

  首先说"误读"是什么。有学者认为，它指的是有意偏离。[①]"偏离"指出了"误读"的本体特征。它并非是通常意义上的错误理解，而是主体有意识地从作者的原意转移开，为文本赋予了符合自我需求的阐释。"误读"体现着布鲁姆关于阅读是一种艺术的观念，[②] 它的艺术性体现在对"强力误读"的"误读"。需要说明的是，布鲁姆的"新审美"批评中有两种阅读方式，即"误读"理论中的"误读"和文学经典论中的阅读。虽然两者均与阅读行为相关，他们之间却存在着较大的差异。"误读"论中的阅读是"误读"，指的是一种文学创作的方法，以阐释主体的创作目的、技巧和特点为关注焦点。经典论中的阅读，与通常意义上的阅读没有本质区别，注重发掘文学经典的审美价值和认知价值。作为创作方式的"误读"，不仅存在于诗人当中，也存在于文学批评家中。它不仅关乎文学创作，与文学批评也具有密切的关联。布鲁姆认为，文学批评和文学创作，均是一种对文本的"误读"，它们之间没有本质或类的区别。[③] 由此可见，在"新审美"批评中，"误读"并非传统意义上的阅读，而是布鲁姆对文学创作的一种别称。在布氏那里，文学的创作过程，便是后辈诗人与前辈诗人文本对抗中的"误读"过程。其中，包含着后辈的"误读"技巧即修正策略和比喻修辞，体现着他对审美和诗人身份的欲求。前辈诗人文本是"误读"的产物。因此，作为一种艺术的"误读"，是对"误读"的再"误读"。

  其次说为什么"误读"。通过相关分析可以发现，后辈诗人进行"误读"的目的是成为他人的逆向性影响和超越式焦虑。值得说明的是，从布鲁姆"新审美"批评来看，"误读"的目的从"误读"论到经典论发生了一些微妙

[①] 张龙海. 哈罗德·布鲁姆论误读［J］. 当代外国文学，2010，2.

[②] Harold Bloom, *Agon: Towards a Theory of Revisionism*[M]. New York: Oxford University Press, 1982, p. 23.

[③] ［美］哈罗德·布鲁姆. 影响的焦虑：一种读诗的理论［M］. 徐文博译. 江苏教育出版社，2005，第96页.

第三章
布鲁姆"新审美"批评的"误读"理论

的变化,其侧重点从审美与诗人身份转变成审美与经典作家身份。由于"误读"论旨在提出一种关于影响和"误读"的诗学,因此他将审美与诗人身份视为"误读"的目的。在经典论中,布鲁姆将审美与经典作家身份视为创作主体"误读"的根本目的,并以与莎士比亚的对抗为标准建构其经典谱系。"误读"目的的指涉范围较为明显地从诗人这一单一群体扩展至所有的经典作家群体。

再次说"误读"什么。既然审美获得是后辈诗人"误读"的根本目的,那么他的"误读"对象便是审美的载体即文学文本。在布鲁姆看来,文学文本的审美意义并不在其自身,而是文本间的"误读"关系。他倡议,将一首诗视为对其前辈诗歌的有意"误读"①,并认为文学批评就是对"误读"的再"误读"。需要指出的是,文学文本的"误读"关系同"误读"目的一样,经历了从"误读"理论到文学经典论的演变。"误读"论及其批评实践,关乎更多的是对创作主体间的逆向性影响和超越式焦虑的阐发;经典论及其批评实践是关注中心,转变为以莎士比亚为最高审美标准,并以此来检验其他西方经典作家对莎氏的"误读"。此外,布鲁姆"新审美"批评中的"误读"关系,不仅体现在文学文本上,还体现在宗教文本和心理学文本上。例如,布鲁姆认为,弗洛伊德的心理学文本与莎士比亚剧本,《圣经》与《希伯来圣经》均是"误读"关系的体现。

最后说怎样"误读"。"误读"方式在"误读"理论中极为重要,体现的是在对抗中以审美获得和身份确证为目的的创作主体的内化策略。"误读"作为文学创作的总称,是后辈诗人克服逆向性影响、宣泄超越式焦虑的途径,具体表现为六种修正比。关于修正比,将在本节下一部分中详细阐述。

(二)"误读"策略:修正比

布鲁姆的"误读"策略可以分为两种,即修正比和修辞比喻。与"新审美"批评中的其他观念相比,"误读"理论具有一定的系统性和体系性,但由

---

① [美]哈罗德·布鲁姆. 影响的焦虑:一种读诗的理论[M]. 徐文博译. 江苏教育出版社, 2005, 第44页.

于布鲁姆崇尚个性化批评，其内在逻辑还不够明晰。例如，主体内化、"误读"以及修正比之间具有怎样的逻辑关系，它们在文学创作中起着什么样的作用。厘清这些问题，有助于对"误读"理论的修正比形成较为清晰完整的认识。

布鲁姆"新审美"批评的特质之一是主体内向特性。主体内化起源于布鲁姆浪漫主义诗歌批评，至"误读"理论获得一定的完善，并广泛应用于宗教批评和经典批评中。它不仅与创作主体有关，对接受主体来说也是适用的。布鲁姆"新审美"批评的主体是内向性主体，而主体内化则是以审美获得为目的的主体，在与前辈及其文本的对抗中实施的一种策略。它既体现着"新审美"批评的特质，也是其文学创作观和阅读观的展现，重视的是内向性主体的自我完善与自我升华。从文学接受角度来说，主体内化共有五种阅读方式或原则；从文学创作角度来说，"误读"论中的"误读"是创作主体内化的方式，而修正比则是主体内化的具体方法。"误读"是布鲁姆给予文学创作的别称，着重描绘的是创作主体在逆向性影响和超越式焦虑驱使下，以顽强的对抗精神为审美和诗人身份对先在文本进行的修正式"误读"。它既指涉文学的创作方式，也表明了文学创作的特点。"误读"与创作方式相对应，而修正比则与具体的创作方法有关。笔者曾提到，"误读"理论的修正比可与六种修辞手法相对应，即"克里纳门"/反讽，"塔瑟拉"/提喻，"克诺西斯"/转喻，"魔化"/夸张，"阿斯克西斯"/隐喻，"阿伯弗雷兹"/代喻。

通过笔者的研读，布鲁姆"新审美"批评的主体内化，涉及文学创作和文学接受两个范畴。就文学创作而言，"误读"是创作主体的内化方式，修正比是具体的内化方法。就文学接受而言，五个阅读原则和方式是接受主体内化经典的途径。它们之间的关系，如下图所示：

主体内化
文学创作　文学接受
"误读"　五个阅读原则
修正比／比喻修辞

第三章
布鲁姆"新审美"批评的"误读"理论

　　如前所说,修正比关乎文学创作的具体方法,包括"克里纳门"、"塔瑟拉"、"克诺西斯"、"魔化"、"阿斯克西斯"与"阿伯弗雷兹"。逆向性影响具有较强的统摄特性,与超越式焦虑一起伴随修正过程的始终。每一种修正比,便是后辈诗人为摆脱影响、克服焦虑做出的尝试。"克里纳门"指的是,后辈诗人在其创作的初始阶段,要对前辈及其诗作进行某种定位,然后从前辈诗人的位置上转移方向,寻找其诗歌创作的基点。这里,"定位"指的是对前辈诗歌的意象修辞及其呈现出的语义进行界定,是后辈诗人"误读"前辈诗歌的初始阶段。"塔瑟拉"指的是后辈诗人在阅读前辈诗作时,保留其词语,通过续写或扩充该词语的原有语义,使其具有个人特色。"克诺西斯"是一种修正行为。在这一行动中,发生了一种与前辈有关的"倒空"现象。"倒空"会产生出一种仅凭灵感的简单重复所无法产生的诗篇。后辈诗人将自身中前驱者的力量收回,可以使自我从前驱的姿态中"分离"出来。也就是说,后辈发现在前辈文本基础上创作诗篇,还是无法摆脱前辈的逆向性影响。因此,后辈诗人必须剔除其诗作中前辈意象修辞的痕迹,以便进一步摆脱前辈的影响。"魔化"指的是一种心理行为,即后辈诗人为了摆脱前辈的影响,故意扭曲前辈,将前辈的成就片面化、普通化,通过这种方式弱化前辈的独创性或原创性以突出自我。"阿斯克西斯"是一种自我净化状态(即自我反思)。它发生在"魔化"的高潮阶段,是"克诺西斯"与"魔化"的结合体,能够缓解后辈扭曲前辈成就所带来的震惊,并为"阿伯弗雷兹"作准备。"阿伯弗雷兹"指的是后辈诗人经过与前辈的分离后,再次向前辈诗人敞开,造成一种奇特效果,即前辈的诗作好像由后辈写就。[1]

　　笔者曾探讨过,布鲁姆的六种修正比是从卡巴拉主义者柯德维罗的 Behinot 中生发出来的。卡巴拉被布鲁姆视为一种心理学、修辞学意义上的有关语义的逆向性影响理论。Sefirot 有六种意象在当今犹太文化中流传下来,即 Hesed、Din、Tiferet、Nezah、Hod 以及 Yesod。布鲁姆将 Sefirot 视为文学传统,

---

[1] 关于"误读"理论的修正比,详见[美]哈罗德·布鲁姆.影响的焦虑:一种读诗的理论[M].徐文博译.江苏教育出版社,2005,第14—16页.

将后辈诗人类比为 Behinot 中的"后进意象",将前辈诗人及其影响视为"先在意象"。后辈诗人在文学传统中确定自我地位前,首先需要"藏匿"在前辈诗人及其诗作中,认识前辈诗作并对其进行定位转向(Hesed 与"克里纳门")。对前辈定位转向后,后辈诗人通过续写或改写前辈诗作,在前辈诗作中展现自我(Din 与"塔瑟拉")。经过这两个阶段后,后辈诗人发现前辈的影响仍然存在,于是他通过放弃自我以及前辈诗作中的灵感和想象力来展现自我(Tiferet 与"克诺西斯")。后辈赋予自身力量,抹杀前辈的独创性来凸显自我(Nezah 与"魔化")。对前辈进行"魔化"后,后辈诗人再一次对自我以及前辈诗作进行反思,使自我和前辈放弃部分想象力的天赋,并产生出一个全新的自我(Hod 与"阿斯克西斯")。于是,后辈诗人造成一种假象,好像是他写就的前辈诗篇(Yesod 与"阿伯弗雷兹")。

  这里可以看出布鲁姆修正比的某些特性。首先,它更多指向的是创作主体的心理活动,是一种象征性、比喻性描述,具有一定的内向性。"克里纳门"、"塔瑟拉"、"克诺西斯"、"魔化"、"阿斯克西斯"以及"阿伯弗雷兹",分别象征着创作主体在文学创作活动中心灵的状态和变化,并不必然指涉具体的创作实践。其次,修正比是一种以审美和诗人身份获得为目的的心理活动,具有一定的审美特性。在"误读"理论中,修正比是获得诗人身份、审美的重要途径,象征着后辈诗人为摆脱逆向性影响、克服超越式焦虑所做出的努力。在整个"新审美"批评中,布鲁姆的审美与诗人身份是同一的。后辈诗人修正前辈文本,其根本目的可以说是为获得审美。最后,修正比是一种以审美获得为目的的内向性心理活动,后辈诗人需要在对抗精神的作用下完成对前辈文本的修正,具有一定的对抗特性。由于逆向性影响和超越式焦虑的存在,能否对前辈文本成功修正,在很大程度上与后辈诗人对抗精神有关。只有那些对抗精神强大的后辈,才能在与前辈施加的影响以及自身焦虑的对抗中脱颖而出,在对前辈文本的修正过程中获得审美,并确立自我的诗人身份。

  布鲁姆的修正比象征着创作主体心理活动的六个阶段,它们同六种比喻方法一起,构成了布氏诗歌创作观的基础。由于修正比是一种象征性、比喻性描述,它需要借助一定的物质载体来展现自身。因此在《误读图示》中,布鲁姆将六种修正比与六种修辞方法对应起来，进一步阐述他的创作观。布鲁姆认为，修正比和修辞方法本身是对逆向性影响和超越式焦虑的一种心理防御。①在这一基础上，布鲁姆建立起一幅揭示创作主体心理隐秘活动的复杂"误读图示"。

三、"误读图示"

"误读图示"来源于布鲁姆的同名著作《误读图示》（1975）。该书是继《影响的焦虑：一种关于诗歌的理论》（1973）之后，布鲁姆"误读"理论的集大成之作，代表着该理论的最高成就。在《误读图示》中，布鲁姆重申了逆向性影响、超越式焦虑和"误读"，借助修辞方法、诗歌想象以及修正主义辩证法建构起一幅关于"误读"的复杂图示，并在一系列批评实践中（如对英国诗人罗伯特·布朗宁、约翰·弥尔顿等人的批评）检验这一图示。同时，布鲁姆在该书中表达了阅读是不可能的这一观点，使其"误读"与通常意义上的阅读区分开来，用以巩固其"误读"理论。此外，布鲁姆借鉴了弗莱神话原型的统摄特性，将其视为逆向性影响的特性，认为它与诗歌的创作活动不可分离。本节着重解析"误读图示"，并在布鲁姆"新审美"批评特质的参照下审视该图示。这样，有助于对其"误读"理论形成较为完整清晰的认识，加深对它的理解。

（一）以修辞为载体的"误读图示"

"误读图示"代表了"误读"理论的最高成就。《影响的焦虑：一种关于诗歌的理论》（1973）提出了逆向性影响、超越式焦虑以及"误读"，而在《误读图示》中，有关"误读"的相关概念被布鲁姆巧妙地融入一幅图示当中。在随后的相关著作中，《对抗》（1985）进一步阐释了对抗观念和修辞学批评（即布鲁姆对抗式批评的前身），《卡巴拉与批评》（1975）在《对抗》的基础上提出了对抗式批评，而在《压抑与诗歌》（1976）中，布鲁姆则系统

---

① [美]哈罗德·布鲁姆. 误读图示 [M]. 朱立元, 陈克明译. 天津人民出版社, 2005, 第70页.

阐述了有关诗歌创作的心理防御观念。

根据柯林斯大辞典的解释，Map 作为名词有以下两种常见语义：1. map 是一种关于某个区域的图示，如城市、乡村或大陆，它表现的是该区域的主要特征；2. map 是为提供某一区域独特信息的图示。布鲁姆的"误读图示"（a map of misreading）兼具上面两种有关 map 的语义。从其提供的信息特点来看，它是用以描绘布鲁姆观念中有关"误读"这一术语相关信息的图示。就其描绘的区域范畴而言，它揭示的是诗歌创作的隐秘活动。在这一图示中，布鲁姆在对前期"误读"等相关问题思考的基础上，融合修正比、修辞手法、心理防御、诗歌中的想象以及修正主义辩证法为一体，描绘了下面这样一幅复杂图示。

修正主义的辩证法	诗歌中的想象	修辞手法	心理防御	修正比
限制 替代 表现	在场和不在场 ↑↓ 部分对整体 或 整体对部分	讽喻 ↑↓ 提喻	反应形成 ↑↓ 转向反对 自我 颠倒	克里纳门 ↑↓ 塔瑟拉
限制 替代 表现	充满 和 虚空 ↑↓ 高和低	转喻 ↑↓ 夸张 曲言法	消除 孤立 复归 ↑↓ 压抑	克诺西斯 ↑↓ 魔化
限制 替代 表现	内部和外部 ↑↓ 早和迟	隐喻 ↑↓ 代喻	升华 ↑↓ 内射 投射	阿斯克西斯 ↑↓ 阿伯弗雷兹

"误读图示"中修正主义辩证法，来源于卢利亚的创世故事。该故事分为三个阶段，即 zimzum, shevirath hakelim 和 tikkun。zimzum 指的是造物主的后退

第三章
布鲁姆"新审美"批评的"误读"理论

或收缩,便于他创造不是其自身的宇宙万物。shevirath hakelim 是各种容器的分崩离析,是关于灾变般的创世图景。tikkun 则是复原或回复,即人对上帝劳作的奉献。在布鲁姆看来,与卢利亚"收缩"最为接近的美学对应词是"限制意义";从形象角度来看,"容器的分崩离析"是一个替代过程;而 tikkun 则是表现自身的同义词。① 布鲁姆借用卢利亚创世故事,是由于其与他的对抗观念十分接近。在布鲁姆看来,诗歌处于永恒的冲突之中,彼此之间没有中间地带,只有与逆向性影响的不断对抗。他认为,这一辩证法表明了诗歌意义怎样在后辈诗人与前辈诗人的对抗中产生。此外,这种对抗发生在创作主体的修正、心理防御和想象层面,需要借助比喻修辞来展现自身。

布鲁姆借用了反讽、提喻、转喻、夸张、隐喻以及代喻这六种修辞手法,为修正、心理防御和想象中的对抗提供了展现途径。由于修正、心理防御以及诗歌想象均是一系列抽象性心理活动,只有通过修辞手法来外化自身才能为人所认知。首先就修正与修辞来说,讽喻、转喻、隐喻是对限制的比喻,提喻、夸张和代喻是表现的比喻。就修辞与想象的关系来说,讽喻通过在场与不在场的辩证作用来撤销语义;转喻通过虚空来分解语义;隐喻通过对二元论和内外二分法的透视来缩略语义;作为替代或表现的提喻,从部分扩大至整体;夸张则是增大或提高;而代喻则是用早到替代延迟从而克服后进性。从修辞与心理防御角度来说,布鲁姆认为,防御是抵抗死亡的比喻,而比喻则是防御文字的意义。② 从这一角度来看,两者体现了他一直探索的对立原则。因此,布氏将讽喻与反应形成,提喻与反对自我、颠覆,转喻与消除、孤立、复归,夸张与压抑,隐喻与升华,代喻与内射结合起来,使得创作主体的心理活动在修辞手法的作用下得以展现自身。此外,该图示中的修正比,是在与卢利亚修正主义辩证法的匹配中进行的。布鲁姆将其修正比分为三对,即克里纳门/塔瑟拉,

---

① [美]哈罗德·布鲁姆. 误读图示[M]. 朱立元,陈克明译. 天津人民出版社,2005,第3页.
② [美]哈罗德·布鲁姆. 误读图示[M]. 朱立元,陈克明译. 天津人民出版社,2005,第90页.

克诺西斯/魔化，阿斯克西斯/阿伯弗雷兹，每一对以卢利亚的限制/替代/表现为范式。除修正主义辩证法、诗歌中的想象以及心理防御外，修正比同样需要借助修辞来展现自身。关于这一点，笔者在本章第二部分已有阐述，这里不再重复。

  需要指出的是，修辞手法的运用，不仅对"误读"理论的建构具有重要价值，对其文学经典论也有着重要的意义：首先，从"误读"理论自身的角度来看，如果对修正比、心理防御、对抗、逆向式影响以及超越式焦虑的抽象理论界说可以成立，那么在批评实践中如何表现它们则是布鲁姆急于解决的关键问题。修辞及其借以展现的意象为其提供了解决这一问题的途径。因此，修辞为"误读"理论的其他组成部分提供了物质载体，使该理论可以以具体的形态显现，免于抽象模糊的尴尬境地。其次，通过对诗歌修辞意象的分析，使得布鲁姆的对抗式批评在实践层面有一定的可操作性，可以在批评实践中以具体例证来详细阐述其"误读"观念。例如，在对弥尔顿的批评中，布鲁姆指出弥尔顿诗歌最引人注目的是其隐喻修辞手法的运用。正是由于隐喻的出色运用，才使得弥尔顿成功"误读"了斯宾塞的《仙后》。此外，通过对《失乐园》卷一第283—313行"火湖"意象的分析，布鲁姆认为弥尔顿巧妙地运用代喻将荷马、维吉尔、奥维德以及但丁等人攫取过来，使得其后进性演变为先在性。[①] 最后，"误读图示"对修辞意象的重视，为布鲁姆的文学经典论和经典批评奠定了重要基础。布鲁姆观念中的审美，包括娴熟的语言意象。虽然没有明确资料可以证明"娴熟的语言意象"源于"误读图示"，但从其理论建构和批评实践的历时性演变来看，将其视为"误读图示"的延续也许是可以成立的。布鲁姆对福斯塔夫、哈姆雷特、撒旦等人物语言的分析，虽然没有"误读图示"中那样纷繁复杂，但可以确定的是，其对人物语言形象的分析，甚至对文学经典的某些论断是建立在"误读图示"修辞观的基础上。例如，他认为强有力的、原创性文学想象的本质，就是形象化语言及其种种变化；文学不

[①] ［美］哈罗德·布鲁姆. 误读图示［M］. 朱立元，陈克明译. 天津人民出版社，2005，第125–145页.

仅仅是语言,还是进行比喻的意志,是对"渴望与众不同"的隐喻的追求。①

从对"误读图示"的解析来看,它以修辞为载体,囊括了"误读"理论有关文学创作的核心观念和批评方法。从这个意义上来说,"误读图示"可以视为对"误读"理论的提炼概括,体现着它的理论精髓。不仅如此,从较为宏观的角度来说,该图示揭示了布鲁姆观念中文学创作的隐秘过程。对此,还需要进一步审视。

(二)揭露文学创作隐秘的"误读图示"

本章第二部分已就"误读"与文学相关活动的关系进行了探讨。在文学的各种活动中,"误读"与文学创作的关系最为紧密,它回答了文学创作活动是什么以及为什么这两个基本问题。不仅如此,作为文学创作方式的"误读",还表明了布鲁姆观念中文学创作的特点,即创作主体有意"误读"。从"误读图示"来看,它着重描绘的是"误读"中彼此关联的各种行为,而这些行为又构成了布鲁姆观念中的文学创作过程。从该图示可以看出,布鲁姆较为重视对创作主体心理活动的描述。其中,最为突出的便是主体的心理防御,展现的是其"新审美"批评主体内向特性。

在"误读图示"中,布鲁姆描绘了创作主体心理防御的六个阶段,即反应形成、转向反对自我/颠倒、消除/孤立/复归、压抑、升华、内射/投射。创作主体的心理活动,均是在心理防御论的基础上围绕原创性问题而产生。反应形成、转向反对自我、颠倒、消除、孤立、复归、压抑、升华、内射、投射,这十种心理防御状态是布鲁姆从安娜·弗洛伊德那里借鉴得来的。但他认为,消除、孤立与复归,投射与内射,以及转向反对自我和颠倒,在性质上密切相关,既近于对立又难以区分。② 因此,布鲁姆将它们分别归为三对,并与诗歌想象、修正比、修辞以及辩证法相对应。

在心理防御论中,反应形成指的是主体反对自身屈从于被压抑的欲望,而

---

① [美]哈罗德·布鲁姆. 西方正典[M]. 江宁康译. 译林出版社,2011,第7-9页.
② [美]哈罗德·布鲁姆. 误读图示[M]. 朱立元,陈克明译. 天津人民出版社,2005,第92页.

展现出欲望的另一面。这一心理活动与"克里纳门"相对应,充满了在场与不在场的辩证想象,依靠讽喻来传递自身。转向反对自我/颠倒,既是对替代的防御,也是自相矛盾的颠倒过程。本能从主动转向被动,表现成它的对立面即"塔瑟拉"。与此同时,它运用整体对部分或部分对整体作想象替代,以提喻的方式完成诗歌创作的最初运动。消除同"克诺西斯"一样,经历了从丰盈到虚空的变化过程,通过转喻使过去的动作和思想对立重复成为虚无。孤立是通过破坏时间先后顺序,将各种思想、行为分割开来,切断它们同其他思想行为的关联纽带。复归,是向较早的发展阶段倒退。三者均是对限制的防御。在"魔化"过程中,压抑通过夸张在高度与深度、升华与怪诞中找到它的诗歌想象,并将各种本能的表现保持在无意识状态中。升华是一种建立在性欲与智力活动相似性之上的凝聚。性欲是内部术语,诗歌是外部术语。同"阿斯克西斯"一样,升华中的内部/外部、主客体之间的对立在界定隐喻的同时,也在限制着隐喻。作为一种自我认同,内射是在防御时间和空间时的一种对自我的幻想性转换。而投射则是从自我中驱逐那些自我不愿认可的东西。这两种心理防御均是表现,是对其他防御的防御。因此,比喻便成为它们的外化形式。①

通过以上描述可以发现,"误读图示"揭示的是"误读"的复杂过程。在这一过程中,"误读"既涉及创作主体的心理活动(如心理防御、想象和辩证法),也指涉心理活动的外化方式(修辞),而这些均是对其修正比的注释与说明,是对《影响的焦虑:一种关于诗歌的理论》中有关"误读"的系统化和体系化阐述。可以说,作为文学创作方式的"误读",其最为突出的隐秘便是创作主体的心理活动。正因为这一点,塞尔登才将布鲁姆的文学批评视为心理分析批评。② 然而,心理防御或心理活动,仅是布鲁姆借以描绘主体获得审

---

① [美]哈罗德·布鲁姆. 误读图示[M]. 朱立元,陈克明译. 天津人民出版社,2005,第91-100页.

② [英]拉曼·塞尔登. 当代文学理论导读[M]. 5版. 刘向愚译. 北京大学出版社,2000,第213页.

第三章
布鲁姆"新审美"批评的"误读"理论

美的途径或过程。创作主体的一系列心理活动，均是为摆脱逆向性影响、克服超越式焦虑而做出的防御。其心理防御的根本目的，是在与前辈及其文本的对抗中获得审美。从"新审美"批评的宏观角度来看，"误读图示"是一幅关于对抗主体如何借助修辞手段展现其主体内化，并获得审美的图示。

"误读图示"体现的是，创作主体在与前辈的对抗中为获得审美而进行的种种心理防御、诗歌想象以及修正策略。这三者，均是主体对逆向性影响和超越式焦虑内化的前提条件。因此，它们具有较为明显的审美、对抗和主体内向特性。通过前面对影响和焦虑的分析发现，创作主体的心理防御和想象首先是在前辈及其文本产生的逆向性影响和超越式焦虑的作用下产生的。在两者的合力作用下，强力诗人便产生了反应形成、转向反对自我/颠倒、消除/孤立/复归、压抑、升华、内射/投射这六种心理防御手段。然而，心理防御仅是强力诗人内化影响和焦虑的第一阶段。他还需要在对抗精神的支持下，借助诗歌想象来进一步对它们内化吸收，并将之转换成"误读"的内驱力。于是，在场与不在场、虚空/充满、部分对整体/整体对部分、高/低、内部/外部以及早/迟，这六对想象便是其内化影响和焦虑的第二阶段。在这一阶段中，强力诗人在想象的作用下，通过诗歌意象来进一步摆脱逆向性影响、克服超越式焦虑。《失乐园》中"火湖"和盾牌这两个意象，便体现着弥尔顿对荷马与维吉尔等前辈的内化。[①] 与心理防御和诗歌想象相对应的，是创作主体呈现出的修正式辩证思维。就心理防御和诗歌想象而言，它们在主体思维方面起着重要的调节作用。反应形成、转向反对自我/颠倒，在场与不在场、虚空/充满，代表的是主体对前辈的限制；消除/孤立/复归、压抑，部分对整体/整体对部分、高/低，体现的是他对前辈诗人的替代；而升华、内射/投射，内部/外部以及早/迟，展现的则是强力诗人对自我的表现。通过对心理防御和想象的修正式调节，强力诗人得以在其对抗精神作用下，借助修辞手法完成对前辈文本的"误读"，成功逆转时空，从而获得审美与诗人身份。

---

① [美]哈罗德·布鲁姆. 误读图示[M]. 朱立元，陈克明译. 天津人民出版社，2005，第 131–133 页.

综上所述,"误读图示"包含着"误读"理论的核心观念,是布鲁姆对文学创作过程的思考结晶。虽然关于创作主体的心理活动描绘较多,但它们均是为突出创作主体在对抗中,获得审美的内化途径或过程。而比喻修辞作为体现心理活动的载体、获得审美的具体途径,在该图示中起着极其重要的桥梁作用。需要指出的是,作为布氏"新审美"批评的中期成果,"误读图示"及其批评方式由于较为纷繁复杂,修正主义辩证法、各种心理防御逐渐淡出布鲁姆的关注视域。在后期的文学经典论和经典批评中,只有影响、焦虑、"误读"以及修辞被布鲁姆继续沿用。

本章小结

布鲁姆是一位文学批评家,主要从事的是文学批评实践,"误读"理论是其"新审美"批评中唯一具有理论形态的观念学说。"误读"论既是布鲁姆对西方批评传统的继承,也展现着其"新审美"批评原创性的一面。能够体现该理论对批评传统的借鉴的,是焦虑、心理防御、修正比以及辩证法;使"误读"论具有原创性的是逆向性影响、"误读"以及布鲁姆绘制的"误读图示"。"误读"理论体现的是布氏对诗歌创作的动机、过程以及手段途径的思考。"误读"理论有两个较为显著的特点:一是对诗人心理因素的阐发,二是对比喻修辞的运用。布鲁姆排除了外部因素对诗歌创作的影响,将创作过程归结为一系列心理活动,如逆向性影响、超越式焦虑、修正比、辩证法、想象以及心理防御。布鲁姆对诗人创作过程中心理因素的重视与阐发,使其"误读"理论带有明显的主体内向特性。诗人进行创作的根本动机和目的,是在与前辈的对抗中获得审美并跻身经典之列。因此,"误读"论又有着显著的审美和对抗特性。由于诗歌创作过程中的心理因素过于抽象,因此修辞比喻在该理论中的作用是较为重要的。布鲁姆可以借助对修辞手法的分析,阐发诗人间影响的痕迹,使其"误读"理论在批评实践方面具有可操作性。

从布鲁姆"新审美"批评的视角来看,"误读"理论有着极其重要的作用,是衔接其浪漫主义诗歌批评、文学经典论、经典批评以及宗教批评的桥梁。在浪漫主义经典诗歌批评中(1959—1971),布鲁姆便开始从诗歌意象和修辞角度关注诗人间的影响与"误读"痕迹,如布鲁姆的布莱克批评和雪莱批评。可以说,"误读"理论中的某些重要观念是源于布氏的诗歌批评。在浪漫主义诗歌批评中,这些观念还不具备理论形态。布鲁姆从批评传统中借鉴了一些理论资源如家庭罗曼司和卡巴拉等以后,其"误读"理论才得以完备。随后,布氏将该理论的某些重要观念沿用到文学经典论、经典批评和宗教批评中,为其"新审美"批评中后期的批评实践奠定了基础。

  需要说明的是,布鲁姆将诗歌创作归为主体的心理活动,是有其现实针对性的。20世纪后半期的西方文论,多从文学以外的视角如社会历史和政治意识形态等探讨文学活动,对作者的主体性地位和价值有所忽视。"误读"理论便诞生于这样一种理论环境中。自1973年伊始,布鲁姆相继出版了《影响的焦虑:一种关于诗歌的理论》、《误读图示》、《诗歌与压抑》以及《对抗》等理论著作,从创作主体的角度集中探讨了诗歌的创作过程。从某种意义上说,"误读"理论对于纠正忽视作者主体性地位与价值的研究倾向所带来的弊端,是有其独特的意义的。然而,该理论过于重视创作主体的心理因素,将诗歌创作视为主体心理活动的外化过程而忽视了外部因素对创作的影响,不免有矫枉过正之嫌。

第四章
布鲁姆"新审美"批评的文学经典论

自20世纪90年代伊始，布鲁姆的《西方正典》、《如何读，为什么读》等经典批评著作相继出版。他坚持纯粹的审美立场，以独特的观点和犀利的言辞捍卫着文学经典的美学价值，并以此来对抗大众文化以及解构主义批评等流派对文学经典的颠覆性解构。布鲁姆以其独特的理论视角和批评方式，提出了具有其个人特色的文学经典论，将经典之争推向了一个新的高度，并引起了我国学界的关注。他认为，审美与意识形态无关，经典的形成与教育机构、批评家以及媒体宣传等外部条件无关，是文学经典自己确立了经典身份。在《西方正典》与《天才》这两部论著中，布鲁姆开列出两份西方经典名单，在西方学界引起广泛争议。此外，在西方学界解构颠覆莎士比亚的同时，布鲁姆极力推崇莎氏剧作的美学价值和认知价值，认为是他创造了人类。布鲁姆坚持认为，莎士比亚不仅是西方文学的经典，也处于世界经典的中心。他对后世作家的影响极其深远，而经典谱系则是在后世作家与莎翁的对抗中形成。在《影响的解剖》中，布鲁姆延续着他在《西方正典》中有关莎士比亚的论点，并在最新著作《伟大巨石的阴影：对〈圣经〉的文学解读》中，继续推广着莎士比亚，在与宗教文本的比较中探讨其剧作的美学价值。可以说，布鲁姆在多媒体盛行、多元文化并存的时代，坚持精英主义立场，捍卫着文学经典的美学价值，对弘扬西方传统文化、发扬经典作品中的人文精神，有着积极的意义和贡献，也为我国学界有关文学经典的探讨研究提供了可供借鉴的理论观点和批

第四章
布鲁姆"新审美"批评的文学经典论

评范式。

文学经典论是继"误读"理论后,布鲁姆"新审美"批评中的另一重要组成部分,也是布鲁姆在中后期理论著述和批评实践的焦点。他的经典论包括经典特性、经典生成、经典谱系及经典批评。尽管布鲁姆的经典论带有一些理论特性,但它并非严格意义上的理论。文学经典论是布氏在早中期批评实践和"误读"理论基础上,形成的关于文学经典的特性、生成以及经典排名的某些观念。在"新审美"批评框架中对其加以审视,可以发现布鲁姆经典论的历时性演变过程。它延续了布鲁姆自浪漫主义诗歌批评时期所坚持的审美立场,在"误读"论的建构中获得了关于审美的新启示,认为审美具有陌生和对抗特性,并与崇高具有可通性。其经典批评实践,继承了唯美主义诗学开启的鉴赏式批评传统,在批评实践中以传递审美感受和审美体悟为主旨,受到西方大众读者的广泛欢迎。对布鲁姆的"新审美"批评来说,文学经典论不仅起着重要的承前作用,对其后期的文学与宗教对比研究也具有一定的启后作用。《天才》和《伟大巨石的阴影:对〈圣经〉的文学解读》是布鲁姆"新审美"批评后期的重要成果。从布鲁姆"新审美"批评的角度,重新阐释其经典论的重要理论命题,并对其文学经典论的历时性演变进程加以审视,可以丰富对它的认知与理解。

一、以审美和崇高为核心的经典特性

审美一直是布鲁姆的关注焦点,文学经典则被布鲁姆视为审美价值的典范。在早期浪漫主义诗歌研究中,"审美"作为术语出现的频率较高。然而,布氏并没有对审美获得较为系统完整的认知,只是将它与想象、创造等主体性因素联系起来。在"误读"理论建构时期,布鲁姆逐渐将审美与对抗、逆向性影响、超越式焦虑以及"误读"等概念相结合,并将其广泛运用于之后的文学经典论的建构中。至此,他对审美形成了具有个人特色的认识理解。文学经典论中的陌生性审美,便是在"误读"论启示下而形成的关于经典的认知,代表着经典的独特品质。与陌生性审美相伴的,是布鲁姆长期坚持的另一概念——对抗性崇高。在他看来,崇高是从矛盾对立的对抗中产生。他不仅认为诗歌之间是对抗性的，其他类型的文学作品也是在对抗中产生。布鲁姆认为，莎士比亚至高无上的美学成就，是在与克里斯托弗·马洛的对抗中获得的，西方所有后世作家均需要在与莎氏的对抗中获得崇高。因此，对抗性崇高便成为布鲁姆观念中经典的另一独特品质。可以说，布氏的文学经典论充分体现着其"新审美"批评的特质。因此，从布鲁姆"新审美"批评角度，对陌生性审美和对抗性崇高进行审视，可以加深对其文学经典特性的认识。

(一) 经典特性之一：陌生性审美

笔者曾探讨过布鲁姆审美观念的演变历程。在浪漫主义诗歌批评中，布氏从想象力、创造力以及语言等主体性因素角度，研究探讨布莱克、雪莱以及华兹华斯等人诗歌的美学价值。在"误读"理论建构时期，作为经典品质的审美与一些重要理论命题紧密地联系在一起。布鲁姆的审美观，直到《西方正典》才以完整的形态表现出来。他认为，审美是一种由娴熟语言、原创性、认知能力、知识以及词汇构成的混合物。这是其审美观的最终形态。虽然布鲁姆继承了唯美主义诗学的核心观念，但他赋予了审美以个人的理解，使其审美观有别于唯美主义诗学传统。

布鲁姆指出，为一部文学作品赢得经典地位的原创性标志是陌生性。它是一种要么不可能完全被同化，要么为一种既定习性而被熟视无睹的特性。[①] 这一来自华尔特·佩特的概念，在布鲁姆的运用下已经延伸至所有的文学经典作品。在其"新审美"批评中，文学经典可以说是审美的代名词。笔者依据布鲁姆赋予审美的这一特性，将其审美称为陌生性审美。陌生性审美，并非是陌生性与审美的简单相加。在这一偏正结构中，审美是核心词，陌生性是它的修饰语。这一结构并非仅表明布氏观念中审美的独特品质，还暗示着审美获得的途径。虽然布鲁姆没有系统说明它的获得途径，但其"误读"理论为解决这一问题提供了线索和思路。

通过对"误读"理论的解析发现，前辈及其文本的时空先在性、诗人身

---

① [美]哈罗德·布鲁姆. 西方正典 [M]. 江宁康译. 译林出版社，2011，第3页.

第四章
布鲁姆"新审美"批评的文学经典论

份和审美优先权,是意欲跻身经典的后辈诗人必须逾越的障碍。他只有在对前辈文本的"误读"中,才能摆脱逆向性影响、克服超越式焦虑。"影响—焦虑"构成了"误读"的内驱力。在"误读"过程中,后辈诗人的心理防御、想象以及修辞手法起到了积极的促进作用。在心理防御下,他运用诗歌想象,通过修辞比喻在意象方面"误读"前辈文本。"误读"论中的诗人身份与审美是相通的。通过"误读"写就的文本为后辈赢得了诗人身份,而诗人身份在该理论中象征着审美。那么,作为文学创作方式的"误读",与陌生性之间具有怎样的关系,对它的形成有着怎样的作用?

"误读"理论中较为关键的组成部分是"误读"。它作为布鲁姆观念中的创作方式,在后辈诗人的文本创作中起着至关重要的作用,揭示了后辈对前人文本的阅读方式,也表明了后辈诗人在前人文本基础上的创作方式。笔者以为,经"误读"产生的文本,与前人文本之间有着一种貌合神离的奇效。首先以诗歌意象为例。弥尔顿在《失乐园》中将撒旦的盾牌比喻为月亮。在布鲁姆看来,这一比喻使读者联想到《伊利亚特》第 19 卷中阿基里斯和《仙后》第 5 卷拉底贡的盾牌。在意象运用方面,弥尔顿同荷马与斯宾塞一样,将盾牌比喻为月亮。然而,意象的内涵却存在着巨大的差异。荷马和斯宾塞笔下的盾牌,有着月亮似的光亮,而弥尔顿却强调盾牌在尺寸大小和重量方面与月亮的可比性。在弥尔顿那里,月亮似的盾牌如同撒旦的世界,并不仅仅是一种光亮。通过这一意象,弥尔顿在赋予其读者以光亮启迪的同时,也为读者提供了现实的真实维度与特征。[①] 其次以人物形象为例。歌德在《浮士德博士的悲剧》中,将浮士德博士塑造成一位荷马式的英雄人物。浮士德同荷马笔下的英雄一样,本身便是各种力量冲突的战场。他们与哈姆雷特不同,均缺少任何与人类精神相关的观念。与荷马式英雄人物不同的是,歌德仅表现出荷马式的童稚性格。布鲁姆将它视为歌德的审美缺憾。然而,正因为如此才使得歌德的

---

① [美]哈罗德·布鲁姆. 误读图示 [M]. 朱立元,陈克明. 天津人民出版社,2005,第133 - 134 页.

《浮士德》增强了陌生性，并使它成为西方诗歌中最为怪异的佳作。① 最后以叙事技巧为例。布鲁姆认为，托尔斯泰小说的叙事技巧有着一种既诡异又自然的矛盾对立特性。《哈吉·穆拉特》便是这方面的代表，是托尔斯泰作品中最具莎士比亚特色的作品。小说主人公取自历史上的真实人物哈吉·穆拉特，然而托尔斯泰通过他的叙事技巧使得该人物既像又不像历史上的人物原型。小说以简短序言开篇，叙事者散步归来，折下一支红蓟。它成了穆拉特的象征，精力充沛且精神顽强。故事情节既无惊奇也无意外的转折。然而，当小说接近尾声穆拉特的头颅被割下时，这一平淡无奇的叙事技巧达到了叙事的巅峰。它详细描绘了穆拉特生命中的最后一搏，展现的既不是故事的寓意也不是道德的意蕴，而是穆拉特这个英雄人物的性格。在这种矛盾对立的叙事中，托尔斯泰摆脱了其原有叙事教条的束缚，实现了艺术的纯粹性。在布鲁姆看来，这是托尔斯泰对莎士比亚批判性"误读"的成果。在《哈吉·穆拉特》中，托尔斯泰同莎氏一样，用不同于自己的声音叙事。主人公展现了莎士比亚人物承受自我变化的能力。不同的是，莎剧中的悲剧英雄经常迸发出超人的力量，而穆拉特却在托尔斯泰的叙事技巧下，呈现出不同的悲剧人物形象。尽管他是勇往直前的勇士，却无法拯救自我。他的悲剧在于，他既是英雄又是普通人。布鲁姆认为，这是在托尔斯泰既诡异又自然的矛盾对立叙事中得以实现的。②

通过以上分析可以发现，由"误读"产生的文本，既像又不像前人文本。这样一种"貌合神离"，与陌生性带给读者的感受是相通的。在布鲁姆看来，具有陌生性的文学经典，可以使读者产生一种怪异的惊讶，使他对熟悉之物产生陌生感，而不是对期待的满足。③ "怪异的惊讶"与"陌生感"是在读者期待与文本之间的"裂缝"中产生。那么，是什么在两者之间产生了"裂缝"，使得读者对熟悉之物产生陌生感？应该说，这是由"误读"产生的貌合神离

---

① ［美］哈罗德·布鲁姆. 西方正典［M］. 江宁康译. 译林出版社，2011，第167页.
② ［美］哈罗德·布鲁姆. 西方正典［M］. 江宁康译. 译林出版社，2011，第274－279页.
③ ［美］哈罗德·布鲁姆. 西方正典［M］. 江宁康译. 译林出版社，2011，第2页.

的效果所导致的。"貌合"指的是新文本的意象、情节、人物和事件，与读者以往所读文本有着极高的相似性，如撒旦与阿基里斯的盾牌；"神离"指的是由于作者对前人文本的"误读"，使其文本在语义指涉方面不同于前人文本。文本的陌生性便由此产生了。据此可以说，审美的陌生性品质，是由创作主体的"误读"而产生。两者是一种因果关系。"误读"促进文本陌生性的形成，文本的陌生程度，取决于创作主体对前人文本的"误读"程度。因此，布氏的陌生性审美，是在其"误读"理论的基础上生发出来的。

需要说明的是，虽然布鲁姆陌生性（strangeness）与形式主义陌生化（disfamiliarization）有着一定的相似性，但两者之间却是有所不同的。俄国形式主义的陌生化是使文学性得以实现的手段。其陌生化指的是通过打破日常用语习惯，在语言的形式层面造成一种陌生性效果，以此强调文学特殊性中的感受性，恢复人们对生活的感知。在形式主义文论那里，陌生化首先指的是主体的创作方法，其关注视域聚焦在文学艺术的内在结构上，认为由陌生化呈现的现实世界总是新奇多彩的。其次是阅读主体对文学艺术的感受。在形式主义者看来，文学艺术不是让读者认识理解事物，而是通过陌生化处理来感受事物，恢复对现实生活的敏感性。[①] 最后，形式主义文论的陌生化，其有效性更多地体现在诗歌范畴，对其他文学类型并没有普遍适用性。与形式主义陌生化相同的是，布鲁姆的陌生性也指向主体的阅读感受。但布鲁姆的主体，既包括创作主体对前人文本的感受，也涵盖接受主体对所读文本的感受。因此，就对主体的指涉而言，布鲁姆与形式主义者单纯强调接受主体是不同的。此外，布鲁姆的陌生性并不是一种创作方法，而是由强者诗人"误读"产生的奇特效果。因此，就其所指范畴而言，两者是有差异的。此外，布鲁姆还将陌生性与审美结合起来，将其视为主体作用下产生的极为重要的经典特性。布鲁姆的文学经典，不仅包含文学作品，批评文本、心理学文本以及宗教文本也都被囊括在内。因此，就适用范围而言，两者也存在着巨大的差异。

综上所述，陌生性作为经典审美的特性，是从"误读"理论中生发出来

[①] 杨向荣. 陌生化重读——俄国形式主义的反思与检讨［J］. 当代外国文学，2009，3.

的，不仅体现着布鲁姆"新审美"批评发展形成的连贯性，还代表着布氏对经典的独特认知。除陌生性审美外，对抗性崇高也被布氏视为经典的重要品质。对此，需进一步加以审视。

(二) 经典特性之二：对抗性崇高

在布鲁姆的经典论中，崇高是文学经典的另一重要特性，是布鲁姆筛选经典作家的另一标准。它同审美一样，对接受主体的情感有着影响力，具有认知功能，可以改变、提升自我，扩大自我意识。布鲁姆继承了浪漫主义诗学的崇高观，并赋予了它以个人的理解。在他看来，崇高是矛盾对立的人或事物带给读者的感受①，突出的是后辈诗人与前辈之间的对抗，始终涉及"优于"、"等于"或"劣于"。从布鲁姆对崇高的描述来看，它的矛盾对立源于对抗，带有一定的对抗特性。因此，笔者将布鲁姆观念中的崇高称为对抗性崇高。同陌生性审美一样，对抗性崇高并不是对抗与崇高的叠加。它暗示了审美力量的来源及其特质。从这一角度来说，崇高与审美具有一定相通性，是"新审美"批评对抗观的体现。

对抗性崇高并非在布鲁姆的经典批评中形成。同陌生性审美一样，它源于"误读"理论的建构阶段。在《对抗》中，布鲁姆对崇高是什么进行了较为明确的说明。他认为，崇高是诗人在表现被压抑的想法、欲望或情感的同时，能够通过放弃自我塑造的形象来进行自我防御。这种防御是一种废名行为而不是命名行为。② 布鲁姆的论述表明，崇高是一种矛盾对立的自我防御，它在压抑自我的同时表现着自我。诗人为什么要进行自我防御？笔者以为，它与陌生性产生的原因相同，是由于前辈诗人及其文本的影响的存在。那么，诗人为何要在压抑自我的同时表现自我，他压抑的是什么，表现的又是什么？厘清这些问题，对认识布鲁姆文学经典的崇高特性来说有一定意义。然而，布鲁姆没有对

---

① [美]哈罗德·布鲁姆. 神圣真理的毁灭 [M]. 刘佳林译. 上海人民出版社，2013，第138页.
② Harold Bloom, *Agon: Towards a Theory of Revisionism* [M]. New York: Oxford University Press, pp. 108 – 109.

第四章
布鲁姆"新审美"批评的文学经典论

这一问题详细说明,需要对其进行概括性梳理归纳。

笔者以为,诗人的矛盾对立行为,与逆向性影响和超越式焦虑有着紧密的关系。影响与焦虑的存在,使后辈诗人的自我进入一种分裂状态,其自我是一种"分裂式自我"(split self)。一方面,由于逆向性影响的统摄特性,后辈诗人不可避免地受到它的影响。他意欲成为这一影响,就必须激发起对审美的超越式焦虑,并通过"误读"来摆脱这种影响。然而,"误读"并不能使他真正摆脱影响,只是造成一种假象,似乎时空被后辈诗人逆转,是他写就了前人文本。[①] 另一方面,由于后辈对审美和诗人身份有着强烈的占有欲望,他内心的超越式焦虑驱使他通过"误读"来摆脱逆向性影响,满足其对审美和诗人的占有欲望(即超越式焦虑)。可以看出的是,诗人压抑的"自我",是那个对逆向性影响有着强烈感受的"自我"。在布鲁姆的观念中,只有那些带有强烈对抗精神的后辈诗人,才能够压抑这个"自我";诗人表现的"自我",是受超越式焦虑驱使,为获得审美和诗人身份而对前辈文本"误读"的那个"自我"。崇高便产生于诗人"分裂式自我"矛盾对立的对抗过程中。

从崇高的获得来看,对抗有着极其重要的作用。它在崇高的实现过程中发生在两个层面:其一,诗人间的对抗;其二,诗人"分裂式自我"间的对抗。笔者曾论述过,布鲁姆"新审美"批评的对抗,主要指的是一种顽强积极的精神姿态,体现的是创作主体的意志力量。因此,就第一层面的崇高来说,由于后辈诗人对审美和诗人身份有着超越式焦虑,而象征着前辈及其文本的逆向性影响,对他的审美和诗人身份的实现来说是必须逾越的障碍。在布鲁姆观念中,能否凭借对抗精神完成对前人文本的"误读",是区分强者诗人与弱者诗人的重要标准。只有那些具有顽强对抗精神的后辈,才能在与前辈的竞争中脱颖而出,获得审美以及诗人身份。就第二层面来说,对抗发生在压抑自我与表

---

① 在布鲁姆的修正比中,"阿伯弗雷兹"是对前辈文本的最后一次修正,标志着"误读"过程的终结。它最终造成一种奇特效果:由"误读"产生的新文本使得前人文本看起来并不是由前人所写,好像是后辈诗人自己写就了前人文本。关于这一点,详见哈罗德·布鲁姆.《影响的焦虑:一种诗歌的理论》[M]. 徐文博译. 江苏教育出版社,2005年,第16页。

现自我层面上。由于影响和焦虑的存在，诗人的自我被分裂成两部分：一是受影响而被压抑的"自我"；二是在焦虑驱使下意欲表现的"自我"。笔者将前一种"自我"标识为"自我Ⅰ"，将后一种"自我"标识为"自我Ⅱ"。强者诗人为表现"自我Ⅱ"，必须在与"自我Ⅰ"的对抗中压抑"自我Ⅰ"。这是对前人文本"误读"的前提条件。只有这样，强者诗人才会不屈服于逆向性影响。需要指出的是，"自我Ⅰ"并非仅是作为"自我Ⅱ"的对抗对象而存在。同时，它也可以作为"自我Ⅱ"的潜在动力不断激发并促进"自我Ⅱ"的表现。可以说，强者诗人的心理防御，便是在"自我Ⅱ"与"自我Ⅰ"的对抗中进行。

布鲁姆观念中的崇高，正是在这两个矛盾对立的层面的对抗中产生。生发于"误读"理论的对抗性崇高，在文学经典论中作为经典的独特品质之一，被布鲁姆广泛运用于对经典作家作品的批评中。他认为，自但丁以降的主要西方经典作家及其作品均具有这一品质，如乔叟、塞万提斯、莎士比亚、歌德，等等。莎士比亚的崇高，被布鲁姆视为文学史上最为丰富多样。他的崇高体现在其塑造的人物的个性方面，如福斯塔夫、哈姆雷特、罗斯林达、奥赛罗，以及伊阿古。雪莱被布鲁姆视为诗性崇高的试金石，而奥斯卡·王尔德则被视为品位崇高的批评家。值得说明的是，在文学经典论中，崇高与审美和文学经典具有一定的可通性。布氏认为，审美产生于文本之间的冲突和对抗[①]，而由审美构成的西方经典，其内涵具有高度的复杂性和矛盾性，已经成为了为生存而相互对抗的文本之间的选择。从这里可以看出，它们是在布鲁姆"新审美"批评的对抗观基础上形成，均来自后辈诗人与前人文本的对抗。从理论建构角度来说，尽管将三者视为同一来源缺乏理论建构的严谨性和科学性，但这与布鲁姆的批评观有着密切关系，是其批评个性化追求的表征。

通过本部分分析可以发现，文学经典论中的陌生性审美与对抗性崇高，均是以"误读"理论为基础建构起来，被视为文学经典的重要特性，体现着布鲁姆对经典的独特认识。此外，对抗作为创作主体的精神姿态，除与审美和崇

---

① ［美］哈罗德·布鲁姆. 西方正典［M］. 江宁康译. 译林出版社，2011，第30页.

高具有密切关系外,对于经典形成来说也起着极为重要的作用。

二、对抗性经典生成

对抗,是布鲁姆自"误读"理论建构时期开始便极为重视的概念。在文学经典论中,不仅诗歌之间是对抗性的,其他文学类型也处于对抗当中。此外,对抗对其经典生成观念来说具有重要的价值意义。布鲁姆认为,经典是在后辈诗人与前人争夺审美的对抗中形成,是经典的自主行为,与外部因素无关。他反对那些从外部因素探讨经典生成的研究方法和研究倾向,将它们统称为"憎恨学派"。在其文学经典论视阈下,以争夺审美而进行的经典生成过程,可以分为两个阶段:一是逆向性影响与超越式焦虑阶段;二是"误读"阶段。这两个阶段,均是在对抗中进行。因此,笔者依据布鲁姆赋予经典生成的特性,将它称为对抗性经典生成。从这一角度进行研究,可以加深对其经典生成的认识与理解。

(一)对抗性经典生成的初始阶段

在布鲁姆的观念中,诗歌史与影响史是密不可分的,而文学经典也是在经典作品的相互影响之下产生。在他看来,只有文学影响的过程,才会产生强有力的经典作品。此外,不仅经典诗歌是焦虑的体现,其他类型的经典作品也是那焦虑本身。[1] 笔者曾论述过,布鲁姆"新审美"批评中的影响,是一种逆向性影响,其焦虑是一种超越式焦虑。两者共同构成了后辈诗人"误读"的内驱力,而"误读"的目的最终是获得审美。如今,回避、压抑审美,已经成为高等教育机构的普遍风气。因此,布鲁姆主张以顽强的对抗姿态捍卫审美。布氏认为,经典的遴选规则是文学精英按照艺术标准建立起来。[2] 也就是说,只有那些具审美价值的作品才能成为文学经典。因此,在他的观念中,经典生成过程便是后辈为争夺审美而与前人文本进行对抗的过程。

文学经典,是经过时间检验并广为大众接受的优秀的文学作品,代表着某

---

[1] [美]哈罗德·布鲁姆. 西方正典 [M]. 江宁康译. 译林出版社,2011,第6页.
[2] [美]哈罗德·布鲁姆. 西方正典 [M]. 江宁康译. 译林出版社,2011,第18页.

一民族文学创作和文学价值的典范，标志着该民族的审美取向以及文学领域的最高成就。在布鲁姆的经典论中，由于前辈及其文本已经获得了经典地位和审美优先权，对后辈来说是一道必须逾越的障碍。且由于后辈对审美和跻身经典有着强烈的欲望，因此他的内心便产生了超越式焦虑。他必须通过"误读"来摆脱逆向性影响，克服并宣泄自身的焦虑。因此，在布鲁姆文学经典论中，经典化的初始阶段便是逆向性影响与超越式焦虑的产生阶段。在他看来，影响与焦虑广泛存在于经典生成的过程中，是经典作家的自主自为行为，并不是由"憎恨学派"所谓的外部因素导致。需要说明的是，布鲁姆反对"憎恨学派"对外部因素的重视，并不代表他否认外部因素在经典生成过程中的作用。布氏认为，艺术家、批评家的自由来自社会冲突，但是审美价值并不等同于社会冲突。审美领域中存在一些固定价值，是在艺术家之间相互影响的基础上建立起来的。这些影响因素包括社会的、心理的和精神的，但其核心还是审美的。[①]由此可见，他反对的并非经典生成中外部因素的作用，而是那些将外部因素置于审美因素之上的研究倾向。

在布鲁姆那里，经典生成的前提条件便是逆向性影响与超越式焦虑的存在。这是在其"误读"理论基础上形成的观念。在"误读"论中，后辈诗人与前人文本的对抗是为获得审美与诗人身份；而在经典论中，这一对抗演变为为审美与经典作家身份而进行的对抗。在《西方正典》中，布鲁姆以维柯循环理论为基础，将26位西方经典作家分别划分至"贵族时代"、"民主时代"和"混乱时代"；在《天才》中，他将原先的26位经典作家扩展至100位，并分别对应于古犹太神秘哲学卡巴拉Sefirot的十种意象；在《影响的解剖》中，布鲁姆更是以逆向性影响为焦点，再一次阐释以莎士比亚为核心的西方经典作家。在对经典作家的划分中，布鲁姆始终以审美为判断基准，以逆向性影响为阐释中心。由此可见，在其文学经典论中，逆向性影响对经典生成来说是尤为重要的一个因素。

逆向性影响象征着审美优先权，是后辈诗人"误读"的动力之一，其

---

① [美]哈罗德·布鲁姆. 西方正典 [M]. 江宁康译. 译林出版社，2011，第19页.

第四章
布鲁姆"新审美"批评的文学经典论

"误读"的目的便是成为这样一种影响。然而,就逆向性影响和超越式焦虑的产生来说,并不是所有后辈均具有这两种"误读"的内驱力。布鲁姆以后辈对两者的克服和宣泄为依据来判定强者和弱者。他认为,"影响的焦虑"使天才振奋、使庸才沮丧,只有强者诗人才会向其前辈进行至死不休的挑战。在他的观念中,强者是那些以坚忍不拔的毅力,通过丰富的想象力与威名显赫的前辈进行对抗的人。天赋较弱者(即弱者)只会亦步亦趋美化前辈,无法通过"误读"与前人对抗。只有强者,才能感受到逆向性影响的存在,并通过"误读"来定义他的父辈;也只有强者,才会对审美和经典具有强烈的爱,产生超越式焦虑。因此,经典生成的另一前提条件,便是强者及其欲望的存在,经典生成则是强者为获得审美和经典身份而与前辈对抗的过程。布鲁姆承认,经典化涉及诸多因素,如社会、心理或精神因素。但他坚持认为,影响经典生成的核心因素是审美,只有审美的力量才能透入经典,而审美的力量来源于战胜传统并使之屈从于己。[①] 这是检验一部作品是否具有经典性的最高标准。因此,布鲁姆的经典生成也可以说是争夺审美的过程。

既然经典生成是为审美而进行的对抗过程,强者可以在争夺审美的过程中通过"误读"跻身经典,那么布鲁姆的经典生成便是一个动态、开放的过程。在他看来,强者诗人善于利用影响和焦虑,在文艺创作中将前人转化到自己的文本中,使其成为一种想象性存在。[②] 强者诗人要么为前人所选,要么选择前人。弗洛伊德主动选择莎士比亚为对抗目标;而海明威、菲茨杰拉德和福克纳,则是为康拉德所选。因此,布氏的经典生成是一个逆向性影响和超越式焦虑作用下的双向选择过程。只要后辈诗人中存在着强者诗人,经典就是一个不断的生成过程,其经典谱系也是一个开放的体系。

如果说,逆向性影响与超越式焦虑是经典化的初始阶段,揭示了经典生成的前提条件,那么"误读"便是对抗性经典生成的重要途径。

[①] [美]哈罗德·布鲁姆. 西方正典 [M]. 江宁康译. 译林出版社,2011,第19,23页.
[②] [美]哈罗德·布鲁姆. 西方正典 [M]. 江宁康译. 译林出版社,2011,第8页.

(二) 对抗性经典生成的途径

布鲁姆认为,诗歌、故事、小说和戏剧产生于对先前文本的反应。[①] 这种反应便是对前人文本的心理防御。心理防御是后辈诗人在逆向性影响作用下,与前人文本对抗的心理防范措施。只有这样,他才不会一味赞扬前人文本,抑制自我的文艺创新。与心理防御同时进行的,是后辈诗人的"误读"。在布鲁姆看来,任何经典作品均是在对前人文本的"误读"基础上产生,是对自身超越式焦虑的内化。"误读"的结果,便是文学的延续和经典的扩容。因此,"误读"既是创作主体克服影响和焦虑的途径,也是经典生成的重要途径。

需要说明的是,经典论与"误读"论中的"误读"既密切相关又有所不同。总体来讲,两者均是在影响和焦虑的驱使下,在对抗中以审美获得为核心,对前人文本进行的创造性"误读"活动,是一种文学创作方式。就"误读"起源、手段和特性来说,两者具有一定的相通性。然而,就"误读"的指涉范围和目的来说,两者却存在着一些差异。"误读"论中的"误读",更多关乎的是诗歌的创作方式和诗人的创作目的。因此在该理论中,后辈诗人的"误读"是为获得审美和诗人身份,谋取个人的生存空间。经典论中的"误读",不再局限于诗歌范畴而是扩展至小说、戏剧以及批评文本等。后辈的"误读",则是为获得审美和经典作家身份。可以看出的是,经典论中的"误读",实际上是"误读"论的延伸与拓展。但作为文学的创作方式,两者并没有本质上的区别。在经典论中,"误读"不仅关乎经典作品的创作方式,也是布鲁姆观念中对抗性经典生成的重要途径。在他的观念中,经典是在对抗中形成的。经典生成的这一特性,自古希腊时期就已经形成。布鲁姆援引朗基努斯的观点,认为柏拉图的哲学生涯便是在与荷马无休止的对抗中进行,荷马本人教授的也是关于对抗的诗学。[②] 布鲁姆的文学经典论,没有同"误读"理论一样,对经典生成进行较为系统的描述。但通过他的经典批评可以发现,经典生成是在与莎士比亚的对抗中通过"误读"实现的。

---

① [美] 哈罗德·布鲁姆. 西方正典 [M]. 江宁康译. 译林出版社, 2011, 第6页.
② [美] 哈罗德·布鲁姆. 西方正典 [M]. 江宁康译. 译林出版社, 2011, 第5页.

第四章
布鲁姆"新审美"批评的文学经典论

　　布鲁姆在《西方正典》中将弗洛伊德视为西方经典作家之一，并通过莎士比亚式的解读来阐释弗氏的经典生成过程。布鲁姆将弗洛伊德视为作家，将其精神分析学视为文学。他的立论依据，是弗洛伊德学说的想象性。在布鲁姆看来，这一点与文学是相同的。布鲁姆指出，莎士比亚是弗洛伊德的重要先驱。在弗氏对莎剧的分析中，最广为人知的是他对哈姆雷特的俄狄浦斯情结的分析。哈姆雷特爱戴并尊崇对其父亲的记忆，对于母亲却有一定保留。弗洛伊德认为，这是由于哈姆雷特对母亲存有占有欲望，同时怀有弑父念头。最终，叔父克劳狄斯替哈姆雷特完成了弑父这一举动。与弗洛伊德不同，布鲁姆认为哈姆雷特并没有俄狄浦斯情结。他复仇时的迟疑，是由其性格意识特点所决定。哈姆雷特的情感过于矛盾复杂，思考的也太过深入，有着深刻的怀疑精神。① 俄狄浦斯情结只是弗洛伊德粗暴"误读"《哈姆雷特》、低估哈姆雷特这一人物的表现。因此，布鲁姆认为弗洛伊德具有明显的哈姆雷特情结。《梦的解析》（1934）以及《舞台上的病态人物》（1905或1906），是弗氏哈姆雷特情结的体现。此外，布鲁姆还认为心理分析是由莎士比亚开启，弗洛伊德仅是心理分析的编纂整理者，而弗氏的精神分析学说则是莎士比亚情结的表现。对弗洛伊德来说，"误读"莎士比亚剧作还不够，他必须对这位先驱进行贬低或诋毁（即"魔化"修正比）。在弗洛伊德的幻想中，莎士比亚被湮没在历史的长河中，变成一个伪造和剽窃的高手。通过"误读"，弗洛伊德在《梦的解析》中创作出自己的《哈姆雷特》，其《性学三论》是《李尔王》，《抑制、症状与焦虑》是《奥赛罗》，《超越快乐原则》则是其《麦克白》。② 在布鲁姆看来，这些均体现着弗洛伊德的逆向性影响和超越式焦虑，也是他对莎士比亚"误读"的表现。

　　除弗洛伊德外，英国小说家乔伊斯也是通过"误读"莎士比亚而成功跻身经典的范例。布鲁姆指出，乔伊斯与莎士比亚的关系是探索其小说奥秘的关键所在。在《尤利西斯》中，乔伊斯将尤利西斯和哈姆雷特巧妙地糅合在一

---

① Harold Bloom, *Hamlet: Poem Unlimited* [M]. New York: Riverhead Books, 2003, pp. 8-9.
② [美]哈罗德·布鲁姆. 西方正典 [M]. 江宁康译. 译林出版社，2011，第308页.

起，使得波尔迪既是尤利西斯又是哈姆雷特国王的灵魂，斯蒂芬则兼任了特勒马库斯和哈姆雷特王子，而波尔迪和斯蒂芬共同形成了乔伊斯与莎士比亚。这种关系表面上看起来含混不清，但布鲁姆认为这恰恰体现着乔伊斯通过"误读"融合莎士比亚于自身这一目的。小说中的利奥波德·布鲁姆是《尤利西斯》的谜团之一，他与莎士比亚的关系是纠缠不清的。莎士比亚如同幽灵一般，降临在与乔伊斯十分相像的布鲁姆身上，因为他最喜欢的莎剧场景就是《哈姆雷特》第五幕中，哈姆雷特王子与掘墓人之间的对话。此外，波尔迪的个性得到了乔伊斯的完整刻画。在布氏看来，这是西方莎士比亚式模仿的最后一个插曲。[①]

从布鲁姆对弗洛伊德和乔伊斯的分析来看，"误读"是他们跻身经典的重要途径。不仅如此，在布氏的经典谱系中，其他西方作家（包括诗人、小说家、剧作家以及批评家等）均被认为是通过对前人文本"误读"得以进入经典之列。可以说，布鲁姆不仅将"误读"视为经典生成的重要途径，甚至还将它等同于经典的生成过程。虽然布氏对经典生成的理解过于简单，但从其立论目的来看，他的观点是有一定的现实针对意义的。

众所周知的是，"后现代文化"思潮的涌起对文学经典造成了巨大冲击。不少学者从反传统、反权威、反本质的角度，对经典进行着颠覆性解构，形成了众多的理论流派，如解构主义、新马克思主义、女性主义以及符号学，等等。这些理论流派的出现，造成了一种"多元文化"共生的局面，打破了以往经典一统天下的格局。它们从政治、性别、种族以及阶级等角度，重新阐释西方的文学经典，认为经典生成是政治权利和意识形态的作用结果。虽然这些倾向拓展了文学研究的视角，却对文学研究造成了一定程度的破坏，特别是对文学审美的破坏。在这些研究倾向的作用下，文学文本与其他类型文本的界限被逐渐抹杀，文学沦为验证理论的场所，审美价值也让位于社会意识形态价值。正是基于这样一种文论背景，布鲁姆才以审美捍卫者的姿态相继出版了《西方正典》、《如何读，为什么读》等经典批评论著。在这些著作中，布氏始

---

① [美]哈罗德·布鲁姆. 西方正典 [M]. 江宁康译. 译林出版社，2011，第341–344页.

终捍卫着文学文本与其他文本的界限,坚持认为经典的价值核心是审美,经典生成是文本和艺术家自为自主的对抗行为。虽然布鲁姆的某些观念有些极端(如"阅读经典不会使人变得更好或更坏","莎士比亚创造了我们",等等),但对那些外部研究倾向来说,却是有力的拨乱反正行为。

三、"新审美"批评的经典谱系

布鲁姆以陌生性审美为评判标准,以对抗性经典生成为基础,建构了以莎士比亚为核心的西方经典谱系。审美、对抗以及主体内化,是这一经典谱系的显著特性,体现着布鲁姆"新审美"批评的独特品质。从《西方正典》至《天才》,布鲁姆的经典谱系逐渐获得了丰富与发展。在《西方正典》中,布鲁姆借鉴维柯《新科学》中对时代的划分方法,省略其"神权时代",以"混乱时代"指称现代社会,将26位西方经典作家分别划分至"贵族时代"、"民主时代"和"混乱时代"。在《天才》中,他将《西方正典》中的26位经典作家扩展至100位,分别对应于古犹太神秘哲学卡巴拉Sefirot的十种意象。需要说明的是,其经典谱系的排列划分,既不是以时间发展脉络和文学思潮为依据,更不是将经典作家简单地罗列,而是以陌生性审美为标准,以作家之间的相互影响为参照确立起来。虽然布鲁姆的经典谱系在其"新审美"批评的形成过程中经历了一些变化,但莎士比亚作为其经典的核心地位却是始终不变的。在布鲁姆看来,莎士比亚是审美价值的最高典范,其作品对后世的影响足可以与《圣经》相媲美。布鲁姆遴选经典作家,也是以他们对莎士比亚逆影响的克服,对莎氏的"误读"程度为参照标准。因此,首先对布鲁姆的莎士比亚评论加以审视,是探讨其经典谱系的前提条件。这样,可以在其莎士比亚评论的参照中,更好地认识其经典谱系。

(一) 莎士比亚:影响与对抗的中心

莎士比亚在布鲁姆文学经典论中有着极其重要的地位,是其观念中审美价值的典范,也是布鲁姆衡量其他作家的标准。在布氏看来,莎士比亚对后世作家有着极为重要的影响,任何后世作家均需要与莎氏进行对抗。莎士比亚不仅创造了众多栩栩如生的虚构人物,还创造了现实中的我们。他不仅是西方的经典，还是世界的经典，是唯一一位在多元文化时代不可不读的经典作家。布鲁姆指出，虽然阅读莎士比亚不能使读者变得更好或更坏，但他可以教导读者如何读懂人性，如何在内省时倾听自我，并为自我的改变作准备。① 对布鲁姆来说，莎士比亚的艺术是一种超越时空限制的普遍性艺术，其审美价值和认知价值最为显著，是除但丁以外的其他西方作家无法比拟的。莎士比亚与但丁，分别代表着陌生性审美的两种标志：但丁代表着不可能被同化的陌生性，莎士比亚则代表着那种成为既定习性而使我们熟视无睹的陌生性。两者之间，莎氏的陌生性更为突出。因为他既是任何人，又不是什么人。②这体现着莎士比亚艺术的普遍性。

布鲁姆认为，如今的莎士比亚评论贬低了他的审美价值，将其降低至英国文艺复兴时期的社会能量层面。在各种莎士比亚评论中，布氏最为反对的是从社会意识形态角度对莎士比亚进行解读。在他看来，不论是马克思主义、弗洛伊德主义，还是德·曼的解构主义批评，都无法阐释莎士比亚。在《影响的焦虑》一书中，他说："我们没有听说过莎士比亚曾经把什么人从当年的权利架构中解脱出来，他也不可能把我们从当今感受到的社会禁锢中解放出来。如果你想从莎士比亚身上发掘什么终极性意义，你将会一无所得，你将会掉进实用主义的陷阱。……莎士比亚超越任何一名纯世俗作家：他对历史的贡献远超过历史对他的造就。"③ 在布鲁姆看来，如果莎士比亚成为经典的中心是社会能量的作用结果，那么，如何解释社会选择莎士比亚而不是本·琼生？布鲁姆指出，社会能量存在于每一个时代，但并不能产生优秀的经典作品。原创性力量虽然会受到社会能量的激发，但它必然来源于极具天赋的个人。④ 因此，"憎恨学派"从社会意识形态角度评论莎士比亚，贬低了莎氏的个人天赋，降

---

① Harold Bloom, *Shakespeare: the Invention of the Human* [M]. New York: Riverhead Books, 1998, pp. 2 - 3.
② [美]哈罗德·布鲁姆. 如何读，为什么读 [M]. 黄灿然译. 译林出版社，2011，第113 页.
③ [美]哈罗德·布鲁姆. 影响的焦虑：一种读诗的理论 [M]. 徐文博译. 江苏教育出版社，2005，第17 页.
④ [美]哈罗德·布鲁姆. 西方正典 [M]. 江宁康译. 译林出版社，2011，第35 页.

第四章
布鲁姆"新审美"批评的文学经典论

低了其美学成就。"憎恨学派"的莎士比亚评论,已经沦为了社会历史文献的注脚而不是对莎氏的文学研究。

莎士比亚非常善于从其对抗对手那里获得启发。布鲁姆认为,莎士比亚的美学成就,是从其与马洛的对抗中通过"误读"获得。布鲁姆推测,马洛是莎士比亚逆向性影响的源泉,是其争夺审美优先权的主要对象。早期的莎剧如《泰特斯·安德罗尼克斯》和《理查德三世》中的摩尔人亚伦,与马洛《马耳他犹太人》中的巴拉巴斯十分接近。然而,当莎士比亚创作夏洛克时,其反派角色的隐喻基础发生了彻底的变化。在布鲁姆看来,这是莎士比亚对巴拉巴斯的重大"误读"。当莎士比亚创作《奥赛罗》时,莎剧中的马洛痕迹已经完全消失。伊阿古与巴拉巴斯的关系,表明莎士比亚成功"误读"了前驱马洛。[1] 通过对抗和"误读"获得的审美,使得莎士比亚成为布鲁姆经典谱系的中心人物,他的感化能力和浸染能力至今无人能比,对戏剧表演和文学批评构成了永久的挑战。不仅如此,在文学创作方面,莎士比亚对后世作家的影响极其深远,是他们逆向性影响和超越式焦虑的源泉,也是他们对抗和"误读"的中心。布鲁姆指出,莎士比亚的诗文是西方传统中最好的诗文,如人物的表现、记忆在认识中的作用、语言的运用等。莎士比亚对这一切驾轻就熟,是任何心理学家、思想家或修辞学家无法比拟的。就对人物心理的解剖及其原创性认知来说,莎氏不仅在文学领域无人可与之匹敌,在心理学和哲学领域依然是无人可战胜的,即便是柏拉图、亚里士多德、康德以及黑格尔等哲学大家也无法与之争锋。因此,在布鲁姆观念中,莎士比亚是所有西方后世作家对抗的中心。虽然布氏没有就莎士比亚与文学传统的关系系统阐述,但从他对莎士比亚的认识与推崇来看,莎氏可以说是开启了布鲁姆观念中的文学传统。这种文学传统,便是在对抗中为获得审美而进行的"误读的传统"。在该传统中,莎士比亚成为所有西方后世作家逆向性影响的来源。那些对审美和经典身份有着超越式焦虑的后世作家,若想跻身这一传统,必须与莎士比亚的影响抗争,并通过"误读"内化这一影响,宣泄超越式焦虑。

---

[1] [美]哈罗德·布鲁姆. 西方正典[M]. 江宁康译. 译林出版社,2011,第7页.

确立莎士比亚的经典地位以后，布鲁姆将所有西方经典作家放置在与莎氏的关联中加以审视，建构了其观念中的西方经典谱系。这一谱系是一份"幸存者"名单。这些"幸存者"，均是在与莎士比亚的对抗中得以跻身经典的西方作家。布鲁姆的西方文学经典谱系，充分体现了其"新审美"批评的特质，是一份以对抗、审美和主体内向为主要特性的谱系。

（二）"幸存者"名单：西方经典谱系

布鲁姆"新审美"批评的经典谱系，最初见于《西方正典》（1994），经《天才》（2002）扩展至100位西方经典作家。笔者按其历时性发展顺序，将它划分为两个阶段，即阶段Ⅰ（《西方正典》阶段）和阶段Ⅱ（《天才》阶段）。虽然这两个阶段的经典谱系，均是在以莎士比亚为经典核心的基础上建构起来，但两者在谱系建构的范式方面有所不同。经典谱系阶段Ⅰ，是以维柯三段式循环理论为基础建构起来；而经典谱系阶段Ⅱ，则是以古犹太神秘哲学卡巴拉 Sefirot 的十种意象为基础。谱系建构范式的变化，体现着布鲁姆"新审美"批评发展演变的特色。布氏在后期批评实践中，将关注视域集中在文学批评与宗教批评的互证互鉴层面上。《天才》阶段的经典谱系，便是布氏在这一方面的探索结果，而新著《伟大巨石的阴影》（2011）则是它的最新研究成果。

布鲁姆在经典谱系阶段Ⅰ中，将文学经典划分为三个时代，即"贵族时代"、"民主时代"和"混乱时代"。三个时代的划分以维柯《新科学》中的社会历史三段论为基础。维柯将社会历史划分为"神权时代"、"英雄时代"和"人的时代"。在"神权时代"中，神通过神谕或预兆来统治宇宙；"英雄时代"指的则是贵族统治下的英雄们；而"人的时代"则是君主专制的政体和民权时代的开始。[1] 尽管布氏没有对其时代划分依据作出说明，但从其对入选作家的评论来看，他择取了维柯时代划分的精神内涵，按照其观念中经典作家的不同等级，分别对应到"贵族时代"、"民主时代"和"混乱时代"当中。

---

[1] [意] 维柯. 新科学 [M]. 朱光潜译. 商务印书馆，1989，第28页.

第四章
布鲁姆"新审美"批评的文学经典论

在这三个时代中，布鲁姆以 26 位经典作家为例论述其作品的经典性。这些作家是莎士比亚、但丁、乔叟、塞万提斯、蒙田、莫里哀、弥尔顿、约翰逊博士、歌德、华兹华斯、奥斯丁、惠特曼、迪金森、狄更斯、乔治·艾略特、托尔斯泰、易卜生、弗洛伊德、普鲁斯特、乔伊斯、沃尔夫、卡夫卡、博尔赫斯、聂鲁达、佩索阿以及贝克特。从时间跨度来说，"贵族时代"始于 13 世纪末终于 19 世纪中叶，"民主时代"始于 19 世纪初终于 20 世纪初，而"混乱时代"则始于 19 世纪末终于 20 世纪末。三个时代凝聚了布鲁姆观念中西方经典的精髓，构成了一个相对完整的经典谱系。

经典谱系阶段 I 以"贵族时代"为起点，属于这一时代的经典作家有莎士比亚、但丁、乔叟、塞万提斯、蒙田、莫里哀、弥尔顿、约翰逊博士和歌德。虽然其"贵族时代"在指称意义上与维柯的"英雄时代"相同[①]，但其精神内涵方面却与"神权时代"相通。维柯的"神权时代"被略而不论，笔者以为原因有二。第一，在布鲁姆观念中，《圣经》一类的宗教文本与文学文本没有本质区别。两者均以想象性为本体特征，是创作主体的"误读"产物。在他的宗教批评中，布鲁姆常以宗教文本和文学文本互证的方式阐述他的文学观点。例如，他认为《圣经》和《J》中的耶和华，同哈姆雷特一样是修辞和意象的结合体，体现着作家的原创性。[②] 第二，这一时代的经典作家，以莎士比亚为起点以歌德为终结，代表着布鲁姆观念中西方文学传统的精髓。从这一时期的入选作家来看，有剧作家、诗人、散文家和批评家。可以说，他们是布氏观念中后世作家的创作典范，既是其逆向性影响的重要来源，也是"误读"的主要对象，尤其是莎士比亚。布鲁姆对莎氏的比喻性描述，是"他创造了我们"。这一谱系阶段的莎士比亚有一定的寓意。同"神权时代"中的神一样，莎士比亚对后世有着极其重要且深远的影响，是后世作家逆向性影响的来源。虽然莎士比亚受到马洛、乔叟和蒙田的影响，但更为重要的是他给予后世

[①] 维柯的"英雄时代"又可称为"贵族时代"。详见维柯.《新科学》[M]. 朱光潜译. 商务印书馆，1989 年，第 28 页。

[②] Harold Bloom and David Rosenberg, *The Book of J*[M]. New York: Grove Weidenfeld, 1990. p.2.

作家的逆向性影响。从类比意义上说，布鲁姆的"贵族时代"与维柯的"神权时代"，只是表述使用不同，在内涵所指方面并没有本质区别。

布鲁姆"民主时代"的所指与维柯的"人的时代"有一些区别。"人的时代"更多的是从社会政治体制角度而言，而"民主时代"更多的是指布鲁姆观念中文学经典发展的分水岭，标志着"贵族时代"的终结和现代文学的开端。布氏将这一时代称为"民主时代"，是在类比意义上择取维柯"人的时代"中关于现代社会的这一喻义。这一阶段的作家有华兹华斯、奥斯丁、惠特曼、迪金森、狄更斯、乔治·艾略特、托尔斯泰以及易卜生。就经典谱系阶段Ⅰ来说，"民主时代"起着重要的桥梁作用。在布鲁姆看来，西方经典的抒情诗歌有两位创新者——彼特拉克和华兹华斯。彼特拉克开启了"贵族时代"的抒情诗，经由歌德达到极致；而华兹华斯则开启了现代抒情诗，其诗歌主题是男女主人公本人，是对诗歌的一种祝福（blessing）。① 布鲁姆将华兹华斯视为开启"民主时代"的第一人，这是因为华兹华斯的抒情诗是以自我记忆来填补诗歌创作领域的空白。② 同其他伟大的经典作家一样，华兹华斯同样感受着其先驱的影响，特别是弥尔顿和莎士比亚。华兹华斯开启的现代诗，对其后世作家同样存在着逆向性影响，尤其是乔治·艾略特、普鲁斯特以及贝克特。除抒情诗外，"民主时代"的另一显著成就是小说。这一时代的小说大师不计其数，有奥斯丁、司各特、狄更斯、司汤达、巴尔扎克以及托尔斯泰。其中，狄更斯被认为是这一领域的佼佼者，即便是托尔斯泰也难以望其项背。狄更斯的艺术成就，体现在对浪漫传奇体裁的挑战，使传说故事像社会现实主义的传奇一样被讲述。在其代表作《荒凉山庄》中，狄更斯以莎士比亚的方式描绘着主人公艾斯特的心理变化，是狄更斯的一部杰作。他创造的财富，可以与乔叟和莎士比亚相媲美。布鲁姆甚至认为，也许只有狄更斯，在世界性影响方面可以与莎士比亚一较高低。他的作品近乎成为了某种宇宙神话，其读者遍及全球。同莎士比亚的剧作、《圣经》和《古兰经》一样，他的作品代表了真正的

---

① 布鲁姆的"祝福"，指的是华兹华斯对主体性的探索和重视.
② ［美］哈罗德·布鲁姆. 西方正典［M］. 江宁康译. 译林出版社，2011，第191页.

第四章
布鲁姆"新审美"批评的文学经典论

文化多元主义。

"混乱时代"是布鲁姆"新审美"批评经典谱系阶段Ⅰ的最后一个时代。这一时代的经典作家有弗洛伊德、普鲁斯特、乔伊斯、沃尔夫、卡夫卡、博尔赫斯、聂鲁达、佩索阿以及贝克特。在这些经典作家中，较为重要的是弗洛伊德、普鲁斯特、乔伊斯和卡夫卡，他们的个人风格代表着这一时代的文学精神。布鲁姆在审视这些经典作家时，经常将他们放置在与莎士比亚的比照中探讨，认为他们是在与莎士比亚的对抗中得以跻身经典。在他看来，莎士比亚一直萦绕着弗洛伊德，而弗氏在交谈和写作时总是有意无意地援引或"误读"莎士比亚。因此，弗洛伊德是散文化的莎士比亚。莎氏对他的影响比《圣经》大得多，是他不愿承认的父辈，而弗氏将《哈姆雷特》与米开朗基罗的《摩西》联系在一起，是其内心焦虑的体现。普鲁斯特的艺术才能中，最为突出的是他刻画人物的能力，其《追忆似水年华》是对莎士比亚《往事追忆》的挑战。普鲁斯特在描写性嫉妒方面，可以与莎士比亚相媲美。乔伊斯将莎氏视为引路人，并在《尤利西斯》和《芬妮根守灵》两部小说中不断指涉莎士比亚。然而，两部小说中的莎士比亚是不同的。《尤利西斯》中的莎士比亚是一个圣灵，而《芬妮根守灵》中的莎氏则成为他的嫉妒对象。因此，布鲁姆认为乔伊斯对莎氏的焦虑是不言而喻的。

如果说经典谱系阶段Ⅰ，是布鲁姆勾勒其观念中文学经典史的初步尝试，那么经典谱系阶段Ⅱ可以说是在阶段Ⅰ谱系基础上的纵深发展。在阶段Ⅱ中，布氏以卡巴拉 Sefirot 的十种意象为谱系模式，将100位西方经典作家置入其中加以探讨。这一谱系体现着他将宗教批评与文学批评相结合的探索性尝试。与阶段Ⅰ的经典谱系不同，布鲁姆在《天才》中对阶段Ⅱ经典谱系进行了系统说明。Sefirot 指的是上帝的光辉从一个无限的中心向有限的四周扩散，是现实得以建构的中心。布鲁姆在类比意义上，将它视为逆向性影响的代名词，同时也把它看作文学传统。Sefirot 的十种意象，即 Keter（最高王冠）、Hokmah（智慧）、Binah（才智）、Hesed（爱）、Din（判断力或活力）、Rahamin 或 Tiferet（美或激情）、Nezah（胜利或持久的忍耐力）、Hod（辉煌）、Yesod（建构）以及 Malkhut（王国），被视为文学发展（从莎士比亚至拉尔夫·艾莉森）的十个阶段。每一阶段的经典作家，按照不同等级，又被划分成两组。

　　Keter 是 Sefirot 的意象之首，象征着"王冠"。因此，布鲁姆将莎士比亚置于该意象第一组作家之首，象征着世俗经典的核心。除莎士比亚外，塞万提斯、蒙田、弥尔顿和托尔斯泰同属于这一组作家群（Luster）。布鲁姆将他们与莎氏并置第一组作家的依据，是他们在不同文体方面的贡献。塞万提斯被视为小说的奠基人，蒙田是第一位散文家，弥尔顿是史诗的再创造者，而托尔斯泰是史诗与小说相结合的第一人。Keter 意象的第二组作家，包括卢克来修、维吉尔、圣·奥古斯丁、但丁和乔叟。除卢克来修外，其他四位作家的排列顺序是按照他们相互影响的顺序排列。与阶段Ⅰ经典谱系的"贵族时代"相同，Keter 包含的两组作家代表着西方文学传统的精髓，是后世作家逆向性影响的来源。

　　Hokmah 是 Sefirot 的第二个意象，意指"智慧"。布鲁姆将它视为"智慧文学"的隐喻，将苏格拉底、柏拉图、耶和华、圣·保罗以及穆罕默德划分至"智慧文学"的第一组。Hokmah 意象的第二组，包括约翰逊博士、传记作家鲍斯威尔、歌德、弗洛伊德以及托马斯·曼。在布鲁姆看来，这两组经典作家代表着"世俗智慧"，能够启发世人，是仅次于 Keter 作家群的经典作家。

　　Binah 象征着接受意义上的"才智"，是通往 Hokmah（智慧）的重要意象。布鲁姆将尼采、克尔凯郭尔、卡夫卡和贝克特归为 Binah 的第一组作家群，将莫里哀、易卜生、契科夫、王尔德以及皮兰德娄视为第二组作家。在布鲁姆看来，他们是最为接近"智慧文学"的经典作家。

　　Hesed 象征着来自上帝或世俗男女的"爱"。布鲁姆将那些以讽刺见长的作家置入这一意象，并按其不同等级排列先后顺序，如约翰·邓恩、亚历山大·蒲柏、乔纳森·斯威夫特、简·奥斯丁和紫式部夫人[①]。布鲁姆指出，这些作家是以讽刺手法传递着他们对世人的"爱"。因此，他们属于 Hesed 的第一组作家群。隶属于第二组的作家，如霍桑、麦尔维尔、勃朗蒂姐妹和沃尔夫，是以表现"爱欲"，特别是对契约的痛苦（anguish of covenant）的经典作家。

---

①　紫式部夫人（978—1016），日本平安时代的女文学家，代表作《源氏物语》.

第四章
布鲁姆"新审美"批评的文学经典论

　　Din 意指"判断力"或"活力"。布鲁姆首先将美国先知诗人划分至该意象的第一组,如爱默生、迪金森、弗罗斯特、斯蒂文森以及 T. S. 艾略特。他认为,这些作家代表着美国清教主义的一个分支,预示着美国文学的未来。紧随其后的第二组作家有华兹华斯、雪莱、济慈、丁尼生以及莱奥帕尔蒂①。他们象征着充满活力的想象力,是"高浪漫主义"的代表人物。

　　Rahamin 或 Tiferet 象征着"美"或"激情"。布鲁姆将唯美主义运动的代表人物,如斯文伯恩、罗塞蒂、佩特以及霍夫曼斯塔尔置入第一组作家群,而将法国浪漫主义的主要诗人,如雨果、内瓦尔、波德莱尔、兰波以及瓦莱里归为第二组作家群。

　　第七个意象 Nezah 象征着"上帝的胜利",或"不可战胜的忍耐力"。三位史诗作家被归入第一组,即荷马、路易·德贾梅士②和乔伊斯。紧随其后的,是阿莱霍·卡彭铁尔③和奥克塔维奥·帕斯④。第二组作家在象征"胜利"方面要逊于第一组,但在表现"忍耐力"方面要优于第一组作家。他们包括司汤达、马克·吐温、福克纳、海明威、奥·康诺。这些作家同时也是讽刺作家。

　　Hod 象征着"具有预知的辉煌"。布鲁姆将惠特曼,以及受其影响的四位诗人费尔南多·佩索阿⑤、克莱恩、弗莱德里克·洛尔加⑥和路易斯·塞尔

---

① 莱奥帕尔蒂 (1798 – 1837),意大利十九世纪著名浪漫主义诗人,代表作有《暴风雨后的宁静》、《致月亮》、《无限》.
② 路易·德贾梅士 (1524 – 1580),葡萄牙诗人,被誉为"葡萄牙国父",代表作《路济塔尼亚人之歌》.
③ 阿莱霍·卡彭铁尔 (1904 – 1980),古巴小说家、散文家、文学评论家、新闻记者和音乐理论家,代表作《人间王国》.
④ 奥克塔维奥·帕斯 (1914 – 1998),墨西哥诗人、散文家,1990 年诺贝尔文学奖获得者,代表作《太阳石》、《假释的自由》等.
⑤ 费尔南多·佩索阿 (1888 – 1935),葡萄牙诗人,代表作《她在唱,可怜的割麦人》、《脚手架》.
⑥ 弗莱德里克·洛尔加 (1898 – 1936),西班牙诗人,代表作《诗篇》、《歌集》、《吉卜赛谣曲集》以及长诗《伊格纳西奥·桑切斯·梅希亚斯挽歌》等.

努达①置入这一意象的第一组。布鲁姆认为，他们的诗歌有一定的预知能力。Hod 除象征"辉煌"外，还象征着"道德辉煌"。因此，布鲁姆将乔治·艾略特、薇拉·凯瑟、伊迪斯·沃顿、菲茨杰拉德和埃利斯·默多克归为第二组作家群。

Yesod 意指"建构"，一种繁衍的能力。布鲁姆将福楼拜、奎罗斯、马查多·德·阿西斯②、伯吉斯、卡尔维诺列入第一组作家，认为他们具有精湛的叙事技巧。第二组作家属于布氏观念中极具活力的作家，有布莱克、劳伦斯、田纳西·威廉斯、里尔克以及蒙塔莱。

Sefirot 中的最后一个意象是 Malkhut，它象征着超越性别的"王国"。作为 Sefirot 诸意象的桥梁，只有通过 Malkhut 才能抵达其他意象。布鲁姆将那些在作品中创造出属于自我世界的作家，归入该意象的第一组，如巴尔扎克、刘易斯·卡罗尔、亨利·詹姆斯、罗伯特·布朗宁以及叶芝。狄更斯、陀思妥耶夫斯基、巴贝尔、保罗·策兰③以及拉尔夫·艾莉森则被列入第二组作家群。

由于经典谱系阶段Ⅱ的建构模式以卡巴拉 Sefirot 的意象为基础，因此在类别以及对作家的划分方面，要比经典谱系阶段Ⅰ更为细致化，也更具有体系性。这一阶段的经典谱系，不仅将经典谱系阶段Ⅰ中的经典作家作品囊括在内，还包括了不同国别民族、不同时期的作家作品，充分体现了布鲁姆建构他观念中的文学经典史的尝试。虽然两个阶段的经典谱系的建构模式和基础不同，但遴选作家的标准却是始终如一，即以莎士比亚为核心，以逆向性影响为参照。布鲁姆建构其经典谱系，是针对 20 世纪西方的颠覆/解构/重构经典运动而进行的。打开经典和重构经典成为这一运动的诉求。以往被排除在外的作家，由于其作品中的意识形态和种族性别等因素被奉为经典，在大学讲堂中广

---

① 路易斯·塞尔努达（1902 - 1963），西班牙流亡诗人，著有《墙后藏着》、《晚礼服下的悔恨》、《多悲伤的喧嚣》.
② 马查多·德·阿西斯（1839 - 1908），巴西小说家，代表作《加西亚小姐》、《海伦》、《复活》.
③ 保罗·策兰（1920 - 1970），犹太诗人，代表作《死亡赋格》.

第四章
布鲁姆"新审美"批评的文学经典论

为传播。布鲁姆反对这种以非审美因素为判断标准的重构经典的倾向和趋势。因此，他在经典批评著作中，以莎士比亚的审美价值和认知价值为判断标准，建构起他观念中的西方经典谱系，具有一定的现实针对意义。

四、经典阅读：对经典的内向性吸纳

在布鲁姆"新审美"批评的经典论中，推广经典的阅读方式是布氏捍卫经典、普及经典的重要途径之一。一般来说，文学经典的延续，并非仅取决于专家学者的理论著述，更为重要的是大众读者的阅读。只有这样，经典的生命力才会得以保障，其价值才能得以彰显。正是基于这一点，布鲁姆才在《如何读，为什么读》、《英语的伟大诗歌》等著作中，广泛推广他观念中的经典阅读方式。这也是他深受大众读者喜爱的原因之一。[1] 在《如何读，为什么读》中，布鲁姆为经典阅读列出了五个原则，指出文学经典的自我认知价值，将"如何读"与"为什么读"指向读者的内心世界。因此，布氏的经典阅读方式是对文学经典的一种内向性吸纳，读者的阅读方式也是对经典的一种内化。

（一）经典内化原则

布鲁姆的经典阅读，是以接受主体对经典的内向性吸纳为主的阅读方式。经典内化的提出，体现着他对当代文论生态环境和发展趋势的敏锐性和警惕性。西方文论发展到 20 世纪，理论界一片繁荣，各种理论学说争相登场。然而，繁荣的表象遮蔽了潜伏的危机。有论者指出，"强制阐释"是 20 世纪西方文学理论的基本特征和根本缺陷之一。"强制阐释"指的是背离文本话语，以前在立场和模式，对文本和文学作符合论者主观意图和结论的阐释。强制阐释有四种基本特征，即场外征用、主观预设、非逻辑证明和混乱的认识途径。[2] 该论者对当代西方文论的看法，与布鲁姆较为相似。场外征用、主观预设和混乱的认识途径，是布鲁姆极力反对的。

---

[1] Alan Rawes and Jonathon Shears, *Reading, writing, and the influence of Harold Bloom* [M], Manchester: Manchester University Press, 2010, p.2.
[2] 张江. 强制阐释论 [J]. 文学评论. 2014, 6.

133

布鲁姆认为，当今时代的阅读已经分崩离析，罪魁祸首便是"憎恨学派"。他反对"憎恨学派"的原因，是因为它们从文学场域以外移植非文学性理论，带有强烈的主观预设意图，从非文学理论出发强行证明文学是社会道德和意识形态。布鲁姆反对的不是意识形态本身，也不否认文学具有意识形态和道德说教功能，而是反对从意识形态或其他非文学性角度阐释文学，忽视文学的审美价值与认知价值。这种阐释，使阅读过程失去了审美体验的乐趣，剥夺了读者自我成长的权利，使阅读沦为枯燥无味的理论验证行为。从这一角度来看，布鲁姆对"憎恨学派"的排斥，或者说对当时文论生态环境和发展趋势的警惕，已经预示了西方"后理论"时代理论反思的到来。"憎恨学派"将文学理论、文学批评，以及阅读愈加变得专业化，成为象牙塔里的学问。在某种程度上，这不仅脱离了文学研究，更加脱离了社会大众需求。如果这一倾向持续下去，文学的生命力与价值便会遭到破坏。因此，在经典阅读这一问题上，布鲁姆始终以大众内心需求为旨归，以审美价值为视域焦点。也许只有这样，文学在媒体图像盛行的当代社会才有持续下去的可能。

就"如何读"而言，布鲁姆提出了接受主体内化经典的五个基本原则：一是清除头脑中的虚伪套话；二是不要试图通过阅读改善身边的人；三是学者是一根蜡烛，所有人的爱和愿望会点燃它；四是要善于读书，必须成为一个发明者；五是恢复反讽。这些原则，是布氏在培根、约翰逊博士和爱默生学说基础上形成，体现着其"新审美"批评的观念主张。

经典内化原则一："清楚你头脑里的虚伪套话。"

布鲁姆指出，专业化读书方式的可悲之处，在于使读者难以体会到青少年时期的阅读乐趣。就如何改善阅读而言，布鲁姆建议读者远离大学。因为，如今大学教授的阅读不再以获得审美乐趣为目的，而是将阅读变得专业化、机械化。布鲁姆所谓的"专业化"，指的是学院派批评教授的阅读方式，即从道德、政治、历史以及意识形态角度进行阅读。因此，他提出的第一个内化经典原则，便是从约翰逊博士那里借鉴过来的"清楚你头脑里的虚伪套话"。这一原则，是五个原则中的首要原则，是其他原则有效实施的前提条件。"虚伪套话"是指学院派批评教授的阅读方式。在布鲁姆看来，他们在教授读者用

第四章
布鲁姆"新审美"批评的文学经典论

"欣赏维多利亚时代女人内裤"的方式,来取代狄更斯和勃朗宁,而适合阅读的诗歌已经被代表文化的紧身衣取代。这里,布鲁姆是用比喻性话语批评学院派,认为他们舍本逐末,忽视了文学的自身价值和本体特性。

布鲁姆反对学院派批评,主要原因在于两者的文学立场和批评观念不同。在他看来,审美是文学经典的根本属性,只有审美力量才能透入经典。然而,回避或压抑审美是如今大学的风气,谁要声称审美无关乎意识形态和形而上学,就会被视为一个怪人。① 因此,他将拥护文学的政治和道德价值的学院派,视为文学审美价值的最大敌人。不仅如此,即便是那些从政治道德和意识形态角度捍卫经典的人,同学院派批评一样会对审美造成极大的伤害。此外,学院派批评将文学视为社会意识形态的斗争场所,将文学批评看作改良社会的途径。这也是布鲁姆极力反对的。他以弗兰克·伦屈夏讲授《坛子轶事》为例,对这一现象进行了强烈批判。伦屈夏教授坚信学术意识形态可以变革社会,他将该诗解释为一首政治诗,认为它宣扬的是社会统治阶级的观念。布鲁姆不无讥讽地反驳道,"摆放坛子的艺术与插花艺术相通,所以我不知为什么伦屈夏不出一本少有分量的书来论述插花艺术政治学,并以《爱瑞尔与我们时代的花》为题。"② 因为在他看来,以社会正义的名义进行文学批评,并不是批评家的责任。文学批评始终是一种以鉴赏文学审美为主要目的的个体行为,不能直接促进社会风气的改良完善。因此,对作为接受主体的读者来说,经典内化的关键便是剔除学院派批评倡导的阅读方式。

经典内化原则二:"不要试图通过你读什么或你如何读来改善你的邻居或街坊。"

经典存在的原因是人生有涯,而要读的书却前所未有的多。每一位经典作家的经典作品,都值得读者用一生的时间去反复阅读。在有限的时间内去阅读浩如烟海的经典作品,对读者的心灵和精神来说已经是一个无比浩大的工程。如果带有某种功利主义或行动主义的目的来阅读,那么读者就需要耗费过多的

---

① [美]哈罗德·布鲁姆. 西方正典 [M]. 江宁康译. 译林出版社,2011,第8,19页.
② [美]哈罗德·布鲁姆. 西方正典 [M]. 江宁康译. 译林出版社,2011,第2页.

时间和精力。这样，他就没有足够的时间通过阅读来增强自我心灵。

这一原则是原则一中某些观念的延伸。"虚伪套话"中，包含学院派倡导的以文学促进社会改革的观念。这是布鲁姆反对的。在布氏看来，不仅是促进社会改革，改善他人同样不是阅读经典的目的。因此在原则二中，他继续倡导不要以改善他人为目的来阅读。可以看出的是，布鲁姆较为注重作为个体的人，是其个人主义价值观的体现。这一观念直接来自爱默生的超验个人主义。在爱默生看来，个人的价值主要在于人的个性，个人就是世界，世界是为个人而存在。[1] 其个人主义对美国文化的直接影响，便是以个体利益为核心的实用主义的产生。布鲁姆秉承爱默生的个人主义，认为阅读为自己而读，而不是为他人的利益而读。因此，他建议读者不要以改善邻人为阅读目的。

经典内化原则三："一个学者是一根蜡烛，所有人的爱和愿望会点燃它。"

这一原则同样来自爱默生。布鲁姆认为，读者首先是为自我利益而阅读，是一种自利自为的行为。阅读经典既不能使人变得更好或更坏，也不能使公民更为有用或更为有害。也就是说，阅读并不能直接改变任何其他人，只能使读者为自我改变作出准备，增强自我的心灵力量。然而，这并不意味着阅读不能通过读者的自我改变而间接影响他人。在布鲁姆看来，只要成为一名"真正的读者"（real reader），就会成为启迪他人的"蜡烛"。布鲁姆的"真正的读者"，指的是懂得阅读是一种自为自利行为的个体。只有这样的读者，才会在阅读中增强自我精神，才会对他人起到间接影响的作用。

这一原则的提出，可以说是对原则二的补充说明。原则二是继原则一后，针对学院派而提出的观念。它否认阅读会直接影响、改变他人，声称阅读是自利自为的行为。这并非表明布鲁姆的经典阅读是一种自私自利的行为。布鲁姆曾将格特鲁特·斯泰因的"写作是为自我和他人而作"，改写成"阅读是为自我及陌生人而读"。[2] 仔细研读布鲁姆的相关论著后发现，布氏是将启迪他人视为自我完善的一种"溢出"，而不是学院派那种对他人的"灌输"。可以这

---

[1] 刘宽红. 从超验主义走向个人主义：爱默生对美国文化的影响 [J]. 江淮论坛，2006，3.
[2] [美]哈罗德·布鲁姆. 西方正典 [M]. 江宁康译. 译林出版社，2011，第8、28页.

第四章
布鲁姆"新审美"批评的文学经典论

样来理解布鲁姆的这一阅读原则:在有限的生命中,如果读者不能懂得阅读是自我完善行为,那么他怎么能在阅读中专注于自我的精神升华,怎么可能教授他人怎样去读?如果读者不能自我完善,那么他又怎么可能去启迪他人,促使他人进行改变?在布鲁姆的观念中,学院派批评教授的阅读方法,忽视了文学的审美价值和个体利益。这既不能有益于文学研究,更加不利于经典发挥其应有的效应。正如布鲁姆所说,"除非你变成你自己,否则你又怎会有益于别人呢?"[①] 布氏一生坚持用他自己的方式阅读文学、阐释文学,而陌生人的来信使他更加确信他的阅读方式是正确的。[②]

经典内化原则四:"要善于读书,我们就必须成为一个发明者。"

这一原则源于爱默生。布鲁姆将爱默生的"创造性阅读"解释为"误读"。既然布氏的阅读是一种自为自利的行为,那么"误读"便是实现自我完善的最佳途径。在他看来,莎士比亚包含阅读的一切原则,是其阅读原则的试金石。莎氏剧作不同一般之处,在于其认知力量。布鲁姆指出,阅读往往是追求一颗比我们自己更为原创的心灵。

这里可以看出的是,原则四有两层意思:其一,阅读中最为重要的原则,是"创造性阅读",即"误读"。虽然这一原则来自爱默生,但它体现着布鲁姆"误读"理论的精髓。在他的观念中,审美的获得方式、文学的创作方式以及文学的批评方式是同一的,均是从事不同文学活动的主体通过"误读"来实现。然而,"误读"不仅关乎创作主体,对接受主体也是适用的。阅读这种阐释行为,也是布鲁姆观念中的"误读"行为。其二,既然莎士比亚是通过"误读"前辈而获得审美的典范,那么"误读"自然成了阅读的最高法则。布鲁姆指出,莎士比亚取得至高无上的美学成就,具有比任何西方作家更多的原创性和认知力量。这主要归功于他对前辈的"误读"。那么,读者通过阅读莎士比亚的"误读",就能获得莎士比亚般的认知力量,从而增强自我精神的力量。

---

① [美]哈罗德·布鲁姆. 如何读,为什么读 [M]. 黄灿然译. 译林出版社,2011,第214页.
② [美]哈罗德·布鲁姆. 西方正典 [M]. 江宁康译. 译林出版社,2011,第8,18-19页.

经典内化原则五："寻回反讽。"

在布鲁姆看来，当今批评学院派推崇意识形态，不利于理解和欣赏文学经典的反讽。他认为，20世纪伟大作家中最具有反讽性的托马斯·曼，其作品中的反讽已经被学术界弃之不理。对其传记的书评，几乎均集中在讨论他的同性恋倾向。似乎只有这样，才会引起读者的兴趣，在大学课程中占有一席之地。这与讨论莎士比亚的双性恋倾向极为相似。布鲁姆指出，如果不去复兴有关反讽的意识，那么我们失去的不仅是想象性文学，还将失去专注的心灵以及维系辩证对立理念的能力。反讽的丧失，便是阅读的死亡，也是人类天性中宝贵教养的死亡。因此，"寻回反讽"便是布鲁姆经典内化的最后一个原则。

反讽，是能指和所指之间矛盾性的体现，即说一件事指另一件事。文学经典中的反讽，体现着创作主体心灵的专注度和辩证对立的思维能力，这是经典作家精神才智的体现。对布鲁姆来说，内化这种精神才智，可以清楚接受主体头脑中批评学院派的虚伪套话，使其像蜡烛一样炽烈地燃烧起来。对反讽的内化，最终会使接受主体的心灵力量得到增强。虽然每一时代均有其特有的反讽，但莎士比亚的反讽是西方文学中最为全面，也是最为辩证的。从某种意义上说，"寻回反讽"也就意味着阅读莎士比亚的反讽。

通过对布鲁姆经典内化五个原则的分析发现，每一原则均是为提升主体的心灵或精神力量为目的。这与布氏观念中经典的价值具有密切关系，涉及"为什么读"。

（二）经典内化的目的与功用

在布鲁姆的"新审美"批评中，接受主体内化经典的目的，与其观念中经典的价值是密不可分的。就接受主体而言，经典具有认知价值，阅读经典可以让读者为自我改变作出准备。他观念中的"改变"，包括孤独与死亡。在布鲁姆看来，我们在现实生活中能够认识的人非常有限，人与人之间的友谊也十分脆弱，容易受到时间和空间等不如意事情的打击。因此现实中的人是孤独的，而阅读则是具有治疗作用的乐趣之一。人的生命有限，需要读的书却如此之多。布鲁姆建议读那些反复被人们阅读的书。阅读这些书，可以使读者增强自我心灵的力量，为自我改变做好准备，与孤独和死亡对抗并获得崇高般的乐

第四章 布鲁姆"新审美"批评的文学经典论

趣。在布鲁姆看来，文学经典的这些价值功用，便是读者内化经典的目的。

首先说增强自我心灵的力量。如前所说，布鲁姆认为，我们在现实生活中能够认识的人非常有限，容易受到种种不如意事情的打击。因此，孤独是人类常见的标记。阅读被视为为实现自我利益的一种孤独的习惯。"自我利益"便是增强自我心灵的力量和扩展自我的意识。这是阅读经典能为读者带来的首要功用。那么，怎样阅读才会增强心灵力量？这里包含两个步骤：其一，采纳布鲁姆提出的五个原则；其二，通过阅读学会自我倾听。以对《哈姆雷特》的阅读来说，读者不能从社会、道德、政治等角度对其进行解读，要学会在倾听剧中人物的独白时听到自己的声音，从戏剧人物的内省中学会内省的方式。在布鲁姆看来，哈姆雷特王子如今成为智力的代表，是所有虚拟人物中心智最为复杂的人物。通过聆听他的独白，读者可以学会如何跟自己说话，意识到不断增长的内在自我，扩张自我心智和精神。这样，读者就可以在聆听中，获得心灵力量的增长，学会面对孤独。

再说为自我改变而作准备。布鲁姆认为，阅读的一个功用就是为自我改变而作出准备。最终的改变对任何人来说都是无法避免的。"最终的改变"，喻指生命的终结。在布氏看来，重读最值得重读的东西，将使读者回忆起是什么增强了他的精神力量。这里，"值得重读的东西"指的便是文学经典。阅读经典可以增强主体的精神力量，去面对那无法避免的死亡，摆脱时间的独裁。看电视、玩电脑等娱乐活动，并不能增强主体的精神力量，而阅读《李尔王》一类的经典著作，却可以使读者明白"我们必须忍受死亡，甚至把它当成出生来忍受。"① 文学经典是成功摆脱死亡的佳作，使经典作家摆脱了时间和空间的束缚。他们已经成为《旧约》意义上的天恩，将更多的生命注入没有边界的时间中。② 因此，阅读那些使作家摆脱死亡的文学经典，可以使读者感受那种超越时空束缚的精神力量，为自我改变（包括死亡）做出充分准备。"充分准备"意味着，接受主体在得到自我精神力量的成长后，能够面对并正视

---

① ［美］哈罗德·布鲁姆. 如何读，为什么读［M］. 黄灿然译. 译林出版社，2011，第7页.
② ［美］哈罗德·布鲁姆. 如何读，为什么读［M］. 黄灿然译. 译林出版社，2011，第14页.

人生种种不如意之事（包括死亡），其精神和内心不会因孤独或死亡的相伴或来临而感到恐惧不安。

最后说获得崇高般的乐趣。布鲁姆认为，阅读的功能并不是使读者高兴起来，或过早地安慰读者，而是获得有难度的乐趣。在他看来，"有难度的乐趣"是对崇高的可信定义。崇高是一种矛盾对立的人或事带给读者的感受，可以说是其观念中审美的一种形态。获得"有难度乐趣"的过程，不是为了相信、接受和反驳，而是为了学会"分先同一种天性写同一种天性读"①。布鲁姆没有就"同一种天性"指的是什么进行说明，但从其"新审美"批评的观念主张来看，它也许指的是主体为增强自我、实现自我利益而对审美或崇高的一种追求。这种追求，既属于创作主体也属于接受主体。布鲁姆将作家和读者紧密联系在对审美和崇高的追求中，将阅读视为对美的追求的一种。正是在这种追求中，使得读者可以与作者分享由心灵共鸣而产生的精神愉悦，也就是分享那种崇高般的乐趣。

这里，还需要对崇高般的乐趣进一步说明。如前所说，崇高是矛盾对立带给读者的感受。在布鲁姆的观念中，它对于创作主体和接受主体来说均是一种乐趣。矛盾对立的人或事物为什么会产生乐趣，产生怎样的乐趣？布鲁姆没有明确回答这两个问题。从其阅读观（即作为创作方式和阅读方式的"误读"）来看，现实生活中的人始终处于矛盾对立的生存状态中：创作主体既要与前辈对抗，也要内化前辈来获得自我成长；接受主体在经典的内化过程中，既要与生命中的不如意对抗也要学会接受它，在阅读中学会"苦中作乐"。也许，这便是布鲁姆观念中的"崇高般的乐趣"。

本章小结

从严格意义上来说，布鲁姆的文学经典论表现在其一系列经典批评论著中，如《西方正典》、《如何读，为什么读》、《伟大的英语诗歌》和《天才》等。这些论著的显著特点，是理论观念与批评实践相结合。其中，《西方正

---

① ［美］哈罗德·布鲁姆. 如何读，为什么读［M］. 黄灿然译. 译林出版社，2011，第14页.

第四章
布鲁姆"新审美"批评的文学经典论

典》的《序言》起着重要的作用。布鲁姆在《序言》中详细论述了其观念中审美的陌生特性。与"误读"理论一样，布鲁姆的文学经典论在对西方批评传统的基础上有所创新。较为引人注意且具有其"新审美"批评特色的是审美的陌生和崇高特性、经典谱系以及经典的个体性价值。布鲁姆的经典论诞生于经典的解构/重构浪潮中。布氏反对不尊重历史选择和经典属性，对文学经典进行人为的解构和重构，忽视经典对读者而言的个体性价值。因此，布鲁姆在当代西方"审美转向"浪潮中，坚持以审美为文学批评的准则和立场，极力阐释经典作品具有的精神升华功能，并建构起其"新审美"批评特色的经典谱系。在这一谱系中，陌生性审美和对抗性崇高是作家作品得以入典的前提条件，对莎士比亚焦虑的内化则是布鲁姆评介经典作家作品的方式。

通过本章对布鲁姆文学经典论的解析可以发现，布氏的经典论不仅延续了其"误读"理论的某些重要观点，还是布鲁姆对其"误读"论自我修正的表征。"误读"、"影响"、"焦虑"以及"对抗"等关键词，频繁地出现在布鲁姆的经典批评论著中，用以描述文学经典的生成方式。布氏将文学经典视为创作主体间的"误读"、"影响"与"对抗"的产物，将经典作品视为"焦虑"本身。这与其"误读"理论是一脉相承的。不同的是，这些关键词不再局限于诗歌，还拓展至文学的各种类型体裁。诗歌、小说、戏剧、散文，甚至是宗教和批判文本均被囊括在内。因此，布鲁姆的文学经典论可以说是对其"误读"理论在经典批评中的拓展。此外，值得注意的是布鲁姆放弃了其"误读"理论所提倡的批评方式，即对抗式批评（antithetical criticism），而是采用鉴赏式批评对经典作品进行审美阐释。这一变化表明，布氏不仅充分认识到其对抗式批评的局限，还体现着他对文学理论与文学批评关系的警惕性。对抗式批评在对文学文本的批评中，通过对修辞意象的解析来阐发文本间的关联性和"误读"关系。然而，这种批评方式较为烦琐复杂，不利于大众读者对经典文本的阅读，也不利于发挥文学理论对批评实践的指导作用。因此之故，布鲁姆放弃对抗式批评而采用唯美主义诗学传统提倡的鉴赏式批评，在对文本的审美解读中传递着他的审美感悟。批评方式的转变，使布鲁姆的经典批评更容易为大众读者所接受，也有助于普及其观念中的经典作品，发挥文学经典的应有效用。

哈罗德·布鲁姆的"新审美"批评

　　布鲁姆的文学经典论，在当代西方文论的"审美转向"浪潮中有其独特的价值意义。首先，布氏坚持审美为文学经典的根本属性，提倡以审美为对象的文学批评，捍卫着文学研究与非文学性研究的界限。当代西方文论在"破"与"立"的建构模式中，混淆了文学性研究与非文学性研究，往往从文学以外的视角来阐释文学。虽然这种倾向有助于文学的多元阐释和文论的多维建构，但对文学研究来说却存在一定的危机，容易导致文学理论与文学批评本体性地位和价值的丧失。布鲁姆对这一问题有着高度的警惕性。因此，在其经典批评著作中，布鲁姆始终捍卫着文学研究与文学性研究的界限，坚持着以审美为对象的文学批评。其次，尽管布鲁姆的经典谱系是其个人观念的体现，但其经典谱系却是在充分尊重历史选择的前提下建构起来的。一般认为，文学经典往往是对作家作品的历史性追认，是对文学作品优秀品质的价值评判，是一种历史性选择而不是纯粹的人为建构。当代西方的一些批评家，从社会政治、种族性别以及意识形态等角度对经典进行非审美阐释，还以作品对社会政治、民族性别以及意识形态的反映为依据，将以往一些经典以外的作品纳入西方经典体系当中。这种不顾文学属性和历史选择的人为建构，是布鲁姆极为反对的。布鲁姆经典谱系中的作家作品，基本是历史上公认的有着较高审美价值的经典。虽然布氏遴选了少数的当代作家，但他认为这些当代作家仅具有成为经典的可能，其经典地位是否牢固还需要后世的检验。因此，布鲁姆的经典谱系充分体现了其对历史选择的尊重。最后，布鲁姆在对经典作品的鉴赏式批评中，注重发掘并阐释文学经典的个体性价值，有助于读者在对经典的阅读中获得精神的升华。由于特殊的时代背景和历史使命，当代西方的一些理论家和批评家，在理论建构和批评实践中过于强调经典的社会性价值，对经典的个体性价值有所忽略，在某种程度上不利于大众读者对经典作品的接受。布鲁姆对这一现象有着高度的警觉性，并在经典批评著作中阐发经典的个体性价值，认为内化经典可以使读者获得精神上的升华。与其他批评家和理论家不同的是，布鲁姆并没有致力于建构某种关于文学经典的理论，而是在批评实践中采纳鉴赏式批评方法向读者传递他的审美体悟。相对于纯粹的理论建构或理论化的文学批评，布鲁姆阐述经典的方式更容易为大众读者所接受，也有助于经典价值的实现。

05 Chapter

第五章
布鲁姆的"新审美"批评实践

布鲁姆的批评实践由三部分构成,即浪漫主义诗歌批评、经典批评以及宗教批评。他继承了唯美主义诗学传统的批评方式,秉承爱默生的实用主义原则,对诗歌、戏剧、散文、小说以及宗教文本,进行着以审美、对抗和主体内化为主要特色的审美批评。在他看来,学院派批评是新古典主义修辞的残喘,失去了对文学的激情。布鲁姆指出,文学批评是一种个体行为,是批评家张扬个性、表达自我的活动。① 因此,他的批评实践与其说是文学批评,不如说是其对文本的再创造,也就是他所推崇的"误读"。正如有学者指出,布鲁姆是"一位大作家式的批评家,写起批评来可以看似不着边际、权威武断、省略跳跃、大肆铺张甚至戏剧性地夸张"②。因此,布鲁姆的批评实践不免给读者留下零散、片面和主观武断的印象。但这一现象背后,却隐藏着布氏对文学深刻的理解。笔者前几章对"新审美"批评的理论来源、特质以及观念主张进行了系统探讨,在此基础上审视其批评实践,既可以深化对其观念主张的理解,也有助于对其批评实践形成系统性和深入性认识。

一、浪漫主义诗歌批评

布鲁姆在其学术生涯早期,是以浪漫主义诗歌批评家的身份,登上了西方

---

① Harold Bloom. *Agon: Towards a Theory of Revisionism*. New York: Oxford University Press, 1982, pp. 18 – 20.
② [美]哈罗德·布鲁姆. 如何读,为什么读 [M]. 黄灿然译. 译林出版社,2011,第1页.

文学批评的舞台。自 20 世纪 50 年代末伊始，他相继出版了《雪莱的神话创造》（1959）、《幻想的伴侣——英国浪漫主义诗歌研究》（1961）、《布莱克的启示》（1963）、《叶芝》（1970）和《塔内钟鸣者：浪漫主义传统研究》（1971）。布鲁姆在 10 岁左右便对一些浪漫主义诗人产生了浓厚的兴趣，这为他的浪漫主义诗歌研究积累了重要感性认识基础。在康奈尔大学求学期间，布鲁姆师从主攻浪漫主义诗学研究的大师 M. H. 艾布拉姆斯。布氏的浪漫主义诗歌批评，不仅开启了他个人的学术道路，也为其中后期理论建构和批评实践奠定了重要基础。除对浪漫主义诗学观念、基布尔宣泄说以及对莎士比亚的认知外，在对布莱克、雪莱以及华兹华斯等人的研究过程中，逆向性影响、对抗性崇高以及主体内化等重要观念已经初具雏形，是"误读"理论和文学经典论的重要理论基础之一。其中，最为重要的是由"追寻罗曼司内在化"而生成的主体内化观。本部分选取那些对布鲁姆"新审美"批评来说，有着重要价值意义的作家作品，在概括归纳布鲁姆浪漫主义诗歌批评的基础上，深化对其"新审美"批评发展脉络的认识，在其批评实践中加强对其观念主张的理解。

（一）威廉·布莱克批评

威廉·布莱克（1757—1827），浪漫主义诗人、雕刻家，英国六大浪漫主义经典诗人之一。其艺术才华没有引起同时代人的注意，直到 20 世纪经由一些重要批评家如叶芝、艾略特以及弗莱等人的推广，布莱克的思想和才华才引起后世读者和批评家的重视。在其建构的神话世界中，宗教体制化受到猛烈抨击，而人的想象力和自由则备受推崇。布鲁姆 10 岁时便喜欢上布莱克的诗歌。[1] 他认为，布莱克神话世界中的上帝，是具有想象力的人的代表，是其天启式人文主义精神（apocalyptic humanism）的重要基础。[2] 因此，布鲁姆认为

---

[1] Harold Bloom. *Genius: A Mosiac of One Hundred Exemplary Creative Minds*[M]. New York: Warner Books, 2002, p.696.

[2] Harold Bloom. *The Visionary Company: A Reading of English Romantic Poetry*[M]. Ithaca & London: Cornell University Press, 1971, pp.6, 32.

第五章
布鲁姆的"新审美"批评实践

布莱克既不是自然主义者也不是超自然主义者,而是天启式人文主义者。布莱克批评对其"新审美"批评来说,有着重要的奠基意义。在对布莱克诗歌的研究中,最为重要的是布鲁姆对布莱克与弥尔顿、斯宾塞等人的关系,布莱克诗学的辩证法以及对其"追寻罗曼司内在化"的研究。布鲁姆的这些研究,较为集中地体现在《幻想的伴侣——英国浪漫主义诗歌研究》和《浪漫主义与意识》两部著作中。

布鲁姆常在布莱克与其他诗人的比照下对其加以审视,特别是与柯林斯、斯宾塞、弥尔顿、华兹华斯以及雪莱进行比较研究。在他看来,布莱克的诗歌属于英国诗人斯宾塞和弥尔顿开启的传统,应将他的诗歌置入这一传统当中加以审视。与华兹华斯相同,布莱克在诗歌创作中力求超越弥尔顿的《失乐园》。然而,与华兹华斯不同的是,布莱克从其创作生涯伊始便着手创作属于他自己的神话。在对《诗歌素描集》的分析中,布鲁姆认为这一诗集体现了众多诗人的影响。其中,最为突出的就是柯林斯对布莱克的影响。在布氏看来,诗集中《致夏日》(*To Summer*)一诗对景物和阿波罗形象的描写,是对柯林斯《诗人形象颂》(*Ode on the Poetical Character*)的仿写。

除柯林斯外,弥尔顿和斯宾塞对布莱克的影响较为深远。在对布莱克神话体系中的"比乌拉"(Beulah or Innocence)[①]进行分析时,布鲁姆指出布莱克有关人的存在观念,是在其对斯宾塞和弥尔顿两位先驱的吸纳基础上形成的。在弥尔顿那里,人存在的各种状态或关系是彼此分割、互不关联的。人的世界被一分为二,即堕落前与堕落后。天使也被弥尔顿划分为两类,即天堂的天使和地狱的天使。布莱克的"比乌拉"和"生成"(Generation or Experience)[②],是在弥尔顿的伊甸园和堕落后的世界基础上建立起来的。然而,他没有像弥尔顿一样,将天堂和地狱截然对立起来,而是采取辩证思维将两者有机结合起来。布鲁姆指出,斯宾塞的《仙后》是布莱克辩证思维的灵感来源。在《仙

[①] "比乌拉"是布莱克关于人存在的四种境况之一。它是一种模糊的存在状态,喻指"天真"。
[②] "生成"是布莱克关于人存在的四种境况之一。它是以进入伊甸园为目的过渡性状态,喻指"经验"。

后》中，"仙地"（a Faery Land）和"城市"（a City）之下是"混乱"（a Chaos），其上是仙后的领地"克里尔波利斯"（Cleopolis）。斯宾塞将三种状态融合于"混乱"之中，即多面地狱（a Hell in several distinct aspects）、阿多尼斯花园的天堂（a lower paradise in the Gardens of Adonis），以及堕落世界的全景（a comprehensive vision of the fallen natural world）。在布鲁姆看来，正是斯宾塞的这样一种融合启发了布莱克。在斯宾塞的启发下，布莱克将自然世界视为由多层面构成的整体，并以此超越了其先驱弥尔顿的二元对立模式。布鲁姆认为，在斯宾塞那里，这种融合是经暗示出来而布莱克却明确将其表现出来。这是布莱克与斯宾塞的根本差异。此外，布氏还指出，布莱克的《尤里曾之书》（The Book of Urizen）是对《创世纪》和《失乐园》的戏仿，其意图是更正这些神话创作出现的错误。①

　　除对布莱克与其他诗人关系的考察外，布鲁姆还着重审视了布莱克诗学的辩证法。他指出，布莱克诗歌中的辩证法，体现在意象的对比上，是一种创造性对比。布莱克的辩证法并非综合对立体或超越对立体，而是在两者之间探寻一种创造性的尝试，使其处于不断的生成过程中。例如，在《天堂与地狱的结合》（The Marriage of Heaven and Hell）一诗中，"结合"（marriage）意味着将理性（reason）与能量（energy）这一对既无法彼此吸纳也不能彼此排斥的对立体统一起来。"能量"象征着"永恒的欢乐"（Eternal Delight），而"理性"则是"能量"的约束者。然而，当"能量"扩展人类意识时，"理性"却无法控制它。尽管"理性"是一种约束力量，但它对"能量"来说并非象征着"永恒的折磨"（Eternal Torment）。在布鲁姆看来，这便是布莱克在想象中通过诗歌意象表现的辩证法。在布莱克时代，人们对于"具有能量的"（energetic）较为恐慌，仿佛它与"恶魔般"（demonic）是同一的。因此，布莱克首先将自我描绘为处于着魔状态，颂扬"能量"带来的活力，赞美宗教人士眼中的"恶魔"。在"恶魔的声音"（The Voice of the Devil）这段诗文中，

---

① Harold Bloom. *The Visionary Company: A Reading of English Romantic Poetry*[M]. Ithaca & London: Cornell University Press, 1971, pp.24,71.

146

第五章
布鲁姆的"新审美"批评实践

"能量"与"恶魔"不再处于对立状态。布莱克将两者视为既象征着谬误,也喻指着真理的对立统一体。这里,基督教的二元对立模式被其视为一种否定力量,阻止一切向人类挺近的行为或举动,而身体与灵魂的统一,被布莱克视为一条既实用又具有想象性的真理。① 此外,在布鲁姆看来,布莱克的其他诗歌如《天真之歌》、《经验之歌》以及《弥尔顿》等,也具有这样一种布莱克式的辩证法。

除对布莱克辩证法及其与其他诗人关系的关注外,布鲁姆较为关注其"追寻罗曼司的内在化"的过程。布氏指出,将布莱克、华兹华斯雪莱以及济慈等诗人联系起来的,是他们对以弥尔顿为代表的英国传统的"罗曼司"的复兴。然而,他们复兴的不只是"罗曼司",而是将其内化为对自我的追寻过程。在布鲁姆那里,整个浪漫主义运动便是一场关于自我的救赎之路。自我救赎的途径,是通过"追寻罗曼司的内在化"来进行。它将自然与自我意识带入从前所未有的关系当中,即在与自然的对抗中进行自我反思与自我超越,一种内向性的自我救赎。"追寻罗曼司内在化"分为两个阶段或两个模式。其一是"普罗米修斯",其二是"真正的人,想象力"。在所有浪漫主义经典诗人中,布鲁姆认为布莱克较为细致完整地体现了内在自我的这一追寻过程。

布鲁姆对布莱克"追寻罗曼司内在化"的研究,较为集中地体现在对《四天神》、《弥尔顿》和《耶路撒冷》的探讨中。布氏首先以《弥尔顿》一诗为例,论述了布莱克内在自我的追寻过程。在他看来,《弥尔顿》是较为充分地体现了"追寻罗曼司内在化"的"真正的人,想象力"阶段。与"自我"的挣扎,始于该诗的"吟游诗人之歌"(The Bards Song),直至弥尔顿与"尤里曾"之间英雄般的对抗。与"自我"挣扎的高潮,发生在弥尔顿与撒旦在"法尔费穆河岸"(Felpham shore)的对抗。这里,弥尔顿将撒旦视为他在寻找的"自我"。② 这样一种认同使撒旦彻底顿悟,而弥尔顿也因此完成了其内在

---

① Harold Bloom. *The Visionary Company*: *A Reading of English Romantic Poetry*[M]. Ithaca & London: Cornell University Press, 1971, p.66.
② Harold Bloom ed., *Romanticism and Consciousness*[M]. W. W. Norton & Company, Inc., 1970, p.18.

自我的追寻过程。在该诗中,"罗曼司内在化"的"普罗米修斯"阶段被略去,这是因为布莱克在《四天神》、《美国》、《欧洲》和《尤里曾之书》等诗中已经完成了这一阶段。在布莱克的所有诗歌中,布鲁姆认为最能全面体现布莱克"追寻罗曼司内在化"的是《耶路撒冷》。该诗足以与华兹华斯《抒情歌谣集·序曲》相媲美。在布氏看来,《耶路撒冷》以诗人与自我的对抗为重点,在外部视角和内部视角之间不断转换。外部视角以描述在现实原则基础上建立起的噩梦般的世界,内部视角则着重描述布莱克自我的矛盾挣扎。该诗的第一部分,讲述了"天才"[①] 在"自我公正"(self-righteousness)和"绝望的愤怒"(frustrated anger)的作用下,从外部世界的唯我主义式撤退。在"普罗米修斯"阶段中,"天才"饱受折磨几近疯狂,与绝望不断进行抗争。直到全诗的末尾,在洛斯(Los)和伊妮塔蒙(Enitharmon)[②] 的和解下,"真正的人,想象力"阶段才得以完成,于是布莱克完成了内在自我的追寻过程。

如前所说,布鲁姆的"误读"理论、文学经典论及其主体内化的某些观念在这一时期已经初具雏形。在布莱克诗歌批评中,布鲁姆已经开始注重对诗人之间的影响进行追溯,力求发现某一前辈诗人在其诗作中的痕迹。这也许是布鲁姆逆向性影响形成的基础。此外,前面提到的"更正"(correct),其隐含概念与"误读"十分接近。布莱克"更正"他观念中《创世纪》和《失乐园》的错误来创造自己的神话体系,与"误读"强调为获得审美和经典身份而有意偏离文本语义大体相同。两者均包含着创作主体的意图和创作基础,即在想象中对前人文本进行修正从而获得审美优先权。

虽然没有资料明确表明布鲁姆对布莱克式辩证法的关注,与其"误读图示"建构中运用卢利亚辩证法有着直接联系,但其"误读"论中却体现了这样一种辩证思维。后辈诗人在心理防御作用下,通过诗歌想象将其意欲否定的前辈诗歌纳入自己的诗歌文本中。在创作过程中,他既排斥前人文本又依赖前人文本;在心理防御中,他意图摆脱前人的逆向性影响和自我的超越式焦虑,

---

① 该诗的"天才"喻指布莱克本人.
② 蒋显璟. 论威廉·布莱克的神话体系 [J]. 文艺研究,2011,9.

第五章
布鲁姆的"新审美"批评实践

却又需要两者作为他"误读"的内驱力。此外,布鲁姆文学经典论中也具有这种辩证思维。对抗性崇高,是以矛盾对立的情感为基础;其经典谱系,更是在后世作家与莎士比亚的矛盾对立关系中建构起来。后世作家需要莎士比亚作为他们跻身经典的平台,但同时又排斥或否认莎氏对他们的影响。布鲁姆观念中弗洛伊德、托尔斯泰以及乔伊斯跻身经典的过程,便是这种辩证思维的体现。尽管对布莱克诗歌辩证法的研究,与"误读图示"和经典论未必是一种因果关系,但它对布鲁姆有着潜移默化的影响,却是有可能的。也许可以说,正是布鲁姆对辩证思维有着浓厚的兴趣,他才会在布莱克诗歌批评中关注其辩证法,在"误读图示"和经典论的建构中运用辩证法。

布鲁姆对布莱克"追寻罗曼司内在化"的分析,更是为其"主体内化"观奠定了重要基础,是其"主体内化"的初级阶段。笔者在相关章节已有探讨,这里不再重复。

(二) 珀西·雪莱批评

珀西·雪莱(1792—1822),英国六大经典浪漫主义诗人之一,对布鲁姆的"新审美"批评来说,有着重要的价值意义。布鲁姆认为,雪莱是一位先知宗教诗人,同时也是一位抒情诗人。在所有浪漫主义诗人中,雪莱诗歌最为需要读者仔细品味阅读。然而,阅读雪莱应是在诗歌传统中按照诗歌方式阅读,而不是从政治或哲学角度去读。在浪漫主义诗歌批评中,布鲁姆经常从诗人间相互影响、相互比照的角度进行诗歌研究,而在对雪莱诗作的批评中,这种倾向最为集中显著。此外,在雪莱诗歌批评中,布鲁姆以其诗歌批评为中心,间接阐述了其观念中的审美。

布鲁姆首先将雪莱与布莱克进行比较研究。在他看来,两位诗人的共同特点是预言性和反讽性。与布莱克相同,雪莱在其诗歌中常以不同修辞手法与辩证法相结合,探讨不同可能性之间的矛盾,以此来揭露道德训诫和宗教戒律中的自相矛盾之处。[①] 然而,布莱克的讽刺是以某种立场为基础,讽刺意味较为

---

① Harold Bloom. *The Visionary Company: A Reading of English Romantic Poetry*[M]. Ithaca & London: Cornell University Press, 1971, p.283.

辛辣，而雪莱的讽刺较为婉转温和，使读者在体验崇高的过程中感受惊讶。雪莱与布莱克的这种差异，是由雪莱诗歌的显著特色——"雅致"（urbanity）所致。布鲁姆指出，"雅致"是雪莱诗歌中普遍存在的主要特质。其他一些批评家将其诗歌视为毫无幽默、以自我为中心，展现的仅是"原始冲动"（primary impulses），这种观点是不足以取信的。在布氏看来，雪莱的这种"雅致"是西方文学中较为独特的，被雪莱提升至崇高的高度。雪莱将"雅致"融入崇高，使崇高免于沦为由华丽词汇或夸张手法的产物。

除对雪莱与布莱克的比较研究外，布鲁姆认为但丁对雪莱的影响最大，特别是对其未完成之作《生命的凯旋》（Triumph of Life）的影响。《生命的凯旋》以三行诗节押韵法（terza rima）写就，体现了但丁《神曲·炼狱篇》的影响。雪莱同但丁一样，在诗中采取指引人的方式引领着诗人前进。在该诗中，罗素是雪莱的指引人。布鲁姆认为，它调换了普通事物的称呼，将矛盾对立的崇高展现得一览无余，是一首关于绝望的诗。诗中的人们被比喻成"灰尘"（dust）、"昆虫"（gnats）和"落叶"（dead leaves），没有个性缺乏意志，他们的艰苦跋涉（trek）也毫无意义，最终必然走向灭亡。正如评论家哈兹里特所说，《生命的凯旋》描绘的是一场"死亡之舞"（a dance of death），人们忙碌昏庸，人生也毫无意义可言。当诗人在旁凝视时，人群的舞蹈更为疯狂。装载人们的"战车"（chariot）发出"冰冷的光"（a cold glare），使日光和月星变得模糊起来。这里，"冰冷的光"象征着"生命之光"（the light of life），日光象征着自然，而星光则喻指想象力和诗歌的幻想之光（the visionary light of imagination and poetry）。自然之光（日光）模糊了诗人的视线，而日光则被"生命之光"模糊了视线。"战车"引领者（charioteer）被绷带蒙上了双眼，不能指引"战车"的前进之路。因此，尽管"战车"外表华丽，行驶起来庄严肃穆，其前进之旅却注定是没有意义的。

直到罗素出现，一切才发生了变化。《生命的凯旋》中的罗素，是一位对自然宗教和激情幻灭的诗人。正如维吉尔引领但丁一样，罗素是为指引雪莱并净化其视觉而存在。"生命的战车"（Life's chariot）使罗素双目失明，但他听到了雪莱的话语，并作出了回应。罗素警告雪莱不要加入人们狂欢式的舞蹈，

第五章
布鲁姆的"新审美"批评实践

因为他自己便是"生命的受害者"（Life's victim）。罗素原先拥有精神之火（flame in spirit），只要给它增加适当养分就不会同他人一样堕落。然而，罗素没有给它增加养分，他意识到自己应对堕落负责。堕落人群中的有大主教、士兵、统治者以及圣人等。虽然罗素同样是堕落者，但与他们相比要更为神圣崇高。因为除自我以外，没有任何因素可以限制罗素的欲望。诗中的罗素，是被自我而不是外在因素打败。在罗素的指引下，诗中的雪莱开始对矛盾对立的事物进行思考。在雪莱的思索中，善良与权力、智慧与爱变得愈加对立不可调和。他逐渐认识到，只有通过自我毁灭或清静无为，其生命才能获得完满。布鲁姆指出，《生命的凯旋》除戏仿维吉尔对但丁的启示引领外，诗中的某些意象也是对《神曲·炼狱篇》的戏仿，如罗素遇见在水面滑行的"形状"（The Shape），便是对《炼狱》中诗人与米提尔达相互关系的戏仿。

除对但丁在雪莱《生命的凯旋》中的影响考察外，布鲁姆较为全面地审视了雪莱诗歌具有的审美价值。布氏反对对雪莱诗歌的哲学式解读。他指出，对《解放的普罗米修斯》审美价值错误的研究方式，便是将其视为柏拉图式的哲学诗。[①] 从柏拉图的哲学角度解读该诗，要么将它视为受柏拉图观念影响，要么认为它表现了柏拉图式的精神观念，或者认为该诗可以抽象为哲学的概念。在布鲁姆看来，这均是对《解放的普罗米修斯》审美价值研究的偏移。他认为，虽然雪莱是一个具有怀疑精神的理想主义者，但他的主要诗歌均是神话诗（mythopoeic），只能按照其原有的神话诗歌方式加以阐释。雪莱与柏拉图的显著区别，是两者对审美体验的看法。布鲁姆认为，雪莱与华兹华斯和罗斯金相同，注重审美沉思中如血脉流动的"狂喜时刻"（ecstatic moments）。对雪莱来说，审美沉思中的"狂喜时刻"，即便是"理念之光"（即哲思）莅临时也不能舍弃。布氏指出，雪莱在诗歌创作中从未与"理念之光"相遇。其诗歌中，想象性存在要远多于非想象性存在，两者之间是不可调和的。在《解放的普罗米修斯》中，雪莱运用其非凡的想象力和创造力，在改写普罗米修斯的同时，征服了普罗米修斯。在布鲁姆看来，这便是该诗审美价值的体现。

---

① Harold Bloom ed., *Romanticism and Consciousness*[M]. W. W. Norton & Company, Inc., 1970, p.382.

151

除《解放的普罗米修斯》外，布鲁姆认为《倩契》（The Cenci）具有较为显著的审美力量。其审美力量完美地体现在比阿特里斯（Beatrice）难以忍受的窘境之中。不仅如此，该诗还将读者置于同样的窘境当中。一方面，读者为比阿特里斯成为无情的复仇者而欢欣鼓舞，认为她对父亲之死不负有责任；另一方面，又对其成为密谋者和谋杀犯而感到震惊。布鲁姆认为，该诗是典型的罗曼史的代表，人类本性中的犯罪倾向在解放人类意识，并将其转向自我的同时丧失了人类的纯真状态。此外，《阿多尼》（Adonais）一诗的审美价值也是布鲁姆较为关注的，被他视为英语挽歌史上的一座丰碑，在诗歌规模和想象力方面超过了斯宾塞的《爱神》（Astrophel）和弥尔顿的《利西达斯》（Lycidas），是一首表现面对死亡时的自我认同的诗。

在对雪莱的诗歌批评中，布鲁姆除注重对他与其他诗人关系的剖析外，还较为注重对其诗歌审美价值的剖析。在这一时期的批评实践中，布鲁姆还没有形成对审美的独特认识，只是在诗歌批评中将审美与想象力、创造力、个性等主体因素相结合，认为它们代表的便是审美。此外，从布氏对雪莱的诗歌批评中，可以看出其经典论中对抗性崇高观念的端倪。在与布莱克的比较研究中，雪莱诗歌的"雅致"特性被布氏发掘出来，认为"雅致"是从雪莱婉转温和的讽刺手法中产生。在布鲁姆看来，雪莱的"雅致"与崇高被和谐地融合在一起，使得崇高免于沦为以使读者单纯惊讶为目的的庸俗写作手法，将温婉和辛辣融入崇高当中，使读者感受其带来的矛盾对立情感。在对《倩契》的批评中，布鲁姆指出比阿特里斯所处的窘境。这一境况带给读者的感觉，也是一种矛盾对立的情感。读者在感受欢欣鼓舞的同时，也在体会由此而带来的震惊。这种矛盾对立的情感，便是其观念中对抗性崇高的感情基础。由此可见，雪莱诗歌批评，对布鲁姆的"新审美"批评来说，除对其与其他诗人的相互影响外，较为重要的便是在批评实践中对雪莱式崇高即"雅致"的发掘。这为布鲁姆的对抗性崇高奠定了重要的理论基础。

（三）威廉·华兹华斯批评

威廉·华兹华斯（1770—1850），英国浪漫主义六大经典诗人之一，被布鲁姆视为其经典谱系中的"民主时代"的奠基人。其后一些诗人，如雪莱、

第五章
布鲁姆的"新审美"批评实践

济慈、丁尼生以及弗洛斯特,均在某种程度上受到华兹华斯的影响,是华兹华斯式的诗人。他本人则是在弥尔顿和莎士比亚的影响下进行创作。华兹华斯创作的巅峰时期,是1797年至1807年间。这十年间,他创作了一系列具有分水岭意义的经典诗歌,如《抒情歌谣集》、《序曲》、《露西》和《孤独的割麦人》等。这些诗歌开启了英国的浪漫主义诗歌运动。布鲁姆指出,华兹华斯的诗改变了传统的诗歌主题,将诗人的主体性纳入诗歌创作当中。其著名长诗《序曲》,便是这样一首在想象中以探索内在自我为主题的史诗,是华兹华斯与其先驱弥尔顿的对抗产物,也是其最为重要的代表作。

《序曲》完成于1805年,于1850年华兹华斯逝世后出版。《序曲》这一诗名,由华兹华斯夫人命名。华兹华斯原将该诗命名为《致柯勒律治》,然而经其不断修改,该诗于1850年出版时与其创作原意已经大为不同。比较了1805年与1850年两个不同版本后,布鲁姆认为1850年的《序曲》失去了1805年《序曲》中弥尔顿的痕迹。同时失去的,还有华兹华斯对具有创造力个体的坚持。因此,布氏对该诗的研究以1805年《序曲》为主。在布鲁姆看来,《序曲》并不是关于危机的悲情诗歌,而是华兹华斯式的自传性神话体诗。布氏以为,该诗以回忆对自我的拯救为主题,是一部揭示出人生终极之事的世俗启示录,而非凡的想象力则是该诗神话启示的基础。

布鲁姆首先指出,《序曲》之所以是神秘的,是因为当今的读者没有认识到华兹华斯式自然指的是什么。他认为,华兹华斯同布莱克一样,是解读现象的大师,能够借助想象力从自然的表象中发现真理。因此,他认为华兹华斯的自然是能够激发人类想象力、供人发掘真理的自然。[1] 在人类心灵与自然的关系中,华兹华斯重视两者之间的契约。如果人类的心灵能够爱这个现象世界并信任它,那么这个世界便永远不会背叛心灵。背叛自然的某些力量,来自性和婚姻。对人类来说,背叛自然意味着选择接受否定想象力的几种模式,性与婚姻便是其中两种。对自然来说,背叛人类意味着当人类返回自然时,自然不再

---

[1] Harold Bloom. *The Visionary Company: A Reading of English Romantic Poetry*[M]. Ithaca & London: Cornell University Press, 1971, p.143.

是人类修复自我心灵的途径，而是成为了充满敌意的外在世界。雪莱是华兹华斯式自然的继承者，将其心灵与自然契约的象征"彩虹"（rainbow）运用至《生命的凯旋》中，象征着华美多姿却有着颠覆性和毁灭性力量的自然。然而，布鲁姆指出，华兹华斯没有同布莱克或济慈一样，深思自然的另一面，即作为心灵诱惑者的自然，而是在人类心灵与自然的契约中考察两者之间的关系。

对华兹华斯式自然说明后，布鲁姆对《序曲》（1805）中想象力的独立性问题进行了探讨。布氏认为，这一问题在所有重要的英国浪漫主义诗歌中均有所体现，即便如华兹华斯这样描写自然的诗人，也对心灵依附自然这一问题忐忑不安。因此，对想象独立性的探讨便成为《序曲》（1805）的焦点之一。然而，华兹华斯面对的是一个满是悖论的辩证性问题，即他在借助想象力对抗并超越自然的同时，依然要屈服于自然。《序曲》（1805）中的自然，是人类心灵的导师，教导着自然给予其限制的重要性。华兹华斯将自然的限制转换成一种调节性存在，以免人类的心灵在其重压之下难以承受。当自然力量过于强大时，它便成为人类心灵的崇拜对象。自然便如所有现实中的事物一样，成为可以穷尽人类生活的现实存在物。布鲁姆指出，华兹华斯清楚地意识到崇拜自然的潜在危险，也认识到人类心灵与自然相互利用的危害。华兹华斯渴望的，仅是人类心灵与自然的对话关系，即生命与生命的片刻相对。

随后，布鲁姆就华兹华斯与布莱克对想象力独立性的探索这一问题进行了比较，认为布莱克的想象力是一种摆脱外部世界和记忆世界的绝对自由，独居于其营造的王国之中。布莱克并不需要追寻自我，他只需要与自我中和自我外那些非想象力的事物对抗。这一点与华兹华斯是不同的。华兹华斯并不想绝对摆脱外部世界和记忆世界，只想在对自然的依附中探寻想象力的自由。因此，在布氏看来，《序曲》（1805）中潜在的悲剧是华兹华斯对自我想象力解放的抵制。自然对华兹华斯的馈赠，是逐渐向其展示他的自由。然而，华兹华斯却不愿摆脱自我对自然的依附，获得这种自由。华兹华斯的想象力与自然的这种矛盾冲突，一直存在于他的诗歌当中。正因为如此，华兹华斯才被迫采用罗素式创作模式，在不断忏悔中澄清他与自然和诗歌想象的关系。因此，华兹

第五章
布鲁姆的"新审美"批评实践

华斯式的想象力始终处于对独立自由的不断探索中。《序曲》(1805)中对当下世界和记忆中的外部世界的辨别区分,便体现着这样一种探索。华兹华斯在摆脱与当下世界联系的同时,又陷入了记忆世界的束缚。在布鲁姆看来,这是其悖论性想象导致的结果。

布鲁姆指出,《序曲》(1805)第十四卷是全诗较为关键的一部分。由"雾"、"水"和"月亮"呈现出的显现,对想象独立性的探索来说有着重要的意义。在华兹华斯的诗歌中,"雾"始终是想象力的象征。然而,这里由水汽凝聚而成的"雾",作为启示的象征却喻指着诗人的判断力,"月亮"象征着诗人沉思的心灵和不断扩大的自我意识,而"水"则代表着影响星空的诸多因素。"月亮"犹如诗人被唤醒的意识,仰望着不可摧毁的天空,俯视大海般的迷雾。天空与迷雾暗示着人世间的无常变换。对诗人来说,由天空、迷雾和月亮组成的场景是智慧的象征。此时的华兹华斯认识到,他月亮般的意识心灵与智慧之间的关系[①],感受到那超越人类与自然的心灵力量。虽然心灵力量处于想象与自然的悖论性关系中,但布鲁姆却认为,它展现了华兹华斯对其艺术及其个人神话的自信,创造了一首唤醒生命的经典诗作。[②]

从布鲁姆对《序曲》(1805)的探讨来看,他较为重视华兹华斯个人主体性在对想象独立性与自我探索中的呈现这一问题。如前所说,布鲁姆认为华兹华斯改变了诗歌主题,将个人主体性融入诗歌创作中,开启了现代抒情诗传统。想象力对自然的依附与超越,及其对自我意识探索的作用影响,皆源于华兹华斯对人与自然关系的思考,体现着华兹华斯对自我的不断探索。布鲁姆对华兹华斯的这种关注,是有其现实针对性的。新批评曾对浪漫主义诗歌进行了批判,认为它有着较为严重的缺陷。在新批评看来,诗歌应该是回避情感个性,而不是表现情感个性。因此,浪漫主义这种将作者融入诗歌的创作方式

[①] Harold Bloom. *The Visionary Company*: *A Reading of English Romantic Poetry*[M]. Ithaca & London: Cornell University Press, 1971, p.163.

[②] Harold Bloom. *The Visionary Company*: *A Reading of English Romantic Poetry*[M]. Ithaca & London: Cornell University Press, 1971, p.164.

受到了新批评的责难。与新批评针锋相对，布鲁姆在其浪漫主义批评中发掘诗歌中的作者主体性因素，颂扬并捍卫着主体的价值，认为这是浪漫主义经典诗歌的审美价值所在。布氏的华兹华斯批评便是这一方面的代表。这为其日后的"误读"理论和文学经典论中对主体性因素的重视，打下了坚实的基础。

二、经典批评

布鲁姆于20世纪90年代伊始，相继出版了《西方正典》、《如何读，为什么读》、《英语的伟大诗歌》以及《天才》等经典批评著作，标志着其批评实践进入经典批评阶段。经典批评，既是布鲁姆"新审美"批评中经典观念的体现，也是承接"误读"理论并开启文学式宗教批评重要的衔接阶段。在经典批评中，布鲁姆在其浪漫主义诗歌批评积累基础上，运用"误读"理论的某些核心观念，采取对抗性批评姿态捍卫着文学经典的审美价值，阐发西方经典的认知价值，在解构经典、重审经典的喧嚣中掀起了具有其个人特色的经典批评浪潮，为文学经典的传播注入了新的活力，在大众读者和专家学者中既获得了广泛的认可，也引起了一些争议。就其经典批评的涉猎范围而言，诗歌、戏剧、小说、散文、批评文本以及宗教文本均在其中。本部分选取那些对理解布氏"新审美"批评来说具有重要意义的作家作品，以期在对其经典批评实践的审视探讨中，深化对其文学经典论的认识理解。

（一）莎士比亚批评

除对莎士比亚审美价值的阐述和捍卫外，布鲁姆在莎士比亚批评中，以人物批评为主。他认为，人物塑造是莎士比亚战胜克里斯托弗·马洛的关键，体现着他的普遍性艺术。布鲁姆将西方文学经典中的人物塑造，以莎士比亚为划分界限分为两个阶段，即莎士比亚前与莎士比亚后。莎士比亚之前或之后的人物，相对来说变化较为简单，仅是经历死亡和衰老这样简单的自然过程。在莎士比亚那里，人物是逐渐进行自我变化的，而不是由作家强行赋予其变化的。他们能够产生自我变化的原因，在于能够通过"自我倾听"（self-overhearing）

第五章
布鲁姆的"新审美"批评实践

来认识自我。① 布鲁姆认为,"自我倾听"是莎士比亚人物获得个性的主要途径。这一点鲜见于莎士比亚前或莎士比亚后的作家作品中。

总体来讲,在对众多莎剧人物的研究中,布鲁姆对哈姆雷特王子和约翰·福斯塔夫爵士的批评最为有代表性。哈姆雷特与福斯塔夫的"自我倾听"、广阔的自我意识及其对读者的价值,是布鲁姆较为关注的。他认为,福斯塔夫爵士是莎士比亚人物塑造的分水岭,是莎氏与马洛成功对抗的标志。从福斯塔夫开始,莎士比亚便开始思考怎样使戏剧人物对自我言说。② 福斯塔夫是反对一切权利的讽刺家,可以教导人们怎样获得自由。然而,他的自由不是社会中的自由,而是远离社会的自由。③ 福斯塔夫爵士总是不断改变自我,处于不断思考、言说以及"自我倾听"当中。除福斯塔夫外,布鲁姆对哈姆雷特王子情有独钟。他认为,哈姆雷特是莎剧中最为丰富的人物。他既是西方文学经典中最为读者熟悉,也是最为陌生的人物。其心智是所有人物中最为复杂的,他的意识及其运用语言的能力最为广阔机敏。在布鲁姆观念中,哈姆雷特是知识分子、智者、艺术家,是西方高贵的意识。阅读哈姆雷特,读者可以无意间听到他的内心意识。布鲁姆认为,对读者来说这可以使其扩张心智、增强精神。

除直接阐释对莎剧人物的见解外,布鲁姆经常在对剧本的探讨中对某一主要剧中人物进行批评。这一方面,他的《哈姆雷特》批评最具有典型性。在布鲁姆看来,该剧是莎士比亚对复仇悲剧的复仇,是一首没有任何风格、具有无限性的诗。④ 在对《哈姆雷特》相关问题进行探讨前,布鲁姆首先就该剧的版本问题提出了自己的见解。在莎士比亚《哈姆雷特》(1601)问世前,就已经存在《哈姆雷特》(1589)这一剧本,是莎士比亚版《哈姆雷特》修改的基础、超越的对象。西方学者普遍认为,《哈姆雷特》(1589)是由《西班牙悲

---

① Harold Bloom. *Shakespeare: the Invention of the Human · To the Reader* [M]. New York: Riverhead Books, 1998, p. XIX.
② [美]哈罗德·布鲁姆. 西方正典 [M]. 江宁康译. 译林出版社, 2011, 第 38 页.
③ Harold Bloom. *Shakespeare: the Invention of the Human* [M]. New York: Riverhead Books, 1998, p. 276.
④ Harold Bloom. *Hamlet, the Poem Unlimited* [M]. New York: Riverhead Books, 2003, p. 3.

剧》的作者托马斯·基德所著。布鲁姆对这一观点不以为然。他坚持认为，两个剧本均为莎士比亚所著。《哈姆雷特》（1589）是莎士比亚早期的创作成果，而1601年版本则是在1589年版本的基础上修改而成。布鲁姆否认《哈姆雷特》（1589）为基德所著的依据，一是哈姆雷特王子的意识对于这部剧来说过于庞大，一部简单的复仇悲剧容纳不下这样庞大的意识，也容纳不下西方知识分子的代表；二是《西班牙悲剧》过于低劣，不可能让莎士比亚产生深刻印象。相反，布鲁姆认为是莎士比亚的《哈姆雷特》（1589）影响了基德的《西班牙悲剧》，该剧是对《哈姆雷特》的戏仿。[①] 布氏指出，1601年版本中的哈姆雷特王子，并不会给读者或观众留下复仇者的印象，其才智意识与复仇使命并不相符。在他看来，两个版本中哈姆雷特年龄的矛盾，也是莎士比亚有意而为之。[②] 此外，布鲁姆以为《哈剧》并不属于复仇悲剧一类，而是同《神曲》、《失乐园》、《浮士德》和《尤利西斯》一样，是具有普遍性艺术的戏剧。

　　从布鲁姆的论断依据来看，他是以剧本优劣为判断标准，是一种个人猜测，在版本考据方面缺乏一定的客观依据和可信度。笔者认为，布氏的猜测有其两方面的个人原因。其一，在他那里，经典作品产生于强者诗人间的对抗和"误读"。能够给予莎士比亚逆向性影响的，在当时的作家中只有马洛、乔叟等经典作家。托马斯·基德虽为"大学才子"之一，但布鲁姆对他的评价并不是很高，甚至带有一些贬低的意味。也就是说，基德还没有达到给予莎氏影响的程度，算不上强者诗人。因此，布鲁姆否认《西班牙悲剧》是《哈姆雷特》的原型，就等同于否认基德给予过莎士比亚以逆向性影响，强调只有马洛和乔叟那样的经典作家才会给予莎氏影响。布鲁姆的这种说法，是为重申、维护其"误读"理论的观念。其二，在布鲁姆看来，哈姆雷特王子是人类才

---

① Harold Bloom. *Shakespeare: the Invention of the Human* [M]. New York: Riverhead Books, 1998, pp. 383, 398.

② Harold Bloom. *Shakespeare: the Invention of the Human* [M]. New York: Riverhead Books, 1998, pp. 392–393.

智的最高典范，具有无所不包的复杂意识（comprehensiveness of consciousness）。这里，"无所不包的复杂意识"是理解布氏做出个人猜测的关键。1601年版本的哈姆雷特被布鲁姆视为拥有复杂意识的戏剧家，有着较强的自我意识；而1589年版本中的哈姆雷特则是沉迷于情节剧中，并没有自我意识。因此，布鲁姆认为1601年版本中的哈姆雷特，有意识地要超越先前自我。不仅如此，布氏还认为，哈姆雷特（1601）还在与两个版本中的父亲的幽灵对抗。这说明了哈姆雷特为什么怀疑一切，对复仇没有任何兴趣。这些现象，代表着哈姆雷特王子的无所不包的意识。在布鲁姆那里，"无所不包"的意识指的是能够容纳矛盾对立的态度、价值观念和进行判断的心灵。布鲁姆认为，这是莎士比亚对1589年《哈姆雷特》自我修正的结果。只有莎氏这种具有普遍性艺术的经典作家，才能创作出具有"无所不包的意识"的哈姆雷特；只有哈姆雷特这样具有"无所不包的意识"的人，才能对自我进行怀疑、修正。因此，布鲁姆坚持是莎氏创作出两个版本的《哈剧》，可以说是在维护、捍卫莎士比亚的审美原创性。

除对《哈姆雷特》版本的考察外，布鲁姆还对哈姆雷特的意识、内心独白及其为何延迟复仇进行了探索性研究。

首先是哈姆雷特的意识。布鲁姆认为，自我的内在化（internalization of the self）是莎士比亚的伟大创造之一，而哈姆雷特便是这方面的杰出代表，是浪漫主义自我意识的起源。[①] 布鲁姆指出，哈姆雷特在意识领域的探索引向一个"人是什么"的问题。他的探索，并不是俄狄浦斯式的探索，而是对人类意识的终极探索。同莎士比亚一样，哈姆雷特既将自己视为一切，也不是一切。当我们带着矛盾情感阅读或观看《哈姆雷特》时，哈姆雷特改变并加深了我们的矛盾情感。这些现象，均是在哈姆雷特自我意识的作用下产生。作为一个戏剧人物，他对读者或观众来说是既陌生又熟悉的，既是一个英雄也是一个恶棍。他既冷酷无情唯我至上，又充满虚无观念乐于操纵他人。从这一角度来看，哈姆雷特似乎与伊阿古颇为相似。然而布鲁姆认为，这些并不能代表哈

---

① Harold Bloom. *Hamlet, the Poem Unlimited*[M]. New York: Riverhead Books, 2003, p.146.

姆雷特的全部品性。因为其心智力量已经超过了现实生活中的我们，读者无权像基督教信徒一样以讽刺的态度看待他。阅读哈姆雷特是因为我们无法获取足够多的意识，而哈姆雷特则是继大卫王、耶稣之后，第三位具有世俗化和毁灭性意识的人物形象。他既有创造力也有批判力，既凭借理性思考也依赖直觉感悟。他并不倾听自我以外的声音，只是在"自我倾听"中拓展他的自我意识。布鲁姆认为，就任何以意识为主的英雄而言，哈姆雷特就是真理。① 从哈姆雷特性格中的主要特点来看，强烈的自我意识是哈姆雷特的显著特点，而不断增长的内在自我则是他内向性探索的全部。

从这里可以看出，布鲁姆观念中哈姆雷特的意识，是一种充满矛盾对立的对自我的探索性意识。这种矛盾对立的自我意识，与他观念中的对抗性崇高的情感基础较为接近。此外，在布氏那里，哈姆雷特探索的"人是什么"这一问题，等同于对人类意识复杂性和多样性的探索。虽然哈姆雷特的探索未必能够得到终极答案，但其价值意义甚至是尊严正体现在这种探索中。读者阅读哈姆雷特而获得心灵力量的增强，便是在对意识不断探索的过程中实现的。

其次是哈姆雷特的内心独白。哈姆雷特的探索性意识，最为突出的体现在他的内心独白中。对哈姆雷特著名独白"To be, or not to be"的意义，评论家历来众说纷纭。学界一般认为，它代表哈姆雷特关于自杀的沉思。然而，布鲁姆并不认同这一说法。在他看来，这段独白揭示的是哈姆雷特与死亡和困难对抗的精神力量。这种力量被布鲁姆视为一个极其重要的问题，不断困扰着从弥尔顿到华兹华斯、华莱士·斯蒂文森这些莎士比亚的后辈诗人。因为，死亡象征着自我意识的终结，也就是人类的终结。布鲁姆指出，哈姆雷特的独白中有两处隐喻较为重要。"扫除尘世的苦恼"（shuffled off this mortal coil），象征着失去自我拥有的一切；"未知王国"（the undiscovered land），喻指死亡之地。他认为，尽管哈姆雷特的心灵无法战胜死亡，但却为弥尔顿、华兹华斯和斯蒂文森等人确立了与"尘世苦恼"和"未知王国"对抗所需的精神力量的标准。哈姆雷特失去了名义上的"行动"，并没有失去本质意义上的"行动"。布鲁

---

① Harold Bloom. *Hamlet, the Poem Unlimited*[M]. New York: Riverhead Books, 2003, p.94.

第五章
布鲁姆的"新审美"批评实践

姆认为,"行动"在本质上来说是精神力量的升华(the exultation of mind),而不是通常意义上针对某件事情而采取的具体措施或实际行为。① 那么,这种精神力量的升华体现在哪儿?在布氏看来,这种力量体现在该段独白的每一个短语每一句话中,因为它彰显的是哈姆雷特"自我倾听"中的崇高意识。

应该说,布鲁姆对《哈姆雷特》中这一关键问题的探索,是在延续其对哈姆雷特精神意识的认识和理解。表面上看,他并没有解决这一问题,但仔细体会可以发现,布鲁姆注重的是哈姆雷特对死亡和烦恼在精神层面的胜利。布氏认为,死亡无法避免是一个基本事实,而西方经典的全部要义在于使人善于与死亡相遇。② 哈姆雷特也不例外。虽然他无法真正地战胜死亡和烦恼,却可以在"自我倾听"中摆脱它们的困扰带来精神意识的升华,从而在自我的精神领域中获得对烦恼和死亡的"胜利"。这便是他的精神力量。可以说,在布鲁姆的观念中,虽然人类的肉体(body)无法摆脱死亡和烦恼,但人却可以在精神意识层面摆脱并超越它们。哈姆雷特的精神力量,便是这一方面的典范。也许,这是布鲁姆持续关注其精神意识,强调该剧具有较高的认知价值的原因所在。

最后是关于哈姆雷特为何延迟复仇。布鲁姆在《如何读,为什么读》中,对这一问题的态度是置之不理。因为在他看来,一个反讽主义者怎会用剑砍死某人来复仇。③ 布鲁姆的说法,表面上看是一种武断。结合他对哈姆雷特意识和独白的研究,却可以发现其背后隐藏的内在逻辑。在他看来,"反讽"是能指和所指之间矛盾性的体现,即说一件事指另一件事。它要求心灵的专注,维持辩证思维的能力。布鲁姆认为,当哈姆雷特说某一件事时,总是意味着另一件事。④ 这便是哈姆雷特的反讽。既然反讽要求心灵的专注,那么,哈姆雷特的心灵专注于什么?通过布鲁姆对其意识的分析发现,哈姆雷特专注于对自我

---

① Harold Bloom. *Hamlet, the Poem Unlimited* [M]. New York: Riverhead Books, 2003, p.36.
② [美]哈罗德·布鲁姆. 西方正典 [M]. 江宁康译. 译林出版社, 2011, 第24页.
③ [美]哈罗德·布鲁姆. 如何读, 为什么读 [M]. 黄灿然译. 译林出版社, 2011, 第232页.
④ [美]哈罗德·布鲁姆. 如何读, 为什么读 [M]. 黄灿然译. 译林出版社, 2011, 第10页.

终极意识的探索。哈姆雷特辩证思维的能力体现在他的反讽修辞上。哈姆雷特惯用反讽进行自我探索，却并非总是寻求答案而是给予一定程度的暗示。① 例如，在哈姆雷特那段著名的独白中，"反抗大海般汹涌的烦恼"（to take arms against a sea of troubles）便是哈姆雷特式反讽。"大海"在喻指"烦恼"的同时，保留了吞没一切的力量。布鲁姆认为，哈姆雷特暗示着大海消除"烦恼"的同时，也在消除着人。此外，"是生还是死"（to be, or not to be）并非关于自杀，而是暗示着精神对死亡和烦恼的超越。可以看出的是，布鲁姆观念中的哈姆雷特式反讽，是一种在修辞作用下对自我意识的内向性探索。哈姆雷特的自我意识是极其复杂的，各种矛盾对立的价值观、判断、态度均统一在其意识中。因此，对这样一个专注于自我探索的人来说，复仇只是他被迫承担的部分使命。只有对自我意识的探索，才是他生命的全部价值与意义所在。因此，哈姆雷特这样一个意识复杂的反讽家，是不会用剑这种简单直接的方式复仇的。

通过分析可以发现，在莎士比亚批评中，布鲁姆最为关注的是人物形象分析，而在人物形象分析中，他较为注重对人物的内心意识和个性特点进行探讨。布鲁姆的莎士比亚人物批评，可以说是对"憎恨学派"或学院派批评将莎士比亚研究理论化和非审美化的抵抗。在他看来，那些从非审美角度研究莎剧中社会意识形态、种族性别和伦理道德的研究倾向，贬低了莎剧的美学价值，而布氏认为莎剧的美学价值主要体现在他的人物塑造上。因此，布鲁姆将人物批评纳入其莎士比亚研究当中，专注于发掘人物的个性意识，并将莎氏意识个性的塑造才能与审美紧密联系起来，以此捍卫莎士比亚的美学价值。此外，布鲁姆的人物批评也是拉近读者与莎士比亚距离的一种方式。那些将莎剧视为意识形态产物的研究倾向，无形中将莎士比亚批评理论化。在某种程度上，这可能会导致莎士比亚批评的程式化和机械化。批评家带有某种预设的理论观念和立场，在莎剧中寻找那些可以证明其观点的材料证据，以此说明其理论的有效性和正确性。这种倾向会降低莎剧的可读性和趣味性。布鲁姆的人物

---

① Harold Bloom. *Shakespeare: the Invention of the Hamlet*[M]. New York: Riverhead Books, 1998, p.386.

第五章
布鲁姆的"新审美"批评实践

批评,却可以将读者带入莎剧人物的内心世界,使读者与剧中人物沟通交流,感受莎剧美学力量带来的心灵震撼。

(二)但丁批评

布鲁姆认为,就诗歌才能和精神抱负而言,但丁是所有西方作家中最咄咄逼人也是最为善辩的一位。其修辞、心理和精神力量十分强大,足以削弱他人的自信。他的代表作《神曲》,体现着但丁超凡的认知力量和不受约束的创新性。与莎士比亚不同,但丁在其诗作中表现的是极其强大的自我。在原创性、创新性和想象性方面,但丁是最为接近莎士比亚的一位诗人。布鲁姆指出,但丁同莎士比亚一样影响了很多后世作家,如彼特拉克、乔叟、薄伽丘、雪莱、罗塞蒂、叶芝、乔伊斯、庞德、T. S. 艾略特以及博尔赫斯等人。但丁的个性较为矛盾,既有文雅的脾性,也有独特粗犷的表现。这种个性可以使他让传统迎合自我本性,而不是吸纳传统来达到艺术的普遍性。[①] 在布氏看来,但丁的反讽是最为卓绝的,他的颠覆力量常使读者以各种各样的方式去"误读"他。《神曲》打破了神圣和世俗写作的界限,其中的陌生性和原创性是但丁的显著特点。然而,陌生性这一品质已经被当今的但丁研究者所忽略。

总的来说,布鲁姆对但丁的批评,可以分为两部分。一是对他与莎士比亚进行对比研究,发现其诗作的独特品质;二是在对但丁与其塑造人物的比较中,对《神曲》的陌生特性进行研究。

布鲁姆首先对比了但丁与莎士比亚的用语,认为两者对各自民族语言有着不同的影响。莎士比亚对英语的影响体现在重塑英语方面,而但丁则使其方言成为意大利的民族语言。莎剧中语言的用法,大多为莎士比亚所独创。如今,随手翻开一张报纸,均可以看到由莎士比亚开创的语言用法。然而,莎士比亚的用语,是从乔叟和《圣经》那里继承而来。因此,布鲁姆以为如果没有莎士比亚,英语同样可以成为主导语言。[②] 但丁对意大利语的影响与莎士比亚对

[①] [美]哈罗德·布鲁姆. 西方正典 [M]. 江宁康译. 译林出版社,2011,第65页.
[②] Harold Bloom, *Genius: A Mosiac of One Hundred Exemplary Creative Minds* [M]. New York: Warner Books, 2002, p.91.

英语的影响不同。托斯卡纳语①（Tuscan dialect）能够成为意大利语，绝大部分原因出于但丁的影响。其次，布鲁姆就两者的自我表现进行了对比。在他看来，但丁常将其个性强加于读者，而莎士比亚则在作品中回避自我，即便是在诗歌中也是如此。莎士比亚既是任何人，也不是任何人，其个性让读者捉摸不透。但丁表现的则是那个满是傲气、富有原创性和精神活力的自我，其《神曲》中的每一诗行均带有他个性的痕迹。虽然但丁将自我注入其塑造的人物当中，却在人物塑造的过程中加入了创新性，使其人物既像他又不像他，这体现着但丁式的原创性和普遍性。最后，布鲁姆比较了莎士比亚和但丁塑造的人物。由于莎士比亚善于藏匿自我，他塑造的伟大人物，均可以摆脱戏剧框架的束缚，在读者的意识中成为鲜活的人。但丁的个性极为强烈，他塑造的人物带有明显的个人痕迹，没有给人物留下足够多的个人想象空间。然而，布鲁姆并不认为这是但丁的美学瑕疵，而是其诗歌力量的表现，代表着他的原创性。

从布鲁姆对两者的对比中可以看出，他为什么认为但丁是十分接近莎士比亚的经典作家。就给予本民族语言的影响而言，他们均对各自民族的语言起到了极大的影响。但莎氏的影响更为广泛，只要有英语的地方就有莎士比亚，他对语言的影响超越了民族。但丁的影响则限于本民族内，使得区域方言成为了民族语言。这一点，但丁与乔叟相同。因此，布鲁姆认为但丁对语言的影响在广度上要逊于莎士比亚。就布氏推崇的普遍性艺术而言，莎士比亚显然要比但丁更为突出。他对自我的回避，使其艺术带有了显著的普遍性，而但丁的普遍性则是建立在自我表现的基础上。因此，布鲁姆认为但丁是非常接近莎士比亚的经典作家。

尽管但丁要略逊于莎士比亚，但他有着除莎士比亚外，其他经典作家没有的独特的艺术成就，特别是在人物塑造方面。布鲁姆指出，但丁在人物塑造的过程中注入了他的自我意识和性格特点，为其人物增加了活力和个性，使得西方文学中某些常见的人物形象有了新的意义，这体现着但丁艺术的原创性和陌生性，也是他优于其他作家之处。

---

① 托斯卡纳位于意大利中西部，行政区首府为佛罗伦萨.

第五章
布鲁姆的"新审美"批评实践

在布鲁姆看来,但丁的陌生性和原创性较为集中地体现在《神曲》中的尤利西斯和贝亚特丽丝两个人物形象上。若要再现但丁的陌生性,必须看他如何描写一个具有普遍意义的形象。这个形象便是荷马史诗中的英雄人物奥德修斯("尤利西斯"是其拉丁文名字)。从荷马开始,奥德修斯/尤利西斯在众多经典作家的笔下经历了不同的再创造。其中,维吉尔和奥维德塑造的尤利西斯对后世作家影响较大。维吉尔《埃涅阿斯纪》中的尤利西斯,被诗中其他人物视为狡诈之徒;而奥维德则将自我的流亡经历与尤利西斯组合为一体,成为当下人们观念中的尤利西斯。

《神曲》中的尤利西斯被但丁赋予了新的意义。在布鲁姆看来,这种创新是但丁将其自我与尤利西斯相结合的产物,体现着他的陌生性。但丁将尤利西斯塑造成为一个受高傲驱使的探索者,一个类似《白鲸》中亚哈的正反角色合一的人物。但丁的个性和性情同尤利西斯一样粗野、躁动不安,以自我为中心。尤利西斯与但丁的欲望相同,渴望身在他处与众不同。他没有回到伊萨卡家中寻找妻子,而是离开科尔刻去探索未知国度。布鲁姆指出,尤利西斯探索的代价,是儿子、妻子和父亲,吃别人的面包,走别人的楼梯。他的探索是但丁高傲和执着的象征。正因为如此,但丁没有让尤利西斯讲述特洛伊木马、阿喀琉斯之死以及雅典神像遭窃等故事,因为这些均是尤利西斯遭受诅咒的缘由。但丁高傲的替身不能遭受任何诅咒。因此,虽然尤利西斯知道高傲和勇气无法完成探索,但他说话时依然带有绝对的威严,没有遭受诅咒的悲伤。在布鲁姆看来,将自我与尤利西斯相结合,正是但丁优于品达、弥尔顿以及雨果等人之处,也是其陌生性的展现。

与但丁的尤利西斯相比较,布鲁姆对贝亚特丽丝的评价较高,认为她展现的是但丁新的自我,体现的是但丁诺斯替意义上的"知"。诺斯替的"知"源于希腊语 Gnosis,意为关于上帝的知识。[①] 但丁的"知",指的是从知者但丁到被知者上帝的途径。就贝亚特丽丝而言,她从欲望的形象升华为天使的形象,成为教会拯救体系中的关键因素,代表着但丁的"知"。布鲁姆认为,但

---

① Harold Bloom. *Kabbalah and Criticism*[M]. London and New York: Continuum, 2005, p.6.

丁的贝亚特丽丝神话与其说接近基督教的正统观念，不如说更接近于诺斯替教观念。但丁省略了对贝亚特丽丝升天过程的描写，是由但丁的诺斯替先辈影响所致。布鲁姆甚至以十分肯定的语气断言，贝亚特丽丝既源于神圣之光的发散，也出自一位25岁夭亡的佛罗伦萨女子。在没有经过宗教审判的前提下获得福佑，她似乎直接从死亡获得拯救。[①] 虽然但丁偏爱贝亚特丽丝，但他并不希望贝亚特丽丝只是其个人的"知"，而是希望读者能从她身上找到具有普遍意义的"知"。因此，但丁对贝亚特丽丝的塑造，是通过自己的绝对权威而把整个基督教类型体系纳入贝亚特丽丝中，以此来获得她的普遍性。

布鲁姆指出，由于贝亚特丽丝是但丁神话创作的中心，且只存在于但丁的《神曲》中，她的陌生特性很难被察觉，因为西方经典中没有什么人物可与其比较，即便是弥尔顿《失乐园》中的尤瑞尼亚和雪莱《我心以外》中的薇薇安妮。因此，布鲁姆认为贝亚特丽丝是但丁原创性的标志。她之所以是但丁的原创性标志，主要在于但丁将其信念转化为具有他个人特色的东西，即诺斯替的"知"。贝亚特丽丝在炼狱与诗中的但丁说话时疾言厉色，但这只是表明但丁对另一类型自我的赞许。此时的贝亚特丽丝是他预言的实现，体现着他的原创性。布鲁姆认为，实际上这是但丁自己的天才在责怪自己。[②] 作为一个满是傲气的诗人，但丁是无法忍受他人的指责的。在布氏看来，高傲并非基督教的美德，但对于诗人来说却是至关重要的德行。但丁的高傲在《神曲》中使他升华，并使贝亚特丽丝升至天堂。最后，但丁将其观念中的"知"直接命名为贝亚特丽丝。布鲁姆认为，她既非虚构也非真实，只是代表着但丁的"知"。

从这里可以看出，布鲁姆观念中但丁的原创性，指的是但丁在其个人性情（高傲）外化过程中进行的自我观照，以及对其个性普遍化的尝试。贝亚特丽丝便是但丁个性外化的替身。贝亚特丽丝对诗中但丁的几次指责，便是但丁"自我观照"的隐喻。然而，正如布鲁姆所说，满是傲气的但丁是无法接受他人的指责的。因此，贝亚特丽丝的指责可以说是一种变相的自我肯定。但丁这

---

① ［美］哈罗德·布鲁姆. 西方正典［M］. 江宁康译. 译林出版社, 2011, 第70页.
② ［美］哈罗德·布鲁姆. 西方正典［M］. 江宁康译. 译林出版社, 2011, 第76页.

种极其强烈的个性,正是布鲁姆自浪漫主义诗歌批评时期以来就极为重视的诗人的品质。因此,他认为傲气对诗人来说是重要的德行。贝亚特丽丝作为"知"的替身,被但丁纳入基督教的拯救体系中,希望其读者能从贝亚特丽丝身上获得他观念中具有普遍意义的"知",体现着但丁将其个性普遍化的尝试。也许可以说,这也体现着布鲁姆观念中陌生性的标准之一,即不可能被完全同化的一种特性。但丁本人及其作品中的傲气、咄咄逼人的气势以及善辩,便是这样一种不能被同化的陌生性的表现。

(三) 奥斯卡·王尔德批评

布鲁姆的王尔德批评散见于其著作中,不易归纳整理,且与对其他经典作家的批评相比,布氏对王尔德的评论内容相对较少,似乎王尔德在其文学批评中并不是一位重要的经典作家。因此,布鲁姆的王尔德批评还没有引起学界的注意。综观布鲁姆的批评著作可以发现,王尔德的文艺观和批评观,对布鲁姆的影响较为深远。布氏曾将自己称为王尔德的崇拜者[1],并经常援引王尔德有关文学艺术和文学批评的某些观念,用以支撑并证明其批评论断和批评方式的正确性。虽然对王尔德的评论相对较少,但布鲁姆却认为王尔德是永远正确的,是一位品位高尚的语言大师、幻想大师和悖论性艺术大师。[2] 布氏对王尔德的评价之高,并不亚于对但丁、塞万提斯以及约翰逊博士等人的评价。

布鲁姆的王尔德批评,主要集中在戏剧批评上。布氏认为,继莎士比亚之后,英语中最好的舞台戏剧均是由盎格鲁—爱尔兰人写就。例如,威廉·康格里夫的《如此世道》,奥利弗·戈德史密斯的《委曲求全》,理查德·谢里丹的《流言蜚语学校》,奥斯卡·王尔德的《认真的重要》,萧伯纳的《皮革马利翁》,以及萨缪尔·贝克特的《等待戈多》。其中,王尔德的《认真的重要》(以下简称《认真》)被布鲁姆视为是莎士比亚《第十二夜》以来最佳的英国喜

---

[1] Harold Bloom. *The Shadow of a Great Rock : A Literary Appreciation of the King James Bible*[M]. Yale University Press, 2011, p.49.
[2] [美]哈罗德·布鲁姆. 西方正典 [M]. 江宁康译. 译林出版社, 2011, 第13页; [美]哈罗德·布鲁姆. 如何读, 为什么读 [M]. 黄灿然译. 译林出版社, 2011, 第254页.

剧，是上述其他剧作无法相媲美的。布氏指出，《认真》(*The Importance of Being Earnest*) 是一部奇迹般戏剧，永远清新可喜，隶属于荒唐文学（Literature of Absurdity）传统。荒唐文学能使人们摆脱日常生活中的荒诞，将观众或读者带入一个既奇怪轻松又令人不安的世界。因此，布鲁姆依据《认真》一剧的特性，将它视为荒唐文学中的杰作。

在布鲁姆看来，《认真》既可以是闹剧、荒唐剧，也可以是王尔德式的道德剧。该剧的特性充分体现了王尔德的才华。他塑造的人物是严肃的说谎者，除感情方面以外，他们没有发生任何变化。剧中人物是自私的，而自私却在这个荒诞世界中是最大的美德。剧中既没有罪恶也没有愧疚。其严肃谎言的悖论，集中地体现在这样一个现象中，即不论戏中人物所讲的是什么，是肆无忌惮还是夸张言辞，均为真话。布鲁姆认为，这是因为唯美的谎言是视域性的。它反对的不是真理或现实，而是时间及其从属者自然。①

布鲁姆认为该剧的剧名有着深刻的内涵。"认真"（Earnest）是剧中人物格温多林和赛西丽观念中理想的丈夫的名字，它的语义可以追溯到印欧语系的词根"厄"（ear）。"厄"的原意为开创。"要认真"（being earnest）就是要有原创性。在王尔德那里，"开创"便意味着"撒谎"（lie）。布鲁姆指出，"要认真"这一说法蕴涵着王尔德的狡黠公式。然而，原创性通常与王尔德的天才格格不入。该剧中没有人物是原创性的，每一人物均处于传统人物塑造的模式框架内。与一般的意见不同，布鲁姆却认为这正体现了王尔德满是活力的原创性。他指出，该剧的副标题"给严肃人士看的微不足道的喜剧"（*A Trivial Comedy for Serious People*），将读者和观众带入了一个充满童稚游戏的世界。在这个荒唐幼稚的世界里，有没有黄瓜三明治吃是不亚于任何重大危机的事件。在这个世界中，王尔德塑造了两个与其本人极为相似的唯美纨绔子弟形象以及他们的怪诞风格。

布鲁姆指出，《认真》中的人物也体现着王尔德的悖论性艺术。爱尔杰农（Algernon）有着福斯塔夫式的胃口，对吃有着浓厚的兴趣。布雷克耐尔太太

---

① ［美］哈罗德·布鲁姆. 如何读，为什么读［M］. 黄灿然译. 译林出版社，2011，第256页.

第五章
布鲁姆的"新审美"批评实践

(Lady Bracknell)有着福斯塔夫般运用语言的能力,是福斯塔夫以来最为越轨的喜剧人物(即超乎常识的人物)。在布鲁姆看来,布雷克耐尔太太丰富有趣的部分原因,是因为她没有幽默感,与福斯塔夫构成了鲜明的对比。但由于该剧是荒唐喜剧,缺乏幽默反而使她显得荒唐幽默。从布鲁姆对剧中两个主要人物的评论来看,他认为王尔德将福斯塔夫爵士的特点一分为二,将语言分给了布雷克耐尔太太,将胃口分给了爱尔杰农。在这两个人物中,布鲁姆对布雷克耐尔太太的评价要高于爱尔杰农。她犹如一位浪漫主义诗人,将自我及其视野强加于现实之上,即便其视野是对自私的纯粹戏仿。[①] 正是这样一个利己狂,以至于全世界不仅是她的观众,还是她的监护人。其自私的美德主宰着该剧的结尾,获得了对时间的胜利。

从布鲁姆对《认真》的批评来看,他较为注重王尔德的悖论性艺术。王尔德的悖论性艺术分别体现在该剧的特点、剧名以及人物塑造上,与布氏观念中的审美力量、陌生性以及对抗性崇高较为吻合。剧中的悖论艺术,体现了王尔德非凡的才智、卓越的艺术创造才能及语言驾驭能力。布鲁姆观念中那些具有非凡创造才能的作家,其作品往往是难以归类的,如莎士比亚的《哈姆雷特》。《认真》既可以是闹剧、荒唐剧,也可以是道德剧,这充分体现了王尔德驾驭不同类型戏剧的能力。或者说,这是王尔德对观众、读者和批评家开的一个荒唐机智的玩笑,是对道德剧的讽刺、对闹剧荒唐剧的戏仿。虽然他塑造的人物,从形象上说没有原创性,但由于王尔德将他们与荒唐的言论和奇怪癖好相结合,反而衬托出其人物的原创性。从该剧的标题以及副标题来看,"认真"、"重要"、"严肃人士"以及"微不足道"均充满了反讽式悖论。不仅是该剧的标题,剧中人物严肃的谎言也是充满了矛盾和悖论。或许可以说,王尔德是除莎士比亚、但丁之外,能够较为完整地体现布鲁姆观念中审美力量、陌生性以及对抗性崇高的经典作家。

---

① [美]哈罗德·布鲁姆. 如何读,为什么读[M]. 黄灿然译. 译林出版社,2011,第 256 – 257 页.

三、宗教批评

布鲁姆的宗教批评，是其"新审美"批评实践的重要组成部分之一。他的宗教批评始于20世纪90年代。1990年出版的《J之书》，标志着布鲁姆宗教批评的开始，2011年出版的《伟大巨石的阴影：对〈圣经〉的文学鉴赏》是其宗教批评的最新成果。布鲁姆的宗教批评方式及其对宗教的认识，与西方社会的传统认知有很大的不同。他曾坦言承认，他并不是神学家。布鲁姆将其文学批评的心得植入宗教批评中，在文学与宗教的互鉴中对宗教文本和宗教人物进行批评研究。其宗教批评运用的是佩特开启的鉴赏式批评。布鲁姆还继承了爱默生的观点，认为宗教是想象性的，与文学是相通的。① 从某种意义上说，布鲁姆抓住了文学与宗教相通的契合点，以想象性为依据消解了宗教文本与文学文本、宗教人物与文学人物之间的界限，颠覆了西方社会对宗教的传统认知，从另一角度拓展了其文学研究的辐射范围。

（一）《圣经》批评

布鲁姆的《圣经》批评最早见于《J之书》。该书是布氏在大卫·卢森堡英译版《希伯来圣经》的基础上，对《摩西五经》的研究成果。在《J之书》中，布鲁姆从"J"作者的性别以及《摩西五经》与文学作品对比的角度，对《摩西五经》进行了文学式解读。最能体现其宗教批评特色的，是他对"J"作者性别的猜测和宗教人物的批评。他认为，"J"作者是一位与莎士比亚具有同样丰富的想象力和创造力的女性作家。虽然有人批评他将《摩西五经》视为幻想小说，但他坚持认为宗教文本是以想象性为基础，与文学文本没有本质区别。宗教文本与世俗文本的差异，是社会和政治的作用结果，并不是由文本身的原因所导致。《J之书》和《圣经》中的耶和华，同莎士比亚的哈姆雷特一样，是修辞与意象的结合体。

"J"指的是《摩西五经》的作者"耶和华文献者"（the Yahwist）。虽然

---

① Harold Bloom. *The American Religion: The Emergence of the Post-Christian Nation* [M]. Touchstone Books, 1992, pp. 28, 24.

第五章
布鲁姆的"新审美"批评实践

"J"生活的具体年代以及性别无法考证,但布鲁姆猜测"J"是生活在公元前900年左右罗博安王宫廷中的一位女诗人。布氏认为,对《圣经》的描绘和解释均是学者们的虚构和宗教上的幻想。① 在他看来,"J"作者对《摩西五经》中男女人物的描写是不同的。从"J"的描写来看,其笔下的上帝和男性诸神同希腊神话中的诸神一样,有着普通人的喜怒哀乐。"J"作者笔下的摩西缺乏耐心,容易愤怒,满是焦虑。更有讽刺意味的是"J"对耶和华的描写。当耶和华处于对其信徒失去控制力的边缘时,他主动告诉摩西,让他的人民小心,因为他们的上帝知道他要失去所有的控制权了。② 与对男性诸神的描写不同,"J"对女性人物较为偏爱,赋予她们勇敢善良的性格品德。摩西即便是在其生命受到耶和华威胁时,也不敢对其反抗。与摩西的懦弱相比,他的夫人却敢于反抗耶和华的不公和统治。因此,布鲁姆以"J"作者对两性不同态度为依据,判定"J"是一位女性作家。

除对"J"作者的性别研究外,布鲁姆还对"J"作者与莎士比亚进行了比较研究。布鲁姆指出,"J"作者与莎士比亚均是具有普遍性艺术的作家。两者均为风格的突破者。读者一直被"J"作者和莎士比亚影响着,被他们的文本包含着。不同的是,莎士比亚伟大的原创性是用"自我倾听"的方式展现变化,而这一点是"J"的耶和华和亚巴拉罕没有的。此外,布鲁姆还从宗教人物与文学人物比较的角度对《摩西五经》进行了探讨。在他看来,"J"的耶和华不是神圣的、永远正确的,而是充满想象力和活力的。同莎士比亚的哈姆雷特和福斯塔夫一样,"J"笔下的耶和华有着精英意识,惯于按照自己的意识想法来谋划事情。《摩西五经》中的人物如约瑟夫和亚巴拉罕等,与莎士比亚和乔叟塑造的人物一样,均是以自我变化为主要特征。其中,约瑟夫的故事,对后世作家在文学精神和文学范式方面影响较大,如对帕斯卡尔、托尔斯泰和托马斯·曼的影响。

布鲁姆的《J之书》研究为其宗教批评确立了重要的批评范式,标志着布

---

① Harold Bloom and David Rosenberg. *The Book of J*[M]. New York: Grove Weidenfeld, 1990, p.10.
② Harold Bloom and David Rosenberg. *The Book of J*[M]. New York: Grove Weidenfeld, 1990, p.249.

鲁姆式宗教批评的形成。布鲁姆式宗教批评的显著特点，是以想象性为依据，在宗教文本与文学文本的互鉴互赏中，对宗教文本中的人物进行审美批评，并阐述它的美学价值。对于那些否认宗教文本具有美学价值的专家学者，布鲁姆的态度极为坚定。在他看来，"J"并不是以《圣经》作者的身份进行创作，她是一位具有普遍性艺术成就的诗人。同时，布鲁姆并不十分关注宗教人物是否历史上真正存在过，而是关注某一人物在宗教文本中的形象塑造。例如，布鲁姆并不是很在意亚巴拉罕在历史上是否存在过。他关注的是"J"作者对亚巴拉罕自我变化的描述。《J之书》开启的布鲁姆式宗教批评，在其《耶稣与亚卫》（2005）中也有明显的体现。在对《圣经》各种先在笔者比较后，布鲁姆认为《圣经》中的耶稣，经《马可福音》、《马太福音》以及《路加福音》的神化，已经是一个有着复杂个性的文学人物。在布鲁姆看来，作为文学人物的耶稣，非常善于运用反讽、箴言和寓言故事来表现其复杂的自我意识。[①]

除《J之书》和《耶稣与亚卫》外，布鲁姆的《圣经》批评，较为全面地体现在其最新专著《伟大巨石的阴影：对〈圣经〉的文学鉴赏》（以下简称《伟大巨石》）中。该部专著是其《圣经》批评的集大成者，标志着布鲁姆《圣经》批评的最高成就。《伟大巨石》延续了布氏以往的宗教批评的风格特点，以对《圣经》的文学解读为出发点，在对不同版本《圣经》的对比中，探讨宗教人物以及赞美诗。虽然《伟大巨石》延续了《J之书》和《耶稣与亚卫》中的立场观念和批评范式，但《伟大巨石》的论述要更具逻辑性和体系性。

在布鲁姆看来，英语文学中两大经典之作于1604至1611年间出版，即英皇詹姆斯钦定版《圣经》和莎士比亚的主要戏剧。布氏以为，两者均是英语读者最为喜爱的美学作品。钦定《圣经》由詹姆斯一世遴选的五十多位翻译家共同翻译而成。该版本《圣经》的用语，与先在《圣经》（如《日内瓦圣经》和《希伯来圣经》）相比更具有隐喻性。尽管其用语更为精简，但足可以

[①] Harold Bloom. *Jesus and Yahweh*[M]. New York: Grove Weidenfeld, 2005, pp.27–29.

第五章
布鲁姆的"新审美"批评实践

与莎士比亚的用语相媲美。①

在《伟大巨石》中,布鲁姆首先对其宗教批评立场和依据进行了系统阐述。《伟大巨石》的副标题"对《圣经》的文学鉴赏"(*A Literary Appreciation of the King James Bible*)表明了布氏的批评立场。该部著作的宗旨,便是对钦定《圣经》进行文学性鉴赏。布鲁姆认为,"文学性"是一个包含性术语(a comprehensive term),可以涵盖任何意义上与人类精神有关的作品。在他看来,钦定《圣经》便是精神性的文学作品。布鲁姆的"鉴赏",源于其观念中具有崇高性的美学家华尔特·佩特,指的是对某一事物美学价值的赏析。因此,他对《圣经》的文学鉴赏便是对它的美学价值的评判。在表明自我立场后,布鲁姆就《圣经》是否可以被当作文学作品来读做了系统说明。他认为,钦定《圣经》的文学意蕴始于浪漫主义,雪莱和布莱克等人的经典诗作无不体现着钦定《圣经》用语的节奏韵律。这对浪漫主义之后的作家,如卡莱尔、爱默生、罗斯金、劳伦斯以及斯蒂文森等人也产生了巨大的影响。例如,劳伦斯小说《雨虹》的开篇,便是以《创世纪》为蓝本。英国批评家马修·阿诺德是第一位将《圣经》视为文学的批评家,"作为文学的《圣经》"便是阿诺德创造的表述,其《上帝与〈圣经〉》(1875)便是对《圣经》进行文学鉴赏的产物。此外,弗莱还将《圣经》视为赋予词语以力量的文学原型。②因此,他也是对《圣经》进行文学鉴赏的代表。布鲁姆还指出,文学就其最高价值意义来说,是一种"福佑"(the blessing),代表着生活的圆满,赋予人类更多的生活。布鲁姆以此为依据,认为文学与《圣经》并没有不同。

从布鲁姆对其观念立场的阐释来看,《伟大巨石》与其之前的宗教批评著作相比,有着较为显著的变化。在《J之书》和《耶稣与亚卫》等著作中,布氏常以不容置疑的语气阐发其立场观念,并没有提供令人信服的依据,而在

---

① Harold Bloom. *The Shadow of a Great Rock: A Literary Appreciation of the King James Bible*[M]. Yale University, 2011, p.2.
② Harold Bloom. *The Shadow of a Great Rock: A Literary Appreciation of the King James Bible*[M]. Yale University, 2011, pp.20 – 21.

《伟大巨石》中，他指出了那些为《圣经》赋予文学意义的诗人和前辈批评家，并对其观念立场进行了相对有体系性和逻辑性的阐述，使其《圣经》批评具有了一定的可信度和严谨性。

在说明其观念立场后，布鲁姆首先对钦定《圣经》与《希伯来圣经》的审美价值进行了对比。在布氏观念中，虽然钦定《圣经》中的《旧约》和《希伯来圣经》带来的审美体验是不同的，但《希伯来圣经》的审美价值要优于钦定《圣经》。钦定《圣经·旧约》有一种巴洛克式的辉煌，而《希伯来圣经》在表现方面要更为精准。就两部《圣经》的行文来说，钦定版的风格与罗伯特·伯顿《忧郁的解剖》较为近似，而《希伯来圣经》在英美文学中却没有可与之相比照的对象。惠特曼、海明威、福克纳和麦卡锡等美国作家的作品，均带有钦定《圣经》的痕迹，而菲利普·罗斯这样的犹太作家则具有《希伯来圣经》那种节奏紧凑、满是活力的风格特点。因此，布鲁姆认为，钦定《圣经》最大的美学缺陷是失去了《希伯来圣经》原文的音韵美。究其根源，主要在于詹姆斯一世指定的《圣经》译者对希伯来语所知有限，并没有把握住希伯来语具有的音韵特征，只是尽可能地抓住希伯来语的字面语义。由于钦定《圣经》译者在语言方面的局限性，他们只是最大限度地增加了钦定《圣经》的音韵性，却没能传达出《希伯来圣经》在隐喻方面使用的自由。这使得钦定《圣经》中的人物，在语言表现方面没有足够的个性可言。《希伯来圣经》用语的突出特点是善于省略，读者在阅读过程中可以自由地梳理语义。在布鲁姆看来，这种省略艺术是《希伯来圣经》最高的审美价值，可以与莎士比亚的修辞艺术相媲美。

在对两部《圣经》的审美价值比较后，布鲁姆延续了其在《J之书》和《耶稣与亚卫》中采用的批评方式，以《希伯来圣经》为主要参照，对宗教人物进行了文学解读。布氏首先对《摩西五经》中的耶和华和摩西进行了分析。在他看来，神明本身，便是人的想象力的产物。虽然《圣经》的文学解读会"亵渎"神明，但这是由其本质所决定的。《圣经》中的耶和华性格暴怒，满是暴力，极其危险。对有些人来说，他引起敬畏，而对有些人来说他只能引起恐慌。《出埃及记》中满是愤怒的耶和华，让其选民在荒野流浪四十年。这种

第五章
布鲁姆的"新审美"批评实践

神的福佑让布鲁姆难以理解。以这样一个神为基础而建立起的神学，本身就是亵渎神明的。因此，耶和华在其看来是一个文学人物。与各种版本的耶和华相比，布鲁姆对"J"作者塑造的耶和华评价较高，认为是其塑造的伟大人物之一。"J"在塑造耶和华时，通过省略和精准措辞为这一人物赋予了讽刺意味。耶和华在与其选民达成协议时，已经非常愤怒。但他依然需要赐福于选民。这时的耶和华变得自相矛盾。他不能被选民看见，但他必须来到西奈出现在选民面前。因此，他会被选民看见。这种维系神秘感时带来的自相矛盾，被布鲁姆视为"J"作者赋予耶和华的讽刺。这样，"J"通过想象力塑造的耶和华，便比人类还具有更多的人类特性。布鲁姆认为，他充满了活力，不受任何事物的限制，有着福斯塔夫的活力，哈姆雷特的本体虚无观，伊阿古的破坏力，以及李尔王的嫉妒、愤怒和疯狂。

除耶和华外，布鲁姆认为摩西是《摩西五经》中的主要人物。在布氏看来，《出埃及记》中摩西这一人物的复杂性来自不同版本《圣经》作者对他的描写。"J"作者对其描写的摩西在讽刺中带有一种同情，而其他版本作者对摩西的描写则缺乏生动性。"J"的摩西缺乏耐心、自信，不够沉着冷静，不善言谈，怀疑其作为领导者的能力。他曾四次回避耶和华的呼唤，但这依然无法阻止其成为上帝的选择。[①]"J"作者并没有说明，为什么上帝会选择这样一个没有英雄气质的英雄。在布鲁姆看来，这正体现了他的审美价值。正如布氏对希伯来用语特色的分析，这种模糊性可以由读者通过想象进行自由猜测，或某种程度上的"误读"。

除耶和华与摩西外，布鲁姆认为大卫是《希伯来圣经》中的另一主要人物。与耶和华和摩西相比，大卫与欧洲人的关系更为紧密。欧洲大部分的世俗文学传统均来自大卫。所有《圣经》的主人公，大卫这一人物最具有小说韵味。大卫的故事在《列王记Ⅰ》结束，在《历代记》中被重新讲述。《圣经》中的大部分赞美诗，大部分出自大卫之手或与之有关。大卫属于犹太传统，很

---

① Harold Bloom. *The Shadow of a Great Rock: A Literary Appreciation of the King James Bible*[M]. Yale University, 2011, p.65.

可能是历史上的真实人物,这使作者可以在此基础上对其生平事迹进行细致的夸张描写。索尔和乔纳森在与非利士人的战斗中死亡后,大卫对他们的哀悼成为了钦定《圣经》和《希伯来圣经》的经典之一。在哀悼中,大卫复杂的情感表现得一览无余。他对乔纳森和索尔的情感被夸张地表现出来,这暗示着他爱的其实是他的儿子押沙龙。大卫真正的情感生活在《圣经》中一直隐藏着,增加了他的神秘感,提高了这一文学人物能给读者带来的审美乐趣。布鲁姆指出,大卫是诗人、音乐家、篡位者、被任命的国王。他既充满热情又冷酷无情,是一个具有崇高性的矛盾对立结合体①,是《旧约》中最具有莎士比亚特色的人物。他内向多面,很难把握其意识,与莎士比亚的福斯塔夫、哈姆雷特、伊阿古等人物颇为相像。然而,让布鲁姆感到惊讶的,是大卫与哈姆雷特的相似之处。同哈姆雷特一样,大卫能激发起读者对他的喜爱,却从不回报读者以相同的爱。哈姆雷特是西方意识的英雄,与大卫在个性方面不分伯仲。由于大卫是宗教人物,这使他的个性意识较哈姆雷特来说更为复杂。哈姆雷特与大卫如此相像,以至于布鲁姆怀疑这是由于莎士比亚熟读《日内瓦圣经》,有意识地将哈姆雷特塑造成类似于大卫的戏剧人物。

除对不同版本《圣经》的审美价值和宗教人物鉴赏外,布鲁姆在《伟大巨石》中还对《赞美诗》进行了分析。《赞美诗》是《希伯来圣经》中最长的一卷,对后世诗歌创作特别是对抒情诗的影响很大。"赞美诗"(Psalm)是从希伯来语 Mizmor②的希腊译文转译过来。在犹太传统中,"赞美诗"又叫作 Tehillim(赞美)。所有诗歌,均是以各种名义歌颂耶和华,即便是那些对耶和华的抗议也是以感恩的语气写出。布鲁姆认为,赞美诗的最大特点是将诗中的自我隐藏起来。③ 这一点,与莎士比亚诗歌中的省略艺术极为相似。不同的

---

① Harold Bloom. *The Shadow of a Great Rock: A Literary Appreciation of the King James Bible*[M]. Yale University, 2011, p.103.
② Mizmor 意为可以配乐演唱的歌.
③ Harold Bloom. *The Shadow of a Great Rock: A Literary Appreciation of the King James Bible*[M]. Yale University, 2011, p.171.

第五章
布鲁姆的"新审美"批评实践

是,赞美诗中的自我隐藏,是为颂扬上帝;而莎士比亚将自我从痛苦中移除,可以使读者想象他为我们遭受的痛苦。此外,布鲁姆还指出,《赞美诗》对当代读者的意义已经不再是赞美上帝,而是在其中寻找那些受难者,对他们给予我们的同情。

(二)摩门教批评

布鲁姆严格意义上的宗教批评是摩门教批评。美国宗教信仰和宗教生活处于一种多元并存的文化态势中。布氏为何选择摩门教而不是其他教派进行宗教批评?这与他的文学观念、价值立场以及个人信仰有着密切关系。因此,有必要系统考察布氏的摩门教批评。审视其摩门教批评,首先要厘清一个关键问题,即什么是摩门教。

耶稣基督末世圣徒教会(The Church of Jesus Christ of Latter-day Saints)简称摩门教,是由约瑟夫·史密斯在美国纽约西部创立的美国本土教派。摩门教以美国先知摩门命名,将自己称为后期圣徒教会,视自己为基督教正统。[1] 虽然摩门教是在基督教基础上演化而来的一个教派,但在基督教会看来,摩门教教义与他们观念中的基督教相去甚远。尽管它继承了某些基督教的观念信仰,但其信仰有着独特之处使其不同于基督教。摩门教信徒主要信奉的是《摩门经》和《圣经》。除此以外,他们还信奉创教者史密斯的《教义与圣约》和《无价珍珠》。然而,《摩门经》的地位要远高于《圣经》。当两者有冲突时,摩门教徒会选择信奉《摩门经》而不是《圣经》。

虽然摩门教徒信奉上帝,但他们否认基督教的三位一体说。在他们看来,圣父圣子均是有骨肉的实体,只有圣灵才是一种精神性存在。他们不承认基督教的原罪说,认为人受到惩罚并不是因为亚当,而是由自己所犯罪引起。不仅如此,摩门教徒崇敬圣母玛丽,认为她是上帝的妻子、耶稣的母亲。在基督教那里,没接受过洗礼的人注定要下地狱。摩门教徒不接受基督教这种观念,认为这种观念既不公平也缺乏爱心。他们坚持为死者洗礼,这样,他们可以在来

---

[1] 陈光. 论摩门教的起源与发展. 安徽文学,2009,8.

世获得耶稣基督的救恩。摩门教的这些信念与传统基督教大相径庭。因此，摩门教一直被基督教视为宗教异端。更令人震惊的是，创教者史密斯于1831年宣称，他接到了上帝启示要实行"一夫多妻制"。尽管"一夫多妻"只是在摩门教高层内部执行，但那些因对此不满而脱离教会的教众还是将它公布于众。因此，摩门教受到其他教派和社会公众的谴责和排斥。史密斯也因此于1844年6月24日被捕入狱，并于3天后被闯进监狱的暴徒杀害。1852年教会领袖博汉·杨以教会名义正式宣布在犹他州部分地区执行"一夫多妻制"。这使摩门教不仅成为其他教派和社会公众的指责对象，美国联邦政府也对其进行了制裁。虽然"一夫多妻制"于1890年被迫终止，但作为一种制度思想对后世摩门教徒和美国文化影响较大。当今的美国社会依然在对摩门教"一夫多妻制"进行着强烈的批判。[①]

除来自其他教派和美国社会的谴责抵制外，摩门教在经济和政治领域也受到不同程度的敌视和排斥。在经济方面，摩门教仅鼓励教徒之间进行经济活动，导致了其经济活动的封闭性和局限性，也遭到了非摩门教徒的指责排斥。因为在非摩门教徒看来，摩门教是阻碍经济发展的障碍。1837年"科特兰安全银行"的失败，加剧了教外人士的看法。此外，摩门教还受到美国政党的排斥。不论是民主党还是辉格党均视摩门教为异端，两党均拒绝摩门教徒投票，造成了反摩门教群体的成立。从这个角度来看，摩门教在美国的发展历史，可以说是与美国基督教和主流社会的对抗史。

从摩门教义的生成来看，它与布鲁姆"误读"理论中文本语义生成较为一致。这也许是布氏选择摩门教进行宗教批评的原因之一。宗教文本的产生同文学文本一样，被布鲁姆视为"误读"的结果。他认为，摩门教的创始人史密斯，便是这样一位具有"误读"能力和非凡想象力的天才人物。布氏指出，史密斯在证明经济和社会力量无法决定人类命运的同时，也证明了宗教史和文

---

① 安秀芬. 美国政府对犹太摩门教的政策分析（1847－1896）[D]. 东北师范大学硕士学位论文，2004；赵金福，曾强. 美国的摩门教原旨主义与一夫多妻制 [J]. 国际资料信息，2005，5.

第五章
布鲁姆的"新审美"批评实践

学史是由天才式的精英分子所创造。① 如前所说,摩门教教义是在基督教基础上形成,与基督教义既紧密联系又有所不同。它信奉上帝、圣母玛丽,却不认同基督教的原罪和洗礼。这被布鲁姆视为史密斯天才的表现,《摩门经》、《无价珍珠》、《教义与圣约》等便是在史密斯对基督教《圣经》"误读"的产物,对摩门教义的形成起到了不可替代的推进作用。

在史密斯对《圣经》的"误读"中,布鲁姆认为其非凡的宗教想象力在创建摩门教和宣扬教义方面起到了至关重要的作用。史密斯的宗教想象力超过了所有美国人,展现的是他的勇气、活力和理解力,体现着他的个人魅力。在布鲁姆看来,史密斯的想象力主要体现在其对上帝和亚当形象的塑造。在传统基督教中,上帝是一个先于人类的无所不能和无限的精神性存在,具有超自然的力量,可以同时出现在任何一个地方。在史密斯那里,上帝最初不仅是以人的形象出现,还是一个受时空限制的物质性存在。虽然他的上帝也具有超自然力量,但他同样需要与时空抗争才能进入天堂。即便他进入了天堂,却依然受到时空的限制。此外,史密斯认为人类的始祖亚当并不是由上帝所创,而是与上帝同时的存在。亚当需要对自我精神进行不断的锤炼,才能上升至天堂从人转变为神。因此,史密斯改变了传统基督教中亚当与上帝的从属关系和创造与被创造关系,使亚当成为一个独立自主的人物形象。史密斯通过颠覆基督教中的亚当与上帝的关系,改变了人与神的关系,从而使人的主体性从神的压迫下解放出来,获得了创造的自由。② 在布鲁姆看来,这是史密斯宗教想象力的展现,可以引导其教徒获得个体的自由。

除史密斯对基督教《圣经》的"误读"外,布鲁姆还指出,虽然美国摩门教自视为基督教正统,但实际上它更为接近诺斯替教。在布氏看来,这与史密斯恢复的犹太教或基督教中不再存在的神秘主义传统有着密切的关系。这

---

① Harold Bloom. *The American Religion: The Emergence of the Post-Christian Nation*[M]. Touchstone Books, 1992, p.95.
② Harold Bloom. *The American Religion: The Emergence of the Post-Christian Nation*[M]. Touchstone Books, 1992, p.97.

里,"神秘主义传统"指的是诺斯替教的神秘主义。如前所说,史密斯通过想象力对传统基督教中亚当与上帝的关系进行了"误读",提升了人的主体性地位。主体地位的提升,是通过自我精神的锤炼来实现。这与诺斯替神秘主义有着较高的相似性。诺斯替教的神秘主义,是从其神话体系中有关灵魂升天的教义中演变过来。诺斯替教的信念、仪式以及伦理道德,均是为灵魂升天而作准备。在诺斯替教发展的晚期,灵魂升天演变为内在自我的转化。按照内在自我的转化观念来说,内在自我寄栖在肉体的同时,可以暂时地、有条件地拥有绝对者(Absoluteness)。这种心灵状态的提升和转变,代替了早期诺斯替神话中灵魂的归天旅程以及空间对升天的各种限制,使得灵魂升天的超越性演变为内在自我的超越性。诺斯替的神话框架演变为主体的内在性,神话中的升天阶梯转变为主体内在自我所体验的不同层次。于是,诺斯替教的神话体系完成了向神秘主义的演变。[①] 在诺斯替教的神秘主义中,内在自我的精神力量和精神体验是极为重要的关键因素,被布鲁姆视为导向个体自由的必经途径。在布鲁姆看来,诺斯替神秘主义与摩门教对自我精神的锤炼是一致的。因此,他认为摩门教是具有诺斯替精神的宗教派别,可以导向对个体自由的认知。

需要指出的是,布鲁姆对摩门教的批评与其个人信仰有着密切联系。他曾坦言承认,自己是具有强烈诺斯替倾向的犹太人。这从他对受诺斯替影响而形成的卡巴拉的借鉴,及其本人对基督教《圣经》上帝的不信任可见一斑。他难以理解上帝为什么对摩西、雅各布及其选民冷酷无情。在他看来,喜爱或信任上帝超出了人类能够理解的正常范围。摩门教的被逐史与犹太人的境况较为相似。在长达2000多年的反犹太主义历史上,欧洲统治阶级除对犹太人的残杀外,对犹太人最残酷的迫害就是驱逐。据有关学者统计[②],公元19年古罗马皇帝泰比留曾下令驱逐不愿改变宗教信仰的犹太人;公元70年犹太人被迫起义失败后,被罗马统治者驱逐至世界各地;在1290年至1497年这200年左

[①] 张新樟. 神话、秘仪和神秘主义——试论诺斯替精神的客观化与内在化 [J]. 世界宗教研究, 2005, 4.

[②] 徐新. 论欧洲历史上对犹太人的驱逐 [J]. 同济大学学报(人文·社会科学版), 1994, 2.

第五章
布鲁姆的"新审美"批评实践

右的时间内,英国、法国、瑞士、匈牙利、德国、立陶宛、西班牙以及葡萄牙等国相继驱逐犹太人。由于布鲁姆特殊的个人身份,他对犹太人特别是美裔犹太人特别关注。在《对抗》一书中,布氏对美裔犹太人的生存境况和未来出路极为关注。他认为,犹太人只有坚持以传统文本(即《希伯来圣经》)为中心来对抗其他文化的侵蚀,才能在多元文化并存的美国社会中找到自身生存和发展的途径。因此,布鲁姆将犹太人的被逐经历与摩门教联系起来,认为两者均带有强烈的诺斯替倾向。在他看来,诺斯替主义体现的是一种文本阐释策略,一种诗性知识。① 因此,在布鲁姆的观念中,古犹太神秘哲学卡巴拉以及史密斯的《摩门经》,均是对前人文本"误读"的产物。

本章小结

从对布鲁姆文学批评的分析来看,其批评实践有一些显著的特点。首先,布鲁姆以文本阐发为中心,注重发掘与主体性因素有关的审美价值,使其文学批评带有了鲜明的审美和主体内向特性。自浪漫主义诗歌批评以来,布鲁姆将审美与主体性因素紧密结合起来,与当代西方文论的"去审美化"和"去作者化"倾向相对抗,在使其"新审美"批评实践带有审美和主体内向特性的同时,也使其文学批评有着明显的对抗特性。其次,布鲁姆在对文本的审美阐释中,没有从社会历史等宏大视角解读经典文本,而是注重阐发创作主体与虚拟人物的精神才智和性格意识,发掘其对当代读者的自我认知价值。布鲁姆意识到,文学价值的实现需要大众读者的介入,而大众读者的介入则以满足其自身需求为根本动机。在布氏看来,当代读者是孤独的,容易受到不如意事情的打击。因此,布鲁姆在对小说、诗歌、戏剧等文本的审美解读中,发掘经典文本中的性格意识和精神才智,认为读者可以通过内化文本来认识自我,增强心灵力量,对抗死亡、疾病和衰老,从而获得精神的升华。最后,布鲁姆没有从纯理论出发阐释文本,而是采纳唯美主义诗学传统的鉴赏式批评,在对文本的

---

① Harold Bloom. *Agon*: *Towards a Theory of Revisionism* [M]. New York: Oxford University Press, 1982, p.11.

审美解读中传递着他的主观印象和审美感悟。布鲁姆认识到，理论化的文学批评难以拉近读者与文学文本之间的距离。因此，布氏放弃了他提倡的对抗式批评，运用唯美主义的鉴赏式批评来阐发经典文本的审美价值和认知价值。虽然布鲁姆在经典批评和宗教批评中运用了一些"误读"理论的相关观念，但这些观念仅是表明布氏的立场和态度，他并没有将其理论观念强加于对文学的审美鉴赏当中。从布鲁姆"新审美"批评实践的主要方面来看，其"误读"论的相关观念是服务于其鉴赏式批评的。布鲁姆更多的是借助"误读"理论的某些观念，在对文本审美的鉴赏中传递着他的态度立场、主观印象以及审美感悟。尽管布鲁姆文学批评的客观性和学理性有所欠缺，同时也存在一些问题，却可以摆脱理论化批评带来的机械性和枯燥性，使其批评文本更具有生动性、趣味性和可读性。

第六章
布鲁姆"新审美"批评的评析

布鲁姆的"新审美"批评，是在与其他批评流派的论争中形成，体现着布氏的问题意识和洞察力。布鲁姆始终坚持以审美价值为评判标准，在对传统理论资源的现代转换中捍卫着文学经典的地位与价值，并以其独特的视野在批评实践中，逐渐形成了以审美、对抗和主体内向为主要特性的审美批评。将他的"新审美"批评置于当代西方文论的背景中，进行共时性比较探讨，从中可以发现一些有价值的认识与启示，有助于对其进行整体性评析。

一、"新审美"批评的价值

"破"与"立"可以说是20世纪西方文论的显著特点之一。相对于19世纪来说，20世纪西方文论可谓是流派纷呈，名家众多。在对传统文论如浪漫主义和现实主义"破"的同时，各种五花八门、标新立异的文学理论竞相登场，文学逐渐与哲学、历史学、社会学和心理学等学科相融合，拓展了文学研究的辐射范围和理论视野。然而，20世纪的西方文论在取得突出成果的同时，也存在一些不容忽视的问题，如文论研究泛化、"非审美化"以及"去作者化"等。将布鲁姆的"新审美"批评放置在20世纪西方文论的背景下，可以发现其价值意义体现在与"非审美化"和"去作者化"等研究倾向的针锋相对中。布鲁姆坚持以审美为文学批评的唯一标准，捍卫作者在文学活动中的价值作用。因此，在与其他批评流派的比较中，探讨布鲁姆"新审美"批评的价值意义，有助于对其形成较为全面的认识。

（一）对审美的坚守与开拓

布鲁姆"新审美"批评的价值，首先体现在其对审美的坚守与开拓中。"坚守审美"是布鲁姆为捍卫浪漫主义经典诗歌的审美价值而与新批评进行的论战，而"开拓审美"则是发生在20世纪90年代美国文学经典之争中，与新历史主义、大众文化研究、解构批评等批评流派和外向性研究倾向进行的对抗中。归纳起来，其坚守审美与开拓审美的价值主要体现在以下三个方面。

首先，他摆脱了形式主义和新批评在对19世纪现实主义纠偏过程中产生的排他性阐释。虽然布鲁姆以坚定的审美立场捍卫着文学经典的审美价值，其"新审美"批评也始终以审美为视域焦点，但他没有同形式主义和新批评一样，否认非审美因素的存在。恰恰相反，布氏承认非审美因素对审美形成的价值作用。这对纠正形式主义和新批评的排他性阐释有着重要的意义，也为后理论时代新审美主义文论的产生奠定了重要基础。

总体上来说，20世纪60年代以后的西方文学理论，呈现出多元共存的发展态势。较为明显的是，文学理论的建构与文学以外的学科呈现出相互融合、互为补充的局面，涌现出众多的批评流派，如解构主义批评、女性主义批评、精神分析批评、新马克思主义批评、新历史主义批评以及后殖民主义批评，等等。应该说，这些批评流派的出现，对拓宽文学研究的理论视野和辐射范围是有一定积极意义的。它们打破了形式主义、新批评与结构主义的故步自封，实现了文学研究的外转向，走出了内向性研究的自我封闭，在某种程度上实现了文学与社会历史、政治道德和种族性别研究的融合，充分发掘出文学文本的现实针对意义和讽世劝诫功能。然而，20世纪西方文论在"破"与"立"中存在着某种极端倾向，60年代以后文学研究的外转向在对内向性文学研究纠偏的过程中，也存在着矫枉过正之嫌。

曾有论者指出，当代西方文论的显著问题和根本缺陷可以概括为"强制阐释"。"强制阐释"指涉更多的外向性文学研究，包括场外征用、主观预设、非逻辑证明以及混乱的认识路径。笔者以为，"强制阐释"既可以概括那些以场外理论为依据对文本进行的阐释，也可以指涉那些以场内理论为依据对文本进行的排他性阐释。也许可以说，20世纪的西方文论是沿着以"强制阐释"

第六章
布鲁姆"新审美"批评的评析

反"强制阐释"的脉络而演变发展的。相对于 19 世纪的现实主义文论来说，形式主义和新批评对其是某种程度的纠偏。它们实现了文学研究的内转向，将理论视野和批评焦点限定在修辞语言和文本结构上。然而，在实现内转向的同时，形式主义与新批评否定了文本中的人的因素（如意图、意志与情感）和社会因素（如历史、道德、政治），将文学文本视为一种自足自为的存在，在对现实主义纠偏的同时陷入了另一种主观预设陷阱。因此，这种排斥人与社会因素的内向性研究本身，是对文学的一种排他性阐释。如前所说，解构主义批评、女性主义批评、精神分析批评、新马克思主义批评、新历史主义批评以及后殖民主义批评等批评流派，将文学与哲学、政治学、社会学以及心理学等相互融合，在实现文学研究外转向的同时，打破了形式主义和新批评的封闭性研究。然而，这些外向性研究在对内向性研究的纠偏过程中，也同样存在着"强制阐释"的弊端。正如张江教授所指出的，它们从文学场外广泛征用非文学性理论，将其植入文学场域内并在主观预设理论的前提下，对文学进行非逻辑性证明，抹杀了文学理论与其他理论的区别。① 在"强制阐释"作用下，文学已经成为哲学、历史学以及心理学等学科的脚注，而文学的根本属性、本体价值以及基本特性被忽视了。

在新批评看来，文学研究应避免"意图谬误"和"情感谬误"，要对作品的语言、意象和结构等非个人化的形式因进行分析。② T. S. 艾略特主张诗歌应该是回避情感而不是放纵情感，应该回避个性而不是表现个性。他的这种"非个人化"观点在新批评的其他成员，如维姆萨特和布鲁克斯等人中也较为普遍。因此，浪漫主义这种表现个性和情感的诗歌自然成为了新批评的众矢之的。在新批评眼中，浪漫主义诗人有着严重缺陷，他们夸夸其谈卖弄辞藻，诗作生硬粗糙。雪莱是拥有热情的蹩脚诗人，拜伦是徒有一番孩子气。③ 对布鲁

---

① 张江. 强制阐释论 [J]. 文学评论，2014，6.
② 蓝仁哲. 新批评 [J]. 外国文学，2004，6.
③ 张剑. *T. S. Eliot and English Romantic Tradition* [M]. 外语教学与研究出版社，2000，第 8 - 10 页.

姆来说，新批评对浪漫主义诗歌及其诗人主体性的评价是难以接受的。这不仅与他早年间对浪漫主义诗歌情有独钟有关，更与其观念中的审美密切相关。虽然布氏在20世纪60年代左右，还没有对审美形成独特的认知，只是在批评实践表明他的审美立场。但此时的他不仅将审美与语言联系起来，还将审美与想象力、创造力、个性和情感等主体性因素紧密联系起来。因此，布鲁姆在浪漫主义诗歌批评中，不仅论述浪漫主义诗人的语言之美，还极力阐释其经典诗歌中的主体性因素，将浪漫主义诗歌的主题归结为"追寻罗曼司的内在化"，通过这种方式对抗新批评的"去个人化"，坚守他观念中带有主体色彩的审美。

其次，布鲁姆在与外向性研究对抗的过程中，赋予了审美以新的内涵，在唯美主义诗学传统的基础上开拓创新，从而摆脱了唯美主义狭隘的审美观。唯美主义诗学将审美限定在形式上，否认文学自身以外的价值作用。布鲁姆的"新审美"批评，在赋予审美以对抗和陌生特性的同时，丰富了唯美主义传统文论中对审美的认知与理解。不仅如此，他还突破了唯美主义的审美无利害观，将审美与自我完善紧密结合起来，充分发挥了审美的价值功用。

如果说布鲁姆与新批评的论争就是审美与主体性的关系的话，其"新审美"批评的价值只是体现在对审美的坚守中，那么他在20世纪90年代美国文学经典之争中，扮演的则是"审美开拓者"的角色。美国的文学理论研究借助文学研究的外转向浪潮，在文学经典的"破"与"立"中掀起了修正经典的浪潮。布鲁姆在解构经典、重构文学史的呼声中，捍卫着文学经典的审美价值以及作者的主体性地位。

20世纪六七十年代的美国社会，经历了一系列的社会运动，如女权主义运动、民权运动、妇女解放运动、黑人文艺运动，等等。[①] 这些社会运动在带来一系列社会变革的同时，也打破了白人清教文化独霸天下的格局，使美国呈现出多元文化并存的发展态势。曾经的少数族裔，随着社会文化的变革逐渐进入了人们的视野，在社会文化的不同领域发出了自己的声音，开始与主流文化争夺话语权。在文学领域也是如此。那些主宰西方文学史或文学传统的经典作

---

① 程锡麟，秦苏钰. 美国文学经典的修正与重读问题 [J]. 当代外国文学，2008，4.

第六章
布鲁姆"新审美"批评的评析

家作品,被认为是由"已故欧洲白人男性"构成。这样的文学史或文学传统带有明显的种族歧视和性别歧视,体现的是文学领域中的霸权主义,对当代少数族裔男/女作家以及白人女性作家来说是一种压迫性存在。于是,"打开经典"和"重写文学史"成为实现民族/性别/种族身份诉求的一种呼声。在上述社会文化运动的作用下,美国的文学研究突破了形式主义和新批评的禁锢,实现了文学理论研究的外转向,一时间涌现出大量新的批评理论。新的批评流派在纠正形式主义和新批评的狭隘视域方面起到了积极的作用,从文本中发掘出以往被人们忽视的各种问题,如种族、性别与阶级等。在这些批评流派的推动下,以往被忽视的少数族裔男/女作家以及白人女性作家进入了大学讲堂和文学教材。需要承认的是,这些批评流派的外向性文学研究,对推动文学研究的多样化发展起到了积极作用,使以往被忽视的作家作品进入了当代读者的视野,在拓宽他们阅读范围的同时增加了他们的阅读体验。然而,20世纪90年代的经典纠偏运动,其本身也是一种偏颇观点的体现,是以"前在立场和模式,对文本和文学作符合论者主观意图和结论的阐释"[①]。在外向性研究中,文学研究被非文学化,而文学的审美属性也被政治意识形态、社会伦理道德和种族性别所取代。这也是布鲁姆极力反对的。

在布鲁姆看来,如今的文学批评家和文学研究者,已经变成了"业余的社会政治家、半吊子社会学家、不胜任的人类学家、平庸的哲学家以及武断的文化史家"[②]。他们将文学以外的理论强行植入文学研究,忽略了文学经典的审美属性,将文学视为政治社会历史的脚注,认为文学是社会意识能量的产物。布鲁姆对这一研究倾向采取的是顽强的对抗姿态,并于20世纪90年代开始相继出版了《西方正典》、《如何读,为什么读》和《天才》等经典批评论著。在这些著作中,布氏与上述批评流派相对立,坚持认为文学经典的产生并不是由批评家、学术界和政治家等外在因素决定,而是由文学家自己决定。通过笔者的分析可以发现,布鲁姆的"新审美"批评,始终视审美为文学经典

---

① 张江. 强制阐释论[J]. 文学评论,2014,6.
② [美]哈罗德·布鲁姆. 西方正典[M]. 江宁康译. 译林出版社,2011,第432页.

的根本属性和价值标准，只有以审美为视域焦点的文学批评，才会被布鲁姆视为一种文学性研究。布氏对那些进行强制阐释的批评家和理论家讽刺的根本原因，在于他们将文学研究非文学化和非审美化。

就对审美的理论开拓来说，布鲁姆在坚守审美与外向性研究倾向对抗时，并没有固守其继承的唯美主义诗学的审美观，而是在其批评实践和理论建构的基础上，为审美赋予了新的理论内涵。虽然布鲁姆在与新批评的对抗中，没有就审美是什么这一问题提出新的见解，只是将审美与想象力、创造力、语言运用等主体性因素相结合，但在"误读"理论和文学经典论建构时期，其观念中的审美已经呈现出不同于唯美主义诗学传统的特色了。众所周知的是，唯美主义的审美是美在形式和无关利害，排除了一切非形式因以及文学艺术对社会民生的功能作用。对抗和陌生特性，是布鲁姆赋予审美的主要特性，也是其有别于唯美主义审美观的重要特征。在布鲁姆"新审美"批评中，对抗与陌生特性均体现着创作主体的想象力、创造力和意志力。在其观念中，审美是在后辈诗人与前辈的对抗中通过"误读"获得。这样的一种审美，具有一种无法同化的原创性或完全被认同并不再视为异端的原创性。笔者将这样一种原创性的美称为陌生性审美。此外，布鲁姆非常注重审美的认知功能，认为它可以使读者认识自我、增强自我心灵力量，对抗死亡疾病和衰老。由此可见，布鲁姆既是审美的坚守者也是审美观念的开拓者。需要说明的是，虽然布鲁姆坚持纯粹的审美立场，为审美赋予了新的内涵，但并不意味着他否认或排斥文学经典中有非审美因素的存在。笔者曾指出，布氏承认审美领域的某些价值是在心理的、精神的和社会等因素的相互影响下产生，但其价值核心始终是审美。因此，布鲁姆并非否认非审美因素对审美形成的价值作用，而是反对外向性研究过度夸大非审美因素，忽视或否认审美对文学经典的价值作用。

从布鲁姆对审美的坚守与开拓性研究来看，他在纠正唯美主义偏狭审美观，寻求形式美与内容美平衡的同时，也在对抗着内向性和外向性研究强制阐释给予文学研究的伤害。

最后，布鲁姆在与内向性和外向性研究的对抗中，确立了以审美为核心的文学研究的范式。内向性研究否认了作为主体的人以及文本以外的因素，使文学研究陷入了"主观预设"的理论困境。外向性研究同样使文学研究陷入了尴尬境地,成为哲学、历史以及政治道德的脚注。这两种类型研究,要么忽视了文学的根本属性,要么无视人与外在因素的作用。在布鲁姆看来,两者均不是理想的文学研究的范式。从其"新审美"批评实践和理论观念来看,布鲁姆观念中理想的文学批评,应是以审美为理论建构和批评实践的焦点,兼顾道德、政治与社会意识形态。这一点可以从他对约翰逊博士的推崇,以及对乔治·艾略特的批评得到印证。约翰逊博士以伦理道德批评见长,虽然他对莎士比亚某些人物如李尔王的批评态度颇为严厉,但并不妨碍他从审美的角度欣赏福斯塔夫。乔治·艾略特的小说中也不乏浓郁的伦理道德痕迹,这本应与布鲁姆的审美立场相违背。然而,布鲁姆将他的作品视为审美与道德价值相融合的范例,并将其列入西方文学经典之中。从这一角度来看,布鲁姆的"新审美"批评,便是其观念中理想的文学批评的展现。

(二) 对作者主体性的捍卫

如果说"打开经典"、"重写文学史"是当代西方文论在多元文化时代"去中心化"的一种表现,那么"作者已死"则是体现在作者—文本向度的"去中心化"。自文艺复兴和启蒙运动以来,人从神权压迫中被解放出来。西方学者从理性主义立场出发,在理论上确立了人在社会历史活动中的主体性地位。笛卡儿、洛克、康德以及黑格尔等人,便将人置于其哲学体系的中心。作为拥有理性和智慧的人,可以在对真理和客观知识的追求中充分实现主体的自由。文艺复兴和启蒙运动建立起的主体性,是建立在语言对真理和知识的认知与传递相一致的基础之上的。当索绪尔指出能指与所指之间的任意性和不确定性时,这种一致性逐渐被瓦解。[1] 建立在这种一致性基础上的作者意图与文本终极语义,随着一致性的消除而受到质疑和责难。形式主义批评、新批评、结构主义批评以及解构主义批评,均以语言不确定性为前提,展开了"去作者化"运动。

---

[1] 黄必康. 作者何以死去?——论当代西方文论中的作者主体性问题 [J]. 外国语, 1997, 2.

19 世纪的浪漫主义文学，以抒发和表现作者的个性情感、想象力和创造力为中心，确立了作者作为主体的中心地位。20 世纪以来的形式主义批评和新批评在当代西方文论的"去作者化"倾向中，扮演着开路者的角色。他们将批评中心从作者转向文本，视文本为独立自主的存在，将关注视域限定在文本的语言、句法以及结构等非主体性因素上，打破了传统文论中对作者意图、生平事迹等主体性因素考察的研究方式，树立起一面以科学主义代替人本主义的旗帜。如果说形式主义批评和新批评宣布的是"去作者化"倾向的来临，那么结构主义批评和解构主义批评在其严密的理论体系和批评实践中，将大写的人从文本中彻底地抹去。其中，最为激进的要数法国文论家罗兰·巴特。巴特于 1968 年发表了《作者之死》一文，该文对主体性的消解起到了深远的影响作用。巴特以"写家"（scripter）取代"作家"（writer）。在他那里，"写家"并非传统意义上的作家，而是文本创作过程中与作家有着相似性的暂时性存在。虽然"写家"与文本同时产生，但并没有赋予文本以终极意义。与传统观念中的"作家"不同，巴特的"写家"不再具有情感、激情等主体性因素，文本始终处于网状式的互文指涉状态中，既没有传统意义上的原创性也没有确定语义可供读者探寻。①

在巴特"写家"概念的推动下，传统意义上的作家以及文本的确定语义和终极意义被瓦解。德里达是巴特以外另一位较为激进的理论家。其"反逻各斯中心主义"与巴特"作者之死"的立论依据是一脉相承的。在德里达看来，要消解形而上学逻辑中心的在场，就必须揭露出语言能指与客观事物所指之间的矛盾性和差异性，使能指符号在差异矛盾中无限延异。随着能指与所指的分裂，作为能指符号使用者的人，其主体性也被消解了。② 美国解构主义批评在德里达的解构主义基础上，将其观念运用至文本的阐释活动中。在解构主义批评文论中，语言是任意、多样和不确定的。它通过文本细读来颠覆以往的

---

① 陈平. 罗兰·巴特的絮语——罗兰·巴特文本思想评述［J］. 国外文学，2001，1.
② 黄必康. 作者何以死去？——论当代西方文论中的作者主体性问题［J］. 外国语，1997，2.

习惯认识,解构文本的权威阐释,揭露出文本语义的矛盾性和差异性。① 这种以语言不确定性为阐释依据的批评方法,将语言视为文本的本体存在,虽然有助于文本阐释的多样性,但同样是对作者主体性的一种瓦解,导致作为主体的人的价值的丧失。

值得肯定的是,"作者已死"对于匡正传统文论中以作者为文本语义绝对权威的偏颇观念,以及打开文本的阐释维度与向度来说是有一定积极意义的,为主体性问题从作者向读者的嬗变提供了理论基础。然而,彻底否定作者主体性因素,盲目地追求"去作者化",不仅严重背离了文学创作的客观实际,也否定了人在文学创作活动中的价值作用。在对待作者主体性问题上,布鲁姆的"新审美"批评与他们是不同的。

需要说明的是,不论是作者主体性还是读者主体性,布鲁姆并没有将主体性作为一个问题而正式提出,只是在《天才》中对"作者已死"这一口号冷嘲热讽。然而,其"新审美"批评从始至终对作者主体性的关注和重视,却是显而易见的。从浪漫主义诗歌批评开始,布鲁姆在与新批评的对抗中便对经典诗人进行了深入研究。"追寻罗曼司的内在化"便是这一阶段对创作主体自我实现的研究成果。在"误读"理论中,后辈诗人的对抗性精神姿态,及其确证自我身份的途径,是在"追寻罗曼司的内在化"的基础上,对文学活动中主体因素功能作用的系统论述。在文学经典论中,布鲁姆对莎士比亚天才般的创作能力及审美原创性的阐发,更是表明他对作者主体性的重视。因此可以说,作者主体性问题一直是布鲁姆持续关注的潜在问题。

人在文学创作中的主体性地位及其价值作用,在布鲁姆的"新审美"批评中占有极其重要的地位,对文本的语义生成来说有着不可替代的作用。如前所说,形式主义批评和新批评标志着当代西方文论"去作者化"的开端。他们反对浪漫主义诗歌的情感个性表现,将作者主体性因素排除在外,将关注视域限定在作品的形式因上。虽然他们并没有同巴特一样正式宣告"作者已死",但其研究方式和批评实践已经为"作者已死"和"去作者化"奠定了理

---

① 苏勇. 解构批评之文艺观 [J]. 江西社会科学, 2010, 1.

论基础，积累了实践经验。布鲁姆在与新批评的对抗中，将审美与想象力、创造力以及情感个性等主体性因素紧密结合起来，并在对浪漫主义诗歌主题的探索性研究中发现，"追寻罗曼司的内在化"是浪漫主义经典诗歌的共同主题。"普罗米修斯"和"真正的人，想象力"两个阶段，均是以对创作主体内在自我的成长为阐发中心，将作者主体性的成长视为从外到内的演变过程。其中，较为重要的是"真正的人，想象力"阶段。处于这一阶段的创作主体，将其关注视域从外部的客观世界转向内在的精神世界，标志着浪漫主义诗人主体性的形成。英国诗人威廉·布莱克便是这一方面的最佳典范。可以看出的是，在浪漫主义诗歌研究中，布鲁姆对作者主体性的相关探索在与新批评的针锋相对中已经展开。也许在他看来，主体性因素既是浪漫主义经典诗歌创作的重要条件和前提基础，也是经典诗歌表现的主要内容。文学批评不应像形式主义批评和新批评那样，只关注文本的形式因，而是应从形式因中透视出作者主体性因素，发掘文本创作过程中的隐秘，阐发由主体性因素而形成的审美品质。

"误读"理论相关论著于20世纪70年代相继出版，正值"作者已死"这一口号的盛行与流传时期。虽然该理论并没有对这一口号正式宣战，却侧重于强调作者主体性因素在文本语义生成中的重要作用。从这一角度来看，"误读"论可以说是在与"去作者化"倾向的潜在论战。通过笔者第三章的分析可以发现，布鲁姆在该理论中提出的逆向性影响、超越式焦虑、心理防御、诗歌想象、修正主义辩证法以及修正比，均是与作者密切相关的主体性因素，在文本语义的生成过程中起到了极其重要的作用，而修辞手法仅作为展现或发掘上述主体性因素的工具途径而存在。可以说，没有上述主体性因素的介入，修辞手法是无法产生经典文本的，也无法为创作主体获取诗人身份和跻身经典创造所必需的条件。与解构主义批评针锋相对，布鲁姆指出语言本身并不能代替我们思考诗歌的语义，莎士比亚却可以通过其剧本展现出诗歌语义。[①] 需要说明的是，布鲁姆为什么认为莎士比亚可以通过剧本展现诗歌语义，他怎样在剧本中展现语义，以及莎氏展现出的是什么语义。

---

① 孙康宜. 我曾卷入四次论战——哈罗德·布鲁姆访谈 [J]. 书城, 2003, 11.

第六章
布鲁姆"新审美"批评的评析

如前所说，布鲁姆在《天才》中对"作者已死"这一口号冷嘲热讽，认为是无稽之谈。① 在布氏看来，"天才"是创作主体的天生才智或想象力作用下的创作才能。莎士比亚是西方文学的典范，其审美原创性是在与马洛的对抗和"误读"中获得的，体现着莎士比亚天才般的创作能力。莎氏通过对抗与"误读"实现的审美原创性，体现在剧本和诗歌语言的运用以及人物形象的塑造上。他不仅在对抗中通过"误读"战胜了先驱马洛和乔叟，在语言运用和人物塑造方面也优于后世作家，是后世作家逆向性影响的源泉。就语言的运用来说，莎士比亚在其剧本中使用了两万一千个不同的单词。其中，有一千零八个左右的单词被莎氏赋予了独特的语义。这些带有莎士比亚意味的词汇，在当今英语中也广为流传、随处可见。② 可以说，除人物塑造外，语言运用是莎氏超越马洛的另一主要途径。与马洛虚华浮丽的辞藻相比，莎士比亚的用语更为行云流水、浑然天成。对布鲁姆而言，语言和人物形象便是展现莎士比亚审美原创性和普遍性艺术的途径。从这里可以看出，布鲁姆认为莎士比亚可以通过剧本展现诗歌语义，是因为莎氏在与先驱的对抗中，通过"误读"为诗歌语言赋予了新的具有原创性的语义。语言是作为莎士比亚跻身经典的途径之一，体现的是他的审美原创性和普遍性艺术。或者说，语言是莎士比亚实现其目的的工具之一，并不具备本体意义。尽管布鲁姆关注经典作家的修辞性语言，但对他来说，语言始终是一种工具性存在，是为创作主体的目的而服务的。因此，像巴特、德里达以及美国解构主义批评那样以语言为主要分析对象，忽略作者主体性因素的批评倾向，是布鲁姆无法认同的。

虽然作者主体性问题在布鲁姆的"新审美"批评中是一个潜在问题，但从其对作者主体性因素的关注来看，它在捍卫作者主体性、纠正"作者已死"及"去作者化"方面具有重要的价值作用。归纳起来，其价值主要体现在以

---

① Harold Bloom. *Genius: A Mosiac of One Hundred Exemplary Creative Minds*[M]. New York: Warner Books, 2002, p.4.
② Harold Bloom. *Genius: A Mosiac of One Hundred Exemplary Creative Minds*[M]. New York: Warner Books, 2002, p.91.

下两个方面。

  第一，布鲁姆的"新审美"批评，充分肯定了作者在文本形成中的主观能动性，确立其在文学创作中不可动摇的地位，捍卫人在文学创作活动中的价值。布鲁姆始终以作为主体的人为价值焦点。从"误读"理论和文学经典及其批评实践来看，布鲁姆关注的是作为创作主体和接受主体的人，怎样在对抗与"误读"中实现自我的价值，实现自我的精神升华。其作者主体能动性，体现在其观念中的后辈善于将逆向性影响和超越式焦虑转化为"误读"的内驱力，在心理防御和辩证思维的作用下，通过想象力将前辈文本内化为自己文本的一部分来扭转时空先在性，获得原创性审美、跻身经典之列，并成为他人的逆向性影响。在批评实践中，布鲁姆通过对不同文本原创性审美的比较，发掘主体间相互影响的痕迹，阐明原创性审美的来源脉络，并发掘文学经典具有的认知价值。这与形式主义批评、新批评、结构主义批评以及解构主义批评等批评流派，在理论著述和批评实践中提倡的"去作者化"形成了鲜明对比，对于弘扬作者主体性、肯定人的价值作用来说，是有一定的贡献。

  第二，布鲁姆从创作主体的精神/心理活动角度，阐发作者主体性因素在文学创作中的作用。相对于"作者之死"对作者主体性的忽视来说，布鲁姆的"误读"对揭示文学创作的隐秘活动有其独特的贡献。在"误读"论中，布鲁姆详细阐述了创作主体复杂的内向性创作活动。它之所以是内向性的，是由于布鲁姆始终以作者的内在精神和心理活动为论述的中心。"误读"作为文学创作的别称，包含着逆向性影响、超越式焦虑、修正比、心理防御、诗歌想象以及辩证思维。这些精神/心理活动的相互作用，是具有原创性审美的经典文本产生的前提条件和重要保障。逆向性影响与超越式焦虑互为因果关系，表明了主体的欲望和目的。修正比揭示了主体在逆向性影响与超越式焦虑作用下，"误读"前人文本过程中不同阶段的心理活动。心理防御和辩证思维是主体抵御逆向性影响与超越式焦虑的手段，而诗歌想象则是主体内化前人文本，借助修辞手法传达具有原创性审美意象的重要途径。布鲁姆否认外部因素对文学创作的价值功用，仅从主体精神/心理角度阐述主体性因素对文学创作的作用及创作过程。虽然这种观念不免带有主观主义色彩，但与忽视文学创作的主体因素相比，至少对肯定人在创作活动中的价值、揭示创作活动的隐秘来说，是有其积极意义的。

二、"新审美"批评的启示

布鲁姆"新审美"批评在当代西方文论中具有较为重要的价值，其对审美的坚守与开拓、对作者主体性的捍卫，体现着布鲁姆对纯文学研究的追求及其浓郁的人文主义色彩。虽然布氏并非有意识地建构某种新的审美批评，但从其"新审美"批评的形成来看，他具有敏锐的问题意识，对当代文论研究和批评实践中存在的问题有着高度的敏感和警惕。布鲁姆没有同其他批评流派一样，在"破"与"立"的二元对立中徘徊，而是从批评传统中有选择地吸纳有助于解决当代文论问题的理论资源，以当代的理论视角和实践需求为依据，对其进行适当的转换创新。此外，布鲁姆在美国经典之争中，为捍卫经典的审美等相关问题而与其他批评流派进行了论战，对经典标准、经典生成以及经典普及策略方面有一些独特的认识。通过文本的研究发现，布鲁姆对于我国当代文论建设的启示，主要体现在其"新审美"批评的形成策略以及文学经典研究两个方面。

（一）对我国当代文论建设的启示

我国的当代文论还处于探索性建设过程中，其中也出现了一些问题。改革开放以来，我国引入了大量的西方文学批评方法和文学理论，丰富了我们的研究方法和理论视野。然而，由于对西方文学批评和文学理论的过度倚重，导致了文学理论与文学批评脱离文学，对西方文论和文学批评生搬硬套，以及排斥传统文论等现象的产生。因此，怎样建设我们的当代文论便成为学界探讨的重要问题之一。在这一方面，布鲁姆的"新审美"批评会给我们一些启示。

布鲁姆一生经历了四次论战[①]，每次论战均涉及当代西方文学研究领域的一些重要话题。例如，布氏在浪漫主义诗歌的重估运动中，为保卫审美与主体性而与新批评展开的论战，围绕诗歌的语义产生而与解构主义批评进行的论

[①] 孙康宜. 我曾卷入四次论战——哈罗德·布鲁姆访谈 [J]. 书城，2003，11.

战，与"憎恨学派"进行的审美保卫论战，与大众文化研究而进行的经典论战。在每次论战中，布鲁姆均围绕上述问题有针对性地提出了自己的观点。在浪漫主义诗歌重估中，他坚持认为审美与主体性因素有着密切关系，提出了"追寻罗曼司的内在化"。在诗歌语义产生的争论中，布氏提出了"误读"理论，认为诗人间的对抗与"误读"是诗歌语义产生的途径。在捍卫审美与文学经典的论争中，布鲁姆提出了陌生性审美，建构了具有其"新审美"批评特色的经典谱系。从这些代表"新审美"批评的关键词来看，它们均是布鲁姆在论争中产生。布鲁姆往往是在对西方传统文论的开拓与创新中，尝试解决这些问题。因此，"新审美"批评是布鲁姆以其观念中当代文论存在的问题为关注重心，在对传统文论的继承与创新中形成。从这一角度来看，布鲁姆的"新审美"批评，在以下三个方面对我国当代文论的建设会有一些启示。

首先是对研究主体学理素养的启示。从"新审美"批评的形成过程可以看出，布鲁姆具有敏锐的问题意识和独立的批判精神，并没有盲目追随当代西方文论的发展潮流，而是在纷繁复杂的文论现状和发展趋势中，洞察到其中存在的问题，对其进行独立的批判性思考。在同那些与其观念不符的批评流派争论时，布氏没有全然否定他们的价值意义，也没有在争论中对论战对手进行个人攻击，而是在理论探讨中就文学研究的主要问题进行学理性探讨，并善于转化论战对手的理论观念来充实其"新审美"批评。例如，"误读图示"对修辞语言的重视与分析，便得益于德·曼对布鲁姆的启发。因此，布氏虽然与德·曼对诗歌语义产生的观点不同，但他依然将"误读图示"献给德·曼以表示对他的感谢。

通过笔者的分析发现，布鲁姆"新审美"批评在研究主体的学理素养方面，能够给予我国当代文论建设者的启示，便是敏锐的问题意识、独立的批判精神以及实事求是的客观态度。敏锐的问题意识可以使我们在当代文论的建设中，发现其间是否存在问题，存在什么问题，问题产生的原因及其对文论建设的影响，等等。不仅如此，问题意识还可以促使我们思考通过怎样的途径建设，吸纳哪些有价值的理论资源，以怎样的价值观念来建设具有我国特色的当代文学理论。独立的批判精神可以使我们在面对当代纷繁复杂的文学现象与文

第六章
布鲁姆"新审美"批评的评析

论争鸣中,在冷静、清醒的意识状态下,对文学现象与各种文论观点进行独立的批判性思考,而不是盲目地追随文论的发展潮流,丧失独立的批判意识。在吸纳当代西方优秀理论资源时,独立的批判性精神可以避免"崇洋媚外"现象,使我们能够冷静、清醒地判断哪些西方理论资源,可以被借鉴转化到我国当代文论的建设中。在古代文论的现代转换中,独立的批判性精神可以避免"厚古薄今"现象,使我们在充分考虑到古今文论的同构性和差异性前提下,以当代视角和价值需求从古代文论中吸纳有利资源,将其纳入当代文论的建设中。实事求是的客观态度可以使我们在充分尊重当下文学现象以及文论建设已取得的研究成果的前提下,以敏锐的问题意识和独立的批判精神,在反思中就当代文论建设存在的问题,进行既符合客观事实又具有学理逻辑的探讨,而不是情绪化的无意义争吵。

其次是对文学研究的立场与界限的启示。布鲁姆在其"新审美"批评的形成过程中,始终以文学研究者的坚定立场,对文学性研究与非文学性研究的界限保持着高度的警惕。他反对其他批评流派,本质上说并不是反对其观点及其对文学的热情,而是反对他们对文学的非文学性研究倾向。从布鲁姆四次论战涉及的话题来看,它们属于文学理论研究的基本问题,包括文学的本体属性是什么,文本语义是怎样产生的,作者在文学活动中的价值作用,以及经典与非经典的判断标准和界限问题,等等。这些问题,是涉足理论研究和批评实践的专家学者无法忽视的重要问题。20世纪初以来的西方文论逐渐出现了文学研究的"非文学化"、"非审美化"以及"去作者化"倾向。虽然这些现象使得文学理论呈现出多样化和多元化的发展态势,可以从多角度多维度来拓宽文学理论的研究领域,发掘出以往为人们所忽视或无视的问题。然而,其中潜伏的问题是不容忽视的。上述研究倾向一旦被推向极致,会造成文学理论不再是有关文学的理论,而是哲学、社会学、语言学等学科理论的验证场所和试验基地。不仅如此,还会使得文学理论脱离文学实践,不仅不能回答新的文学现象,对旧有的文学现象的阐释可能会失去理论的应有效用。当代西方"后理论时代"的理论反思,便是对上述研究倾向潜伏的问题的回应。在布鲁姆看来,文学研究(包括理论研究和批评实践)始终应以文学的根本属性及其对人的价值为核心，这是区别文学研究与非文学研究的根本界限。在他的观念中，文学区别于其他事物的根本属性是审美，文学对人来说具有自我认知价值，可以增强主体的精神力量。可以说，布鲁姆正是基于一个文学研究者的坚定立场，以敏锐的问题意识和独立的批判精神，在不同时期就不同问题与上述倾向展开了论战。

从布鲁姆对文学研究的观念来看，其"新审美"批评在这一方面带给我们的启示，是建设我国的当代文学理论，首先要对文学研究的界限有着清醒的认识，在借鉴其他学科的理论资源来建构当代文论时，不能抹杀文学研究与其他学科的差异与界限。文学研究，不论是理论研究还是批评实践，有着不同于其他学科的研究对象、研究方法、研究目的以及研究价值。将其他学科的优秀理论资源纳入文学研究中，不论是对理论的纵深研究还是用以指导批评实践，均可以开拓文学研究的视域，取得丰富多样的研究成果。然而，吸纳其他学科的资源，始终应以为文学研究服务为前提条件和根本目的，应避免在借鉴非文学性理论时忽视文学研究与非文学研究的界限，使文学成为验证其他学科理论的场所和工具。否则，文学研究便不再是关于文学的研究，失去了其存在的本体价值和意义。我国的当代文论建设，正处于理论多元化、多样化的时代背景中，除自身已取得的理论成果外，面对的不仅是各个学科的可用资源，还有那些已将文学与其他学科相融合的当代西方文论。面对如此众多的理论资源，我们应以实事求是的客观态度，保持敏锐的问题意识和独立的批判精神，有条件地选择那些能够帮助我们解决当下文论问题，回答当下文学现象的理论资源，将其纳入我国当代文论的建设进程中，使其成为有助于当代文论建设的理论养分。

最后是对当代文论建设策略的启示。通过笔者分析可以发现，布鲁姆往往在对批评传统的继承与创新中，尝试解决当代西方文论中存在的问题。布鲁姆的主要理论来源均取自批评传统，如唯美主义诗学和浪漫主义诗学以及非文学性的古犹太神秘哲学卡巴拉等。其中，较为重要的是唯美主义诗学和浪漫主义诗学，两者均是布氏"新审美"批评核心观念和批评范式的重要基础。然而，布氏并没有在论争中简单地植入唯美主义和浪漫主义诗学的观念，而是针对当

第六章
布鲁姆"新审美"批评的评析

代文论中存在的具体问题与潜在危机对其进行适当的转换创新，赋予了传统文论以新的生命。例如，他的审美立场与批评实践均以唯美主义为范式基础。但就审美观念来说，布鲁姆并没有固守唯美主义偏狭的审美观，而是在对审美的坚守中赋予审美以新的内涵特性与价值，如对抗性、陌生性以及认知价值。布鲁姆在对浪漫主义主体观的坚守中，深化了传统文论中对主体性的认知。浪漫主义诗学对主体性因素，如想象力、创造力、个性等还没有形成系统性和理论性认知，而布氏则在"误读"理论中，从文本的生成角度对主体性因素进行了细致的剖析与阐述，并为此绘制了一幅揭示有关主体创作的"误读图示"。虽然布鲁姆对批评传统的继承与创新，不能说是解决当代西方文论问题的唯一途径，他却在为西方传统文论赋予新的生命的同时，为文论建设和批评实践提供了一个可资借鉴的范式。

布鲁姆"新审美"批评对我国当代文论建设策略的启示，便是发掘传统文论的当代意义与价值作用，将其纳入我们的当代文论建设中。发掘传统文论的当代意义与价值作用，是建设当代文论的途径之一。传统文论是在以往历史中形成的有关文学活动及其价值功用的理论学说。其价值意义，并非仅对传统文论研究者而存在，也并非仅有历史意义，对当代文学理论的建设来说也是必不可少的资源之一。从布鲁姆对批评传统的当代价值意义的发掘与运用来看，布氏考虑到传统与当代语境之间存在一定的异构性，因此他并没有生硬地套用传统的文论资源，而是以其理论建构和批评实践的需求为依据，有条件、有目的地从中选择有利资源加以改进创新，并将其纳入当代西方文论的话语系统中，使传统文论在当代语境中获得新的生命力的同时，探寻解决当代文论问题与困境的方法和观念。发掘我国传统文论的当代价值意义，首先也应考虑到传统文论与当代文论之间的异构性。传统文论有其产生的时代背景、文学价值观念、文学经验、思维范式以及话语表述习惯等不同于当代文论之处。因此，发掘传统文论的当代价值作用，应以当代视角和现实理论的建设需要为前提依据，以有助于回答当代文学现象、满足当代文论的建构需求为目的，以当代话语诠释对当代文论来说有价值意义的传统文论的内涵，使其进入当代文论的话语系统中，成为当代文论建设的一部分。也许只有这样，才能在发掘、延续传统文论生命力的同时，使其有助于我国当代文论建设。

（二）对我国当代文学经典研究的启示

我国学界对布鲁姆的关注集中在其"误读"理论和文学经典论。其中，文学经典论的研究成果最为丰富。学界对布鲁姆经典论关注的主要原因，是因为我们可以从中获得一些建设性的启示，使其有助于我国当代的文学经典研究。20世纪90年代以来，我国的文学经典在大众文化、消费文化的冲击下陷入了尴尬的生存境地。随着文化工业的形成，以面向大众文化为主的消费主义在商业利润的驱使和控制下，利用现代声像图文技术消解了经典深厚的意蕴与艺术灵韵，解构了经典的认识教育功能、创作示范功能以及高雅的审美趣味，对文学经典进行改写、拼贴、戏仿，以迎合大众消费文化的需求从而获得可观的利润收益。在消费文化和大众文化的作用下，文学经典陷入了尴尬境地。因此，经典相关问题便成为了学界探讨的热点话题之一。我国的文学经典问题研究始于20世纪70年代末80年代初，而90年代末21世纪初的相关探讨则使经典问题的探讨达到了前所未有的高度。众多学者从文学经典的概念特性、经典的解构与重构、经典生成以及经典价值等角度进行了探讨研究。布鲁姆《西方正典》等著作的中译本出版后，便引起了我国学界的广泛关注，希望在对其经典论的研究中发现一些有助于我国文学经典研究的启示。尽管中美两种文化背景中产生的经典问题的原因未必相同，但就文学经典面临的困境来说却极为相似，均是在对经典的反思中建设符合当代标准的文学经典理论。因此，这不妨碍我们从布鲁姆"新审美"批评的经典论中获得一些启示。

文学经典，在20世纪后期美国的社会文化政治运动中，面临着解构与重构问题。布鲁姆经历的第三次和第四次论战，发生在20世纪60年代至90年代美国重构/解构经典的进程中。其"新审美"批评的文学经典论，便是在这一时期的运动中诞生。

20世纪60年代至70年代，美国的社会文化政治运动接连不断，妇女解放运动、反战运动、黑人文艺等运动对美国的社会文化产生了巨大影响。随后产生的各种批评流派和研究倾向，如女性主义批评、新马克思主义批评、解构主义批评、后殖民主义批评、新历史主义批评、文化研究、性别研究、同性恋研究等，均是文学研究领域对上述社会运动的回应。这些社会运动与批评流派在文学领域表达诉求的方式，便是质疑经典和解构经典。于是，文学经典成为了争夺话语权的战场之一。各种各样的批评流派，从其观念立场出发对经典展开了解构运动，以期在文学领域中实现他们对社会身份认同的诉求。在他们看来，以往的文学经典是"已故欧洲白种男性"的主要阵地，是"文化霸权"、"性别歧视"、"种族歧视"的体现。因此，他们在质疑/解构中对文学经典和文学史发起了猛烈攻击，"打开经典"成为他们实现社会身份诉求的途径，文学经典中的种族、性别、阶级等因素成为这些理论家和批评家的关注焦点。20世纪80年代至90年代，"重构扩充经典"、"重写文学史"成为这一时期的主要呼声。在这一过程中，既有如布鲁姆一样坚守经典的文学批评家，也有如盖茨和杰伊等力主扩充经典的专家学者。"重构扩充经典"支持者的数量，要远多于布鲁姆等少数持保守倾向的批评家。一时间，各种以将女性和少数族裔作家纳入经典体系为目的的专著文集竞相出版，如尼娜·贝姆的《女性主义与美国文学史论文集》，萨科文·博科维奇的《重建美国史》，艾利奥特的《哥伦比亚美国文学史》，等等。[1]

应该说，20世纪美国的经典解构/重构运动，对当代文学经典研究来说是有一些意义的。一方面，它打破了以往经典不可质疑挑战的封闭格局，为经典的扩容与延续增加了动力和活力，将历史上和当下那些没有受到重视的作家作品纳入经典范畴内加以审视，可以发掘出其以往被忽视或没有发现的价值意义。另一方面，在对经典的质疑中审视其价值特性，可以对其进行理论性的总结反思，并以当代视角和批评观念发掘文学经典的当代意义与作用，充分调动经典对社会现实的批判介入功能。然而，对经典的质疑/解构/重构，不应单纯地以解构经典为目的去质疑经典、重构经典，损害经典固有的价值特性和根本属性，而是应尊重历史的选择，在理论的反思中发掘以往经典的价值意义，为当代的文学经典研究提供有价值的参照。这一时期的布鲁姆，正是洞察到这些运动与批评流派不顾经典属性与特性所带来的弊端，才于90年代初发起了具

---

[1] 程锡麟，秦苏钰. 美国文学经典的修正与重读问题［J］. 当代外国文学，2008，4.

有他个人特色的经典保卫战。

在"打开经典"、"重构经典"以及"重写文学史"的呼声浪潮中，布鲁姆并没有丧失自己独立的批判精神，而是以坚定的审美立场在众多经典批评论著中，捍卫着西方经典的审美价值，与其观念中的"憎恨学派"相抗。应该说，布鲁姆既不是一个崇尚精英主义贬低大众文化的经典卫道士，其经典谱系也不是一个封闭性体系。布鲁姆并非反对"打开经典"、"重写文学史"，他反对的是不以文学根本属性为依据，而以种族性别阶级等非文学性因素为依据撰写文学史、重构经典史。布鲁姆并非排斥大众文化，而是反对那些通过贬低经典作家的想象力和创造力，忽视经典作家独特的主体性价值的大众文化研究倾向。在与"打开经典"、"重构经典"和"重写文学史"浪潮的对抗中，布鲁姆以一个文学批评家的坚定立场，坚持以经典的审美属性为入典依据，高度颂扬它对读者的自我认知价值，在鉴赏式批评实践中形成了具有其"新审美"批评特色的文学经典论。

综观布鲁姆的经典论，笔者以为其在经典标准、经典生成以及价值普及策略方面，对我国的文学经典研究来说会有一些启发。

首先说经典的标准及经典生成。审美是布鲁姆一贯坚持的文学属性。他反对"憎恨学派"的原因，正是因为他们在人为解构/重构经典的过程中，忽视了文学经典的审美属性，企图以非审美因素取代审美成为入典标准。布鲁姆观念中的审美，由语言意象、人物形象、原创性、知识以及认知能力构成。经过浪漫主义诗歌批评以及"误读"理论的建构，布氏在其经典论中为审美赋予了陌生和对抗特性。不仅如此，在布鲁姆的观念中，审美与崇高还具有一定的可通性。陌生性、对抗性与崇高性，是布氏在对西方文学经典的研读过程中形成的对审美特性的认知。其中，陌生性是布鲁姆提出的较为成熟的有关审美特性的观念，其概念与所涉观念凝聚了其"新审美"批评的精华，是其观念中文学作品可以入典的基本条件。不论是《西方正典》还是《天才》，布鲁姆均以陌生性审美为标准，从西方文学史中遴选经典作家作品加以评论。布氏否认文学作品得以入典，是由社会力量等非审美因素作用的结果。与那些力主经典是社会阶级斗争和意识形态产物的批评流派不同，他认为文学作品入典是由作

第六章
布鲁姆"新审美"批评的评析

家本人决定,是他们在相互对抗与"误读"中产生的。布氏否认社会力量对作品入典的作用,并不意味着他认为社会性力量对经典的形成没有影响。相反,布鲁姆承认这种影响,但在文学经典研究中他反对以社会力量等非审美因素为阐释焦点,无视审美存在的研究倾向。

从这里可以看出,布氏在经典标准及经典生成这两个问题上,并没有采取极端偏激立场。他清楚地认识到,哪些是经典形成的内因、哪些是外因,哪种因素应是文学经典作品研究的核心对象。对经典生成来说,内外因均起到重要作用,但在经典作品研究中,布鲁姆反对将外因凌驾于内因之上,忽视经典的审美属性。在布鲁姆看来,不论哪个时代哪个民族的文学经典,其标准均是陌生性审美,而经典生成均是作家自我决定的产物。布鲁姆是在当代西方文论的特殊语境中,有针对性地提出其经典标准和经典形成观念,具有鲜明的时代性和民族性以及审美价值导向性。这对于我国的文学经典标准与经典形成研究来说有一些启发。

文学经典标准,是经典研究中一个重要的基本问题,是在对以往优秀作品的历史性回顾中,归纳、提炼并概括出来的有关经典的特性。通常来说,丰富深厚的思想内涵、原创性的精湛艺术技巧,以及持续可读性是经典的基本标准。它体现着某一民族的审美旨趣和价值观念,具有一定的时代性、民族性和审美导向性。

经典标准的时代性,体现在审美旨趣与价值观念的历时性演变中。审美旨趣与价值观念并不是亘古不变的法则,而是随着社会历史的演变而变化着。某一时代被奉为经典的作品,几十年或几百年后可能会因不符合后世的审美旨趣和价值观念而被划出经典名单;而被某一时代认为不属于经典范畴的作品,可能在若干年后因符合后世的审美旨趣与价值观念而被列入经典名单。经典标准的民族性,体现在不同民族对审美旨趣和经典价值观念的不同认识与理解上。被布鲁姆奉为西方经典核心的莎士比亚,由于民族文化背景的差异以及语言方面的隔阂,在我国读者看来虽然他的作品是西方经典,却未必比《红楼梦》更具有经典的可读性。因此,某一民族奉为经典的作家作品,当其转换到另一民族的文化语境中时,其经典地位及其价值,可能会受到接受语境中的读者的质疑甚至是抵制。经典标准的审美导向性，体现在作为创作范式的文学经典，可以为后世作家起到示范作用，及其对读者审美观形成的影响上。成为经典代表着文学领域的最高荣誉，是对作家精湛的艺术技巧及其作品优秀品质的认可。某一民族某一时代的优秀作品，一旦被奉为经典，其作品中深厚的思想内涵、精湛的艺术表现技巧以及审美旨趣等，便为后世作家起到一定的示范作用，从而成为后世作家的创作楷模。对读者来说，经典同样意味着某一民族时代最为优秀的文学作品。在阅读经典的过程中，读者会受到经典作品潜移默化的影响，以所读作品的思想内涵、艺术技巧及审美旨趣为衡量标准，去判断某部作品是否具有经典一样的审美性和可读性。

不论哪一时代、民族的文学经典，其形成均是各种因素合力作用的结果。经典形成的因素，可以分为内部因素与外部因素。内部因素，是指前述经典标准中提到的丰富深厚的思想内涵、原创性艺术技巧以及持续可读性，是经典形成的重要基础。外部因素，是指主流意识形态、评论家、读者以及出版教育机构等，是经典生成的重要条件。单纯依靠内因或外因，经典是无法形成的。即便是一部具有经典潜质的文学作品，倘若没有读者和评论家对其优秀品质及价值意义的阐释发掘，主流意识形态和出版教育机构对它的普及支持，那么这部作品在一定时间范围内可能不会广为流传，更不用说被奉为经典。如果某部作品并不具备入典必备的内部因素，即便评论家和出版教育机构等外部因素将它奉为经典，短时间内它可能会受到读者的追捧，但从长远角度来看它必然会被时间淘汰。因此，文学经典是在内外因素的合力作用下产生的。像当代某些美国学者不顾经典形成的内部因素，偏执于外部因素的作用而将某些作品纳入经典之列，它们是否能经得住时间和后世的检验，还是一个值得怀疑的问题。

再说经典价值的普及策略。在布鲁姆那里，经典具有自我认知价值，可以增强接受主体的心灵力量。其观念中的经典价值，首先是就个体而言。在美国的解构/重构经典运动中，由于众多批评流派过于强调经典对社会道德政治的介入功能，经典的个体性价值被忽视了。与这一倾向针锋相对，布鲁姆认为经典对个体而言具有自我认知价值。当然，这并不是说他不承认经典的社会道德政治价值的存在。从其经典内化的第三条原则可以看出，在他的观念中，如果

第六章
布鲁姆"新审美"批评的评析

经典不能使个体获得完善的话，那么对社会来说也是无用的。布鲁姆清楚地意识到，社会是由每一个个体组成。如果经典能对每个个体产生效用，那么对社会自然会产生作用。因此，他认为经典的价值首先是为个体而存在。布鲁姆的经典价值，进一步来说是就个体的心灵而言。由于其他批评流派过于强调经典的社会道德政治价值，对经典促进个体心灵成长的价值有所忽略。因此，他提出阅读经典可以使个体增强心灵力量，对抗疾病、死亡等种种不如意事情的打击。在普及文学经典时，布鲁姆虽然延续了其"误读"理论的观念，在《西方正典》、《如何读，为什么读》等著作中常能看到"误读"、焦虑以及影响等字样，但他采取的批评方式是他一贯采纳的鉴赏式批评。布鲁姆的鉴赏式批评，没有浓郁的学术意蕴，而是像读者间的面对面交谈一样，将自我的审美感悟向读者娓娓道来。布鲁姆的这种批评方式较为亲近和蔼，没有高高在上的道德训诫，也没有言辞犀利的社会政治批判，而是与读者心与心的交流。可以说，布鲁姆在鉴赏式批评中，与读者就经典自我认知价值的心与心交流，在对经典的质疑/解构/重构浪潮中拉近了经典与读者的距离，让读者在对经典的审美体悟中，切身感受到经典的价值魅力。这或许便是布鲁姆受当代大众读者欢迎的根本原因。

从布鲁姆对经典价值的普及策略可以看出，他是有针对性地提出并强调经典的自我认知价值的，并同样有针对性地在批评实践中运用鉴赏式批评方法来阐述这一价值，而不是进行纯粹的理论性和学理性的探讨。这对于普及经典的价值来说，也许是一种可供参考的方式。众所周知，文学经典深厚的内涵底蕴、精湛的艺术技巧和丰富的审美感悟，是快餐读物无法相媲美的，其价值无论对于社会还是个体，对于过去、现在还是未来，均具有重要的批判认识功能、文化传承功能、心灵慰藉和陶冶性情功能，等等。对经典价值的认识理解，可能会因人因时因地而异，但其对读者与社会具有重要功用这一点，却是普遍认同的。对经典价值细致入微的理论探讨固然重要，这是对经典应有的严肃认真的态度，也是探求真理认知的一种方式。然而，在当代社会中，运用怎样的批评方法以什么样的审美价值观念为指导，发掘、阐释经典对当今读者的价值，也许是更值得探讨的一个问题。

在当代科学技术和出版业的推动下，可供读者阅读的书与以往科技和出版业欠发达时代相比，在数量和推广度方面要好得多，选择面和阅读方式变得宽广多样起来，可以满足不同层面、不同领域的读者需求，有利于推广、普及经典阅读。然而，当下社会书目的销售数量和推广力度，未必与书的质量有关。其中，不乏作者与评论家和出版社的商业合作，也不乏因商业炒作而晋升畅销榜的快餐读物。读者可能会在商家媒体的引导和暗示下，认为畅销书就是值得读的书。当然，这并不是说畅销书是不值得读的书。这里牵涉到两个问题，即什么样的书是值得读的好书，怎么普及和推广值得读的好书。

所谓值得读的好书，是就书的内容和价值而言。就文学作品来说，一般认为经典是值得读的好书。但由于经典往往是后世给予之前作家作品的追认，其价值观念、审美旨趣和思想内涵，可能不同于当下读者的审美价值观念。经典可能是别人眼中的经典，与其观念中的经典并不相符。读者与《红楼梦》、《阿Q正传》等经典著作可能只是接触，而不是对它们的接纳。这便需要批评家和理论家在充分考虑到经典时代性的前提下，洞察当代社会读者的价值观念与审美需求，以当代视角发掘经典的当代价值意义，并以读者易于接受的评介方式普及经典。当然，这并不意味着逢迎当代读者的审美趣味和价值需求，而是尝试弥合不同时代审美价值观念的鸿沟，使读者从对经典的接触过渡到对经典的接纳。使读者接纳经典，是通过国家权力机构的强制，学校教育的灌输还是媒体的宣传？经典普及的途径固然很多，但较为重要的是对经典的普及方式。普及经典，实质上是普及经典的价值意义，培养读者的经典鉴赏能力。在这一方面，布鲁姆的方式或许值得我们借鉴。在洞悉读者需求和社会动向的基础上，以读者身份而不是批评家和理论家的身份，在平等对话中交流经典阅读的审美体悟、传递审美体验，使读者接触经典、感受经典的魅力。当读者感受到经典的价值魅力时，他/她可能会对经典产生浓厚的兴趣，从接触经典过渡到接纳经典。经典的思想内涵和审美导向，便会与读者逐渐产生情感共鸣和思想共振。这样，文学经典的陶冶情操，传承民族文化，形成高尚的人生理想，培养审美鉴赏力和批判认识力等价值功能，便会在读者身上发挥其应有的功用。

第六章 布鲁姆"新审美"批评的评析

三、"新审美"批评的局限

由于"新审美"批评是布鲁姆在与其他批评流派的论争中形成，论争中形成的文学批评难免有其自身的问题与局限。布鲁姆反对其他批评流派将文学批评理论化、专业化，因而采用能够体现批评家个人特色的鉴赏式批评，这不免使得他的"新审美"批评带有浓厚的主观主义色彩，在逻辑性和理论性方面有所欠缺。在反解构论战中，布鲁姆突出强调了作者的主体性地位，但其"误读"理论对诗歌语义的分析，却使得文本语义陷入一种不断游离的状态。对布鲁姆"新审美"批评的问题与局限的探讨，既有助于我们全面认识其文学批评，也可以从中获得一些有价值的反思。

（一）主观主义色彩

综观布鲁姆的"新审美"批评，其主观主义色彩较为集中地体现在其文学研究和文学批评的方法上。需要承认的是，布鲁姆在与其他批评流派论战时，能够对当代西方文论中的问题进行辩证性思考，在坚持己见的过程中并不否认其对立观点的存在和价值作用。然而，在承认对立观点的同时，布鲁姆并没有对其所探讨的话题进行逻辑性和辩证性的论述，而是将其一己之见推向了极端武断。笔者认为，这是由于布鲁姆坚持文学批评个性化所导致的结果。因此，他的"新审美"批评虽然具有一些辩证色彩，且在"误读图示"中也强调了修正主义辩证法的重要性，但它仍然没有摆脱主观随意的嫌疑以及由此导致的自相矛盾。

以布鲁姆参与的几次论战为例。布鲁姆在与新批评和解构批评论战中的主观主义倾向较为突出。在这两次论战中，布鲁姆为捍卫审美与创作主体的关联性，突出主体性的价值作用，将审美的获得和诗人身份的确立主要归因于主体的心理因素。在布鲁姆看来，"追寻罗曼司的内在化"是所有浪漫主义诗歌的主题，关乎的是主体对自我的内向性探索与追求。在"罗曼司内在化"的两个阶段中，虽然有非主体性因素出现（"普罗米修斯"），但它是作为主体追寻自我的必然阶段而存在，其价值作用并没有主体的内省（"真正的人，想象力"）重要。布鲁姆认为，浪漫主义诗歌的审美价值，更多地体现在创作主体的想象力、创造力以及自我表现力上。在"误读"理论中，布鲁姆将诗歌创作的复杂过程归结为一系列的心理活动，认为逆向性影响、超越式焦虑、心理防御、诗歌想象以及修正比等心理活动是诗歌创作的动因和过程，而修辞手法只是作为这些心理活动的物质载体而存在。虽然"误读图示"中涉及修正主义辩证法，但它没有对布鲁姆本人的诗歌创作研究起到应有的效用。与浪漫主义诗歌研究一样，布氏的"误读"理论否定了社会性经验对文学创作的影响和作用。虽然布氏在这两次论战中形成的观点带有一定的现实针对性，对浪漫主义诗歌和诗歌创作研究来说具有一定的启示作用，但由于过度强调主体性因素而排斥非主体性因素，在论述过程中缺乏严谨性和逻辑性，使得其"新审美"批评的早/中期研究成果带有了明显的个人观念痕迹。

在审美/经典保卫论战中，布鲁姆坚持认为经典的根本属性是审美，其审美价值可以使读者认识自我、增强自我的心灵力量。阅读经典要清除学院派的虚伪套话，经典并不会使人变得更好或更坏，经典化与一切外部因素无关，而是由文学家、艺术家自己决定了自己的经典地位。对布鲁姆这些论断的价值应是予以承认的。它们带有明确的现实针对性，反对其他批评流派过于强调文学的社会性价值以及社会性因素对经典的影响，忽视文学的审美属性以及对个体的价值作用，纠正"非文学化"和"非审美化"的研究倾向。然而，这些论断本身与布鲁姆批评的理论流派同样走向了极端。虽然他承认社会性因素对审美的影响，也不否认阅读经典可以通过个体完善而间接影响他人，但他将社会道德、政治、历史这些所有因素从对经典的论述中排除出去，只是以其个人理解和批评实践的需要为依据自说自话，并没有按照他在"误读图示"中提倡的修正主义辩证法来阐述其观点依据。这不免使其观念缺乏一定的可信度，也使其经典论与"误读论"之间出现了某种程度的断裂。

再看布鲁姆的个性化文学批评。当代西方的一些学者，在承认布鲁姆博学才华的同时，对其风格进行了尖锐的批评。[1] 这种批评不仅是因为布氏某些激

---

[1] David Fite. *Harold Bloom: The Rhetoric of Romantic Vision*[M]. Amherst: The University of Massachusetts Press, 1985, pp. 4 – 5.

第六章
布鲁姆"新审美"批评的评析

进的观点,还因其追求的个性化批评。布鲁姆认为,文学批评无法摆脱批评家的个性,文学批评是批评家展现其个性的活动,是一种充满激情的个体行为。应该说,追求批评的个性化本身也许没有错,然而布鲁姆在追求个性化批评的同时却走向了忽视学理逻辑的极端。例如,布鲁姆曾在《对抗》一书中提倡以修辞为对象的对抗式批评。遗憾的是,以修辞为对象的对抗式批评,并没有对修辞是什么做出令人满意的回答。布鲁姆仅是以其观念中修辞的功能作用为阐述对象。对修辞本体追问的缺失,使布鲁姆可以在自己对修辞的个性化理解中,自由、任意地阐释修辞而不受学理规范的约束。为追求批评的个性化,布鲁姆往往也会以其个人特色的预设框架进行文学批评。在对斯蒂文森和爱默生等人的批评中,布鲁姆没有提供证据来证明他们信奉的是诺斯替主义,却以诺斯替等同于诗性知识的个人观点,对斯蒂文森和爱默生诗歌散文的诺斯替痕迹进行阐释。布鲁姆的主观主义倾向,使其在追求批评个性化的同时,走向了一味推崇批评个性化,忽视文学批评的学理性和逻辑性的弊端,其价值作用与可信度是值得怀疑的。

布鲁姆对批评个性化的追求,与其个人身份背景有着一定关系。笔者曾多次提到,布鲁姆是美裔犹太人,美国的少数族裔之一。他认为,美裔犹太人只有通过对抗才能在多民族、多元文化并存的美国社会中确证自我身份。[1] 布氏反对批评学院派的理论化、专业化批评而提倡个性化批评,或许是因为批评学院派同美国的欧洲白人一样占据着理论界的统治地位,而布鲁姆则由于少数族裔的身份而产生了身份认同焦虑。也许只有在与理论界占统治地位的理论化、专业化批评的对抗中,布鲁姆才能在当代美国文学批评界中独树一帜,确证自我身份。因此,他主观地否认了理论化、专业化批评的价值。

通过以上论述可以发现,布鲁姆的主观主义与其身份诉求和文学批评观有着密切联系。虽然这不妨碍对其文学批评价值意义的肯定,这一问题却值得我们关注和反思。布鲁姆"新审美"批评的主观主义缺陷,带给我们的思考便

---

[1] Harold Bloom. *Agon: Towards a Theory of Revisionism* [M]. New York: Oxford University Press, 1982, pp. 318–328.

是文学批评怎样在避免主观主义文学批评的前提下,更为有效地发挥其应有的价值功用。我国曾就文学批评的"失语"或"缺席"现象展开过讨论,探讨的实质是在追问文学批评功能与价值的有效实现这一问题。一般认为,文学批评有助于读者对文学的鉴赏阅读,也可以为作家的创作提供一些建议参考。虽然文学批评是批评家对文本鉴赏的个体行为,但文学批评的个体行为理应以发掘并阐释文学的客观现象为准则。尽管文学批评活动无法避免批评家的主观因素的存在,主观因素却不应以扭曲或曲解文学客观现象为前提。将文学视为阶级、政治和种族性别的表现固然有悖于文学的客观实际,将文学视为纯粹的形式和纯粹的个性展现同样是有失偏颇的。文学批评价值功能的实现,需要批评家以强烈的道德感、使命感和正义感,以追求真理的态度和立场来认识并阐发文学。只有这样,文学批评才可以在充分认识文学的客观实际前提下,发挥其应有的价值与功能。

(二) 语义游离困境

在布鲁姆看来,诗并不是孤立存在而是彼此关联着的,诗歌的意义不在自身而在于其他诗中。不仅诗是如此,小说、戏剧、散文等文本也处于彼此的关联中。对某一文本语义的分析,便是审视其与其他文本间的关联性。将文本视为依附于彼此而存在,是有一定合理性的。文学创作是有着历史传承性的。文学史上的优秀作品,可以为后世作家提供有益的素材、可效法的技巧以及可供传承的思想观念。文学的原创性,是后世作家在师法前人作品的基础上,通过不断的锤炼、改造和加工而获得的。布鲁姆推崇的莎士比亚,便是通过加工和改造古希腊古罗马神话,师法乔叟与马洛等人的作品获得了他的艺术原创性。然而,布鲁姆的观点中却潜伏着一些问题。如果文本的语义分析,是发掘某一文本与其他文本的关联性,那么依据什么来确定文本间的关联性?有多少文本可与之关联?发掘文本关联性本身的价值意义是什么?这种分析会不会使语义陷入无尽的关联网中,产生文本语义游离不定的现象,并最终导致语义的虚无?

在布鲁姆的"误读"理论中,诗歌语义生成是逆向性影响、超越式焦虑、心理防御、诗歌想象以及修正比等主体间心理因素合力产生的结果,而修辞意

第六章
布鲁姆"新审美"批评的评析

象则是这一系列心理因素得以展现的工具。诗歌并不是对逆向性影响和超越式焦虑的克服,而是逆向性影响与超越式焦虑本身。某一诗歌文本的意义,便是在与其他诗的对抗和"误读"中产生。因此,布鲁姆对诗歌文本间关联性的分析,便是以修辞意象体现的对抗和"误读"痕迹为依据,透视诗人的心理因素,以此还原诗歌创作的本来面貌。其经典论延续了"误读"理论的这种分析方式,并将其扩展至对小说、戏剧的人物形象分析,似乎经典文本的语义也处于不同类型文本间的关联上。

这里有一些问题值得我们关注与反思。不论是诗歌、戏剧还是小说、散文,均被布鲁姆视为对抗和"误读"的产物,其自身的价值意义也始终处于与其他不同类型文本的关联中。那么,文本间关联性的依据是什么?在布鲁姆那里,修辞意象、人物形象与创作动机等均是其判断不同文本关联性的依据。然而,这种依据是否具有一定的客观性?莎士比亚剧本只是与马洛之间存在对抗与"误读"关系,与其他"大学才子"有没有对抗和"误读"?布鲁姆勾勒的莎士比亚与马洛之间的对抗,依据的是史实还是个人想象?弗洛伊德对莎士比亚的焦虑是不是客观存在的,弗氏是否真的有哈姆雷特情结,布鲁姆依据的是史料记载还是主观臆测?勃朗宁的"误读"对象,只有雪莱、弥尔顿等人,没有其他文学史上不为人知的诗人?但丁《神曲》中的意象,只是与维吉尔和奥维德有关?布鲁姆这些依据的客观性,恐怕是值得怀疑的。再看文本间关联性的意义。不论是"误读"理论还是文学经典论,文本意义存在于与其他文本的对抗和"误读"的关联中。[①] 那么,对抗与"误读"的意义是什么?在"误读"理论中,其意义是获得审美和诗人身份;在经典论中则是经典作家身份和陌生性审美。可以看出,文本间的对抗与"误读",其价值意义更多的是就创作主体而言,文本语义仅是体现主体价值意义的工具和途径,并且在主体因素作用下始终游离在与不同文本的关联中。然而,文本间的关联性本身,呈现出的价值意义是什么?布鲁姆并没有对此说明,只是阐述其对主体的功能作

---

① Harold Bloom. *Agon*:*Towards a Theory of Revisionism*[M]. New York:Oxford University Press,1982,p.29.

用。这样，文本关联性的本体意义在作者主体性因素的遮蔽下被消解了，文本的语义始终游离于文本间，从而陷入了语义游离的困境中。在这种情形下，不论是单个文本语义还是文本间语义，始终处于从属地位，并在主体性因素的消解下成为虚无。

通过以上论述可以看出，较为明显的是，布鲁姆并没有仔细思考文本关联性对某一文本语义的价值作用，也没有深入发掘单个文本本身具有的语义，而是将文本应有的语义与文本间的关联性等同起来，为突出作者主体性这一目的而服务，使得语义在文本间陷入了不断游离的状态，不仅消解了文本自身的语义，也使得文本语义陷入了游离困境。究其根源，布鲁姆将文本语义与作者的创作动机和身份诉求等同起来，认为语义是其动机和诉求的表征。布鲁姆对文本语义的分析，是通过对文本间修辞、意象以及人物形象"误读"关系的论述来实现的，以此还原文本的创作过程，透视作者创作动机与身份诉求。因此，布鲁姆才将诗歌、戏剧以及小说等文本视为焦虑与影响本身。

布鲁姆"新审美"批评的这一问题，在以下两个方面能够给予我们一些警示，即文本语义是怎样形成的，以及作者在文本语义形成中的作用。文本语义的形成包含一些复杂的因素。其中，最为重要的是作者和读者两个因素。不论是作者还是读者，在语义的形成过程中均是不可替代的。在文本的创作过程中，作者为文本赋予了其个人的思想情感和价值观念，蕴含着他/她对社会历史、伦理道德、民俗习惯、人性以及人与人之间关系的思考，在语义的形成过程中起着重要的主导性作用。文本语义的展现，还需要借助读者的参与。在阅读过程中，读者自身的价值观念和审美旨趣等，会影响读者对文本语义的接受与解读，对文本语义的形成有着积极的促进作用。相比较而言，作者在文本语义形成过程中的作用更为重要。没有作者的创作，文本便不会存在，读者也无法阅读；没有作者思想情感的投入、艺术技巧的运用，即便有读者的参与，文本的语义也难以丰富多样，难以具有无限的可读性。因此我们说，作者对文本语义的形成来说有着主导性作用。像布鲁姆那样，将文本语义仅视为作者动机与身份诉求的表征，显然是不符合文学创作的客观现实的；夸大作者的主导性作用，甚至认为作者对文本语义有着决定性作用，是语义的绝对权威也是有悖于语义生成的特性的。同样，将语义分析归结为对彰显作者主体性的文本间的"误读"关系的分析，也是片面武断的。因此，笔者认为，合理地评价作者主体性对语义形成的作用，客观地认识语义的生成途径与特性，是阐释文本丰富内涵的重要前提和基本保障。

本章小结

通过本章分析可以发现，布鲁姆的"新审美"批评体现着他对西方当代文论发展倾向的警惕性，对其中存在的问题保持着高度的关注。其理论著述和批评实践的目的，是为捍卫文学研究的纯粹性和作者的主体性，为我国当代文论的建设提供了一些可供参考借鉴的理论观念和批评范式。从其"新审美"批评的整体来看，其价值和意义体现在对审美的坚守与开拓和对作者主体性地位的捍卫两个层面上，而对我国当代文论建设的启示，则体现在文论建构策略以及文学经典研究两个方面上。然而，布鲁姆并不是一个严谨的理论家，其"新审美"批评也不是一个完整的体系，其中也存在着主观主义和语义游离两个显著问题。这两个问题对我们建设当代文学理论也有一些警示作用，可以在探索性建设过程中避免出现同样的困境。

结　语

审美、对抗以及主体内向特性，是布氏在对西方批评传统的吸纳以及与当代其他批评流派的论争中形成的理论特质，使其不同于唯美主义开启的审美批评传统，也与当代西方文论"审美转向"潮流中的其他流派有所不同。笔者在前人研究探讨的启发下，以学界的相关探讨和布鲁姆对唯美主义诗学的继承与创新为依据，从历时性角度将其归为"新审美"批评。从其"新审美"批评呈现出的主要特点来看，布鲁姆正如他在与张龙海教授访谈中所说的一样，他不属于任何流派只属于他自己。

总体来讲，布鲁姆的"新审美"批评，是以当代西方文论的发展动向及问题为关注焦点，在对批评传统的借鉴吸纳中，以当代视角和理论建构需求对其进行观念创新。在"新审美"批评的形成过程中，布鲁姆借鉴了众多理论资源，除笔者探讨涉及的理论传统资源外，还有尼采、德·曼以及艾布拉姆斯等人的学说观点。然而，以对布鲁姆"新审美"批评的价值意义来说，唯美主义诗学、浪漫主义诗学、弗洛伊德的家庭罗曼司和心理防御论、弗莱的神话原型理论以及古犹太神秘哲学要更为重要，为布鲁姆的"新审美"批评提供了重要的理论资源。

审美、对抗以及主体内向这些特性，是布鲁姆"新审美"批评的特质，贯穿于其"误读"理论、文学经典论及其批评实践中。"误读"论是文学经典论的重要基础，而经典论则是"误读"理论的拓展与延伸。两者之间既有密切联系也有所不同。"误读"论与经典论中的创作主体，带有鲜明的审美性、对抗性以及主体内向性，均是以对抗和"误读"来获得审美和个人身份的内向性主体。逆向性影响与超越式焦虑，是创作主体"误读"的内驱力，审美是其"误读"的根本目的。不同的是，"误读"论旨在揭示诗歌创作隐秘的内向性心理活动，而经典论不仅关乎诗歌，对小说、戏剧、散文、批评文本甚至是心理学文本也有涉及。"误读"理论仅是有关诗歌创作的理论，而经典论在论及经典作品创作的同时，还提出了接受主体内化经典的五个原则。批评实践是布鲁姆阐述其观念主张的重要阵地，也是他某些理论观念形成的主要场所。在浪漫主义诗歌批评中，布氏形成了对抗性崇高、逆向性影响以及主体内化等有关观念。在经典批评中，他运用"误读"论和经典论的核心观点，阐发经典的审美价值与认知价值，以与莎士比亚的对抗和"误读"为中心，确立了具有他个人特色的经典谱系。在宗教批评中，布鲁姆还以文学文本和宗教文本互证互鉴的方式，对《圣经》以及美国摩门教进行了以审美、对抗和主体内向为主要特性的鉴赏式批评。

综观布鲁姆的"新审美"批评，它在当代西方文论的发展中有着一定的价值和意义。就理论贡献而言，其"误读"理论提出了一种以审美和诗人身份获得为目的的诗歌创作理论，捍卫了作者主体性的价值与地位，其内在的体系性和逻辑性相对来说较为完整齐备。在文学经典论中，布鲁姆除提出了陌生性审美外，还以审美、对抗以及主体内化为原则，确立了以莎士比亚为核心的经典谱系。就其现实启示意义而言，布鲁姆突出了作者主体性地位，以捍卫审美的价值和意义为中心，对纠正当代西方文论中的"非文学化"、"非审美化"以及"去作者化"倾向起到了一定的积极作用。此外，布鲁姆对文学经典的鉴赏式批评，有利于缩短文学经典与当代读者的心灵距离，充分发挥经典对个体而言的认识功能。然而，由于布鲁姆个人身份背景的影响，及其对作者主体性的过度重视，使得他的"新审美"批评带有了主观主义色彩，对文本语义的分析也陷入了语义游离的困境。

笔者在"引言"中曾提及学界在布鲁姆文学批评研究中存在的一些问题。由于西方学界缺乏对布鲁姆文学批评的整体性观照，在对其批评特质的研究方面存在一些不足。且由于西方学界处于理论多元化、多样化的时代背景中，对布鲁姆的评价也是值得进一步商榷的。相对于西方学界来说，我国学界在其理论特质以及身份归属研究方面取得了一些研究成果，但由于布鲁姆文学批评的丰富性和复杂性，学界对其理论特质及其身份归属这些问题的探讨，还存在一些不同看法和认识，对其批评理论的整体性研究似乎还可以进一步加强深入。

笔者在前人研究探讨的启发下，从历时性角度在与唯美主义诗学的比照中，以其批评特质为依据，将布鲁姆的文学批评归为"新审美"批评，这对于当下布鲁姆文学批评的研究来说，具有以下几个方面的价值和意义。首先，在历时性观照中，以布鲁姆本人言论及其文学批评中呈现出的特点为依据，在与唯美主义诗学的比照中发掘出其批评特质，可以为当下布鲁姆理论特质及其身份归属问题研究提供一些有价值的借鉴。其次，通过梳理布鲁姆对西方批评传统的借鉴，从中发现了以往没有受到足够重视的理论资源，如唯美主义诗学、浪漫主义诗学以及古犹太神秘哲学卡巴拉，在比较中探讨布鲁姆对批评传统的借鉴吸纳，有助于深化对其理论资源的研究。再次，笔者以其批评特质为参照，通过对布鲁姆"新审美"批评的整体性研究，重新审视其若干重要理论命题及批评实践，在理论与实践的相互观照中，可以深化对其文学批评的认识与理解。最后，在同 20 世纪其他批评流派的对比中，发掘出布鲁姆"新审美"批评在审美和作者主体性两方面的价值意义，并在整体性观照下探讨其在当代文论的建设途径，以及文学经典研究方面给予我国学界的启示，指出其"新审美"批评在主观主义和文本语义游离方面的局限。这可以为在中西文论的比较中，全面评价布鲁姆的文学批评，提供一些参照。

布鲁姆虽然已是 95 岁高龄，依然有新作面世。《"魔鬼"知道：伟大的文学和美国崇高》（*The Daemon Knows: Literary Greatness and the American Sublime*），于 2015 年 5 月 12 日由 Spiegel & Grau 出版社发行。布鲁姆在该书中以美国经典作家相互对比印证的方式，探讨美国文学的崇高性。笔者在撰写过程中未能购到该书，因此在对布鲁姆崇高观的研究探讨方面会有一定的缺失。笔者将在日后的研究中对其崇高观进行更为系统全面的探讨。

参考文献

一、外文参考文献

[1] Harold Bloom. *Shelly's Mythmaking*[M]. New Haven: Yale University Press, 1959.

[2] Harold Bloom. *The Visionary Company: A Reading of English Romantic Poetry*[M]. New York: Doubleday, 1961.

[3] Harold Bloom. *Blake's Apocalypse: A Study in Poetic Argument*[M]. Anchor Books: New York: Doubleday and Co., 1963.

[4] Harold Bloom. *Yeats*[M]. New York: Oxford University Press, 1970.

[5] Harold Bloom ed., *Romanticism and Consciousness*[M]. W. W. Norton & Company, Inc., 1970.

[6] Harold Bloom. *The Ringers in the Tower: Studies in Romantic Tradition*[M]. Chicago: University of Chicago Press, 1971.

[7] Harold Bloom. *The Anxiety of Influence: A Theory of Poetry*[M]. New York: Oxford University Press, 1973.

[8] Harold Bloom. *A Map of Misreading*[M]. New York: Oxford University Press, 1975.

[9] Harold Bloom. *Poetry and Repression: Revisionism from Blake to Stevens*[M]. New Haven and London: Yale University Press, 1976.

[10] Harold Bloom. *Kabbalah and Criticism*[M]. London and New York:

Continuum, 2005.

[11] Harold Bloom. *Poetry and Repression: Revisionism from Blake to Stevens* [M]. New Haven: Yale University Press, 1976.

[12] Harold Bloom. *Figures of Capable Imagination* [M]. New York: Seabury Press, 1976.

[13] Harold Bloom. *Wallace Stevens* [M]. Ithaca, New York: Cornell University Press, 1977.

[14] Harold Bloom. *Deconstruction and Criticism* [M]. London and Henley: Routledge & Kegan Paul, 1979.

[15] Harold Bloom. *The Flight to Lucifer: Gnostic Fantasy* [M]. New York: Vintage Books, 1980.

[16] Harold Bloom. *The Breaking of the Vessels* [M]. Chicago: University of Chicago Press, 1982.

[17] Harold Bloom. *Agon: Towards a Theory of Revisionism* [M]. New York: Oxford University Press, 1982.

[18] Harold Bloom. *Poetics of Influence* [M]. New Haven: Henry R. Shwab, 1988.

[19] Harold Bloom. *Ruin the Sacred Truths: Poetry and Belief from the Bible to the Present* [M]. Cambridge, Mass.: Harvard University Press, 1989.

[20] Harold Bloom and David Rosenberg, *The Book of J* [M]. New York: Grove Weidenfeld, 1990.

[21] Harold Bloom. *The American Religion: The Emergence of the Post-Christian Nation* [M]. Touchstone Books, 1992.

[22] Harold Bloom. *The Western Canon: The Books and School of the Ages* [M]. New York: Harcourt Brace, 1994.

[23] Harold Bloom. *Omens of Millennium: The Gnosis of Angels, Dreams, and Resurrection* [M]. New York: Riverhead Books, 1996.

[24] Harold Bloom. *Shakespeare—the Invention of the Human* [M]. New York:

Riverhead Books, 1998.

[25] Harold Bloom. *How to Read and Why*[M]. New York: Touchstone Books, 2000.

[26] Harold Bloom. *Stories and Poems for Extremely Intelligent Children of All Ages*[M]. New York: Scribner, 2001.

[27] Harold Bloom. *Genius: A Mosaic of One Hundred Exemplary Creative Minds*[M]. New York: Warner Books, 2003.

[28] Harold Bloom. *Hamlet: Poem Unlimited*[M]. New York: Riverhead Books, 2003.

[29] Harold Bloom. *Where Shall Wisdom Be Found?*[M]. New York: Riverhead Books, 2004.

[30] Harold Bloom. *Jesus and Yahweh*[M]. New York: Riverhead Books, 2005.

[31] 作者 Bloom's Literary Themes: Human Sexuality[M]. New York: Infobase Publishing, 2009.

[32] Harold Bloom. *The Anatomy of Influence*[M]. New Haven and London: Yale University Press, 2011.

[33] Harold, Bloom. *The Shadow of a Great Rock: A Literary Appreciation of the King James Bible*[M]. Yale University, 2011.

[34] Harold Bloom. "Interview: Harold Bloom and Robert Moynihan", *Diacritics*, No. 3(Autumn, 1983).

[35] Alan Rawes and Jonathon Shears, *Reading, Writing and the influence of Harold Bloom*[M]. Manchester University Press, 2010.

[36] Christy Desmet and Robert Sawyer, eds., *Harold Bloom's Shakespeare*[M]. New York: Palgrave, 2001.

[37] David Fite, *Harold Bloom: the Rhetoric of Romantic Vision*[M]. Amherst: The University of Massachusetts Press, 1985.

[38] Graham Allen. *Harold Bloom: A Poetics of Conflict*[M]. Harvester

Wheatsheaf, 1994.

[39] Peter de Bolla, *Harold Bloom: Towards a Historical Rhetorics*[M]. London and New York: Routledge, 1988.

[40] John Stokes, *Oscar Wilde*[M]. Cambridge and New York: Cambridge University Press, 1996.

[41] John J. Joughin and Simon Malps, edit., *The New Aestheticism*[M]. Manchester and New York: Manchester University Press, 2003.

[42] M. A. R. Habib, *Literary Criticism from Plato to the Present*[M]. West Sussex: Wiley-Blackwell Publishing, 2001.

[43] M. H. Abrams, *Natural Supernaturalism: Tradition and Revolution in Romantic Literature*[M]. New York and London: W. W. Norton, 1973.

[44] Northrop Frye, *Fearful Symmetry—A Study of William Blake*[M]. Princeton University Press, 1947.

[45] Paul de Man, *Allegories of Reading*[M]. New Haven and London: Yale University Press, 1979.

[46] Oscar Wilde. *The Complete Works of Oscar Wilde*[M]. London: Wordsworth Editions Limited, 1996.

[47] R. M. Seiler, *Water Pater*[M]. London and New York: Routledge, 1995.

[48] Stuart Curran, *A Cambridge Campanion to British Romanticism*[M]. Cambridge and New York: Cambridge University Press, 1993.

二、中文参考文献

（一）著作类

[1] [美] 哈罗德·布鲁姆. 西方正典 [M]. 江宁康译. 译林出版社，2011.

[2] [美] 哈罗德·布鲁姆. 影响的焦虑：一种读诗的理论 [M]. 徐文博译. 江苏教育出版社，2005.

[3] [美] 哈罗德·布鲁姆. 如何读，为什么读 [M]. 黄灿然译. 译林出版社，2011.

［4］［美］哈罗德·布鲁姆. 神圣真理的毁灭［M］. 刘佳林译. 上海人民出版社，2013.

［5］［美］哈罗德·布鲁姆. 误读图示［M］. 朱立元，陈克明译. 天津人民出版社，2005.

［6］［美］哈罗德·布鲁姆. 批评、正典结构与预言［M］. 吴琼译. 中国社会科学出版社，2000.

［7］［法］波德莱尔. 1846年沙龙［M］. 郭宏安译. 广西师范大学出版社，2002.

［8］［加］弗莱. 批评的解剖［M］. 陈慧，袁宪军，吴伟仁译. 百花文艺出版社，2006.

［9］［德］黑格尔. 美学（第2卷）［M］. 朱光潜译. 商务印书馆，2008.

［10］［美］艾布拉姆斯. 镜与灯［M］. 郦稚牛，张照进，童庆生译. 北京大学出版社，2004.

［11］［英］拉曼·塞尔登. 当代文学理论导读（第5版）［M］. 刘向愚译. 北京大学出版社，2006.

［12］［德］索伦. 犹太教神秘主义主流［M］. 涂笑非译. 四川人民出版社，2000.

［13］［意］维柯. 新科学［M］. 朱光潜译. 商务印书馆，1989.

［14］杜吉刚. 世俗化与文学乌托邦：西方唯美主义诗学研究［M］. 中国社会科学出版社，2009.

［15］李秋零主编. 康德著作全集（第2，5卷）［M］. 中国人民大学出版社，2013.

［16］周小仪. 唯美主义与消费文化［M］. 北京大学出版社，2002.

［17］曾洪伟. 哈罗德·布鲁姆文学理论研究［M］. 四川大学出版社，2010.

［18］翟乃海. 哈罗德·布鲁姆诗学研究［M］. 山东大学出版社，2013.

［19］张剑. 艾略特与英国浪漫主义传统［M］. 外语教学与研究出版社，2000.

（二）论文类

[1]陈平. 罗兰·巴特的絮语——罗兰·巴特文本思想评述［J］. 国外文学，2001，1.

[2]陈光. 论摩门教的起源与发展［J］. 安徽文学，2009，8.

[3]程锡麟，秦苏钰. 美国文学经典的修正与重读问题［J］. 当代外国文学，2008，4.

[4]杜吉刚，王建美. 试析王尔德的唯美主义诗学体系［J］. 鲁东大学学报（哲学社会科学版），2012，4.

[5]杜吉刚. 文学艺术自律——西方唯美主义批评的一个诗学主题［J］. 新疆大学学报（哲学人文社会科学版），2008，36.

[6]高永."是他创造了我们"——哈罗德·布鲁姆的莎士比亚研究之二［J］. 衡水学院学报，2014，4.

[7]高永. 哈罗德·布鲁姆"内在性诗学"——在诗与哲学之争的背景下［J］. 黄河科技大学学报，2012，5.

[8]黄必康. 作者何以死去？——论当代西方文论中的作者主体性问题［J］. 外国语，1997，2.

[9]艾洁. 论哈罗德·布鲁姆误读理论中的弗洛伊德元素［J］. 山东社会科学，2010，3.

[10]蒋显璟. 论威廉·布莱克的神话体系［J］. 文艺研究 2011，9.

[11]江宁康. 文学经典的传承与论争——评哈罗德·布鲁姆的《西方正典》与美国新审美批评［J］. 江苏社会科学，2005，3.

[12]江宁康. 评当代美国文学批评中的唯美主义倾向——哈罗德·布鲁姆的文学批评思想研究［J］. 江苏社会科学，2005，3.

[13]凌继尧，季欣. 浪漫主义美学的若干片段［J］. 东南大学学报，2005，3.

[14]刘宽红. 从超验主义走向个人主义：爱默生对美国文化的影响［J］. 江淮论坛，2006，3.

[15]蓝仁哲. 新批评［J］. 外国文学，2004，6.

［16］马涛. 当代批评文集《新审美主义》评述［J］. 当代外国文学，2014，2.

［17］苏勇. 解构批评之文艺观［J］. 江西社会科学，2010，1.

［18］孙康宜. 我曾卷入四次论战——哈罗德·布鲁姆访谈［J］. 书城，2003，11.

［19］王逢振. 怪才布鲁姆［J］. 外国文学，2000，6.

［20］王宁. "后理论时代"西方文论思潮的走向［J］. 外国文学，2005，3.

［21］王熙恩. 艺术游戏的自由与限度——"艺术自律"：从康德到唯美主义（一）［J］. 学习与探索. 2014，6.

［22］徐静. 哈罗德·布鲁姆教授访谈录（英文）［J］. 外国文学研究，2006，5.

［23］徐新. 论欧洲历史上对犹太人的驱逐［J］. 同济大学学报（人文·社会科学版），1994，2.

［24］杨向荣. 陌生化重读——俄国形式主义的反思与检讨［J］. 当代外国文学，2009，3.

［25］钟良明. "为艺术而艺术"的再思索——论沃尔特·佩特的文艺主张［J］. 外国文学评论，1994，2.

［26］张江. 强制阐释论［J］. 文学评论，2014，6.

［27］张跃军，古克平. 布鲁姆早期浪漫主义诗歌理论初探［J］. 山东外语教学，2004，3.

［28］张龙海. 哈罗德·布鲁姆教授访谈录［J］. 外国文学，2004，4.

［29］张龙海. 哈罗德·布鲁姆论莎士比亚［J］. 中央戏剧学院学报，2009，3.

［30］张龙海. 哈罗德·布鲁姆论误读［J］. 当代外国文学，2010，2.

［31］翟乃海. 哈罗德·布鲁姆再论"影响误读"［J］. 当代外国文学，2012，2.

［32］赵金福，曾强. 美国的摩门教原旨主义与一夫多妻制［J］. 国际资料信息，2005，5.

[33]张新樟. 神话、秘仪和神秘主义——试论诺斯替精神的客观化与内在化[J]. 世界宗教研究, 2005, 4.

[34]曾洪伟. 哈罗德·布鲁姆是解构主义者吗?——哈罗德·布鲁姆理论身份问题研究[J]. 名作欣赏, 2011, 36.

[35]郑晓韵. 重估浪漫主义——从哈罗德·布鲁姆的浪漫主义研究谈起[J]. 宁夏社会科学, 2009, 3.

(三) 学位论文类

[1]艾洁. 哈罗德·布鲁姆文学批评理论研究[D]. 山东大学博士学位论文, 2011.

[2]郑晓韵. 追寻罗曼司的内在化:哈罗德·布鲁姆的浪漫主义研究[D]. 四川大学博士学位论文, 2009.